KB100200

# 한국 근대 영화소설 자료집

## 매일신보편 上

## 감수

**김영민**(金榮敏, Kim, Young Min)

연세대 국어국문학과 및 동 대학원 졸업. 문학박사, 문학평론가. 전북대 조교수와 미국 하버드대 옌칭연구소 객원교수, 일본 릿교대 교환 교수 역임. 현 연세대 교수. 연세학술상, 한국백상출판문화상 저작상 수상. 주요 논저로『한국문학비평논쟁사』(한길사, 1992),『한국근대소설사』(솔출판사, 1997),『한국근대문학비평사』(소명출판, 1999),『한국현대문학비평사』(소명출판, 2000),『한국 근대소설의 형성 과정』(소명출판, 2005),『한국의 근대신문과 근대소설 1 - 대한매일신보』(소명출판, 2006),『한국의 근대신문과 근대소설 2 - 한성신보』(소명출판, 2008),『문학제도 및 민족어의 형성과 한국 근대문학(1890~1945)』(소명출판, 2012),『한국의 근대신문과 근대소설 3 - 만세보』(소명출판, 2014),「한국 근대 초기 여성담론의 생성과 변모-근대 초기 신문을 중심으로」(『대동문화연구』95권, 2016) 등이 있다.

**고석주**(高錫主, Ko, Seok Ju)

연세대 국어국문학과 및 동 대학원 졸업. 문학박사. 공군사관학교 전임강사와, 듀크대 방문학자 역임. 현 연세대 교수. 저역서와 공저역서로『격』(한신문화사, 1998),『소쉬르와 비트겐슈타인의 언어』(1999, 보고사),『의미구조론』(한신문화사, 1999),『정보구조와 문장형식』(월인, 2000),『주제-초점, 삼분구조, 의미내용』(월인, 2002),『한국어 학습자 말뭉치와 오류 분석』(한국문화사, 2004),『현대 한국어 조사의 연구 I』(한국문화사, 2004),『한국어교육을 위한 한국어 연어사전』(커뮤니케이션북스, 2007),『한국어 어휘의미망 구축을 위한 기초 연구』(보고사, 2008),『현대 한국어 조사의 계량적 연구』(보고사, 2008),『우리말 연구의 첫걸음』(보고사, 2015) 등이 있다.

**배정상**(裵定祥, Bae, Jeong Sang)

연세대 문리대 국어국문학과 및 동 대학원 졸업. 문학박사. 성균관대 국어국문학과 박사후연구원 역임. 현 연세대 원주캠퍼스 국어국문학과 조교수. 주요 논저로『이해조 문학 연구』(소명출판, 2015),「근대 신문 '기자/작가'의 초상」(『동방학지』171집, 2015),「개화기 서포의 소설 출판과 상품화 전략」(『민족문화연구』72집, 2016) 등이 있다.

## 교열 및 해제

**배현자**(裵賢子, Bae, Hyun Ja)

연세대 문리대 국어국문학과 및 동 대학원 졸업. 문학박사. 현 연세대 강사. 주요 논문으로「근대계몽기 한글 신문의 환상적 단형서사 연구」(『국학연구론총』9집, 2012),「이상 문학의 환상성 연구」(연세대, 2016) 등이 있다.

**이혜진**(李惠眞, Lee, Hye Jin)

연세대 문리대 국어국문학과 및 동 대학원 수료. 현 연세대 강사. 주요 논문으로「1910년대 초『매일신보』의 '가정' 담론 생산과 글쓰기 특징」(『현대문학의 연구』41집, 2010),「신여성의 근대적 글쓰기-『여자계』의 여성담론을 중심으로」(『동양학』55집, 2014) 등이 있다.

# 한국 근대 영화소설 자료집 매일신보편 上

**초판인쇄** 2019년 2월 1일 **초판발행** 2019년 2월 11일
**엮은이** 연세대학교 인문예술대학 국어국문학과 CK사업단
**펴낸이** 박성모 **펴낸곳** 소명출판 **출판등록** 제13-522호
**주소** 서울시 서초구 서초중앙로6길 15, 1층
**전화** 02-585-7840 **팩스** 02-585-7848 **전자우편** somyungbooks@daum.net **홈페이지** www.somyong.co.kr

값 37,000원  ⓒ 연세대학교 인문예술대학 국어국문학과 CK사업단, 2019
ISBN 979-11-5905-384-9 94810
ISBN 979-11-5905-383-2 (세트)

잘못된 책은 바꾸어드립니다.
이 책은 저작권법의 보호를 받는 저작물이므로 무단전재와 복제를 금하며,
이 책의 전부 또는 일부를 이용하려면 반드시 사전에 소명출판의 동의를 받아야 합니다.

연세CK자료총서 05

# 한국 근대 영화소설 자료집

## 매일신보편 上

A COLLECTION OF CINENOVELS
IN KOREAN MODERN NEWSPAPER *MAEILSINBO*

교열 및 해제_ **배현자 · 이혜진**
감수_ **김영민 · 고석주 · 배정상**

소명출판

## 일러두기

1. 이 책은 한국 근대 신문 『매일신보(每日申報)』에 게재된 '영화소설'을 모은 자료집이다.

2. 원문에서 소설 중간에 배치한 삽화가 하나일 경우 자료집에서는 본문 앞으로 배치하고 두 개 이상일 경우 본문 안에 배치하였다.

3. 표기는 원문에 충실하되, 띄어쓰기만 현대 어문규정에 맞게 고쳤다.

4. 들여쓰기와 줄바꾸기는 원문에 충실하되, 오류가 있는 경우에는 바로잡아 표기했다.

5. 자료 본문에서 사용된 부호와 기호는 다음과 같다.

　　1) 본문 가운데 해독 곤란한 글자는 □로 처리하였다.

　　2) 자료 본문에서 사용되는 ◀, ○, □ 나 글자 반복에 사용된 々, 대화문 표시에 사용된 「 」,『 』등은 원문을 그대로 따랐다. 다만, 세로쓰기에서 두 글자 이상 반복될 때 사용된 〈 는 ~기호를 해당 길이만큼 넣는 것으로 대체하였다.

6. 원문에서 해독 불가능한 글자 중 추정 복원이 가능한 경우와 명백한 인쇄상의 오류인 글자는 주석을 통해 바로잡았다.

※ 이 책에 수록된 작품 중 저작권 협의를 마치지 못한 작품에 대해서는 추후 저작권자가 확인되는 대로 조치하겠습니다.

# 근대 영화소설의 처음과 끝
## —『매일신보』영화소설

배현자 · 이혜진

## 1. 게재 현황 개괄

근대에 발행된 신문 『매일신보(每日申報)』에는 '영화소설(映畵小說)'이라는 장르명으로 총 여섯 편의 작품이 실려 있다.[1] 1926년 4월 4일부터 5월 16일까지 7회 연재된 김일영(金一泳)의 「삼림(森林)에 섭언(囁言)」이 첫 작품이고, 1939년 9월 19일부터 11월 3일까지 총 38회에 걸쳐 연재된 최금동(崔琴桐)의 「향수(鄕愁)」가 마지막 작품이다. 이 작품들은 『매일신보』에 게재된 '영화소설'의 처음과 끝 작품이자, 1945년까지 발표된 '영화소설'의

---

[1] 본 자료집은 『매일신보』에 게재된 '영화소설' 전체의 원문을 입력하여 상, 하 두 권으로 묶었다. 상권에는 「삼림에 섭언」, 「산인의 비애」, 「해빙기」, 「광조곡」, 「향수」를 묶었으며, 하권에는 현상문예 당선작인 「내가 가는 길」을 실었다. 게재 일자 순으로 보면 「향수」가 「내가 가는 길」보다 뒤에 게재된 작품이지만, 발표 회차의 다소(多少), 그리고 「광조곡」과 「향수」의 연관성을 생각하여 「향수」를 상권에 함께 묶었다. 하권에는 『매일신보』에 '시나리오'라는 장르명으로 게재된 두 편의 작품 「점으는 밤」과 「흘러간 수평선」을 부록으로 함께 묶어 두었다. 이 자료집은 『매일신보』 여러 판본을 확인하여 중간에 소실된 부분, 오탈자 등을 채워 넣었다. 다만, 「산인의 비애」 4회는, 현재까지 확인한 판본들에 보존된 원문을 찾을 수 없어 부득이 채워넣지 못했다.

처음과 마지막 작품[2]이기도 하다.

『매일신보』에 게재된 영화소설 전체 현황을 보면 다음과 같다.

| | 작품명 | 작가<br>게재명 | 삽화가<br>게재명 | 게재일 | 연재<br>횟수 | 비고 |
|---|---|---|---|---|---|---|
| 1 | 森林에 囁言 | 1~5회 : 강호 일영생<br>(江戶 一泳生)<br>6~7회 : 동경 일영생<br>(東京 一泳生) | 삽화가<br>이름 없음 | 1926.4.4~5.16 | 7 | |
| 2 | 山人의 悲哀 | 동경 김일영<br>(東京 金一泳) | 삽화 없음 | 1926.12.5~1927.1.30 | 7 | |
| 3 | 解氷期 | 최금동<br>(崔琴桐) | 묵로<br>(墨鷺) | 1938.5.7~6.3 | 25 | |
| 4 | 狂躁曲 | 최금동<br>(崔琴桐) | 삽화가<br>이름 없음 | 1938.9.3 | 1 | |
| 5 | 내가 가는 길 | 양기철<br>(梁基哲) | 윤희순<br>(尹喜淳) | 1939.1.10~4.8 | 74 | 현상문예<br>입선작품 |
| 6 | 鄕愁 | 최금동<br>(崔琴桐) | 윤희순<br>(尹喜淳) | 1939.9.19~11.3 | 38 | |

『매일신보』에 영화소설이 게재될 때 게재 면이나 방식에서 모든 작품이 동일하지는 않았다. 김일영의 두 작품, 「삼림에 섭언」과 「산인의 비애」는 일요일자 석간 3면에 게재되었다. 최금동의 「해빙기」는 주로 석간 4면에 게재되었으며, 간혹 7면에 게재되기도 했다. 김일영의 두 작품이 일요일에만 게재된 것에 반해 「해빙기」는 석간이 발행된 거의 매일 연재되었다. 최금동의 「광조곡」 역시 석간에 게재되었다. 영화소설이 조간에 게재된 것은 양기철의 「내가 가는 길」부터였다. 이 작품은 조간 2면에 연재되었고, 이후 최금동의 「향수」 역시 조간 2면에 연재된다.

작품들마다의 길이 역시 동일하지 않다. 1회 분량이 가장 긴 것은 한 회

---

2   전우형은 1945년 이전에 발표된 영화소설 총 56편의 서지목록을 정리한 바 있는데, 그 도표
    의 첫 작품이 김일영의 「삼림에 섭언」이고, 마지막 작품이 최금동의 「향수」이다. 전우형,
    『식민지 조선의 영화소설』, 소명출판, 2014, 76~77쪽 참고.

『매일신보』 1926년 5월 16일 자 3면
「삼림에 섭언」 게재 사례

『매일신보』 1926년 12월 12일 자 3면
「산인의 비애」 게재 사례

『매일신보』 1938년 9월 3일 자 5면
「광조곡」 게재 사례

『매일신보』 1939년 9월 19일 자 2면
「향수」 게재 사례

로 완결된 최금동의 「광조곡」으로 무려 12,000자를 웃돈다. 당시 소설이 신문에 연재될 때 보통은 1,800자 내외에서 2,000자 내외 정도인데 그 분량으로 환산하면 「광조곡」은 약 6회에서 8회 분량인 셈이다. 그 다음으로 긴 것은 김일영의 작품들로 「삼림에 섭언」과 「산인의 비애」이다. 이 두 작품은 1회당 길이가 짧게는 3,000자 내외 많을 때는 4,000자를 넘었다. 따라서 이 두 작품 역시 각각 7회씩 연재되었으나, 다른 연재 소설의 분량으로 따지면 각각 약 15회 내외의 연재 분량에 해당한다. 그 다음은 최금동의 「향수」로 2,200자 내외이고, 「해빙기」는 1,800자 내외이다. 마지막으로 현상문예작품인 양기철의 「내가 가는 길」은 회당 1,600자 내외이다. 이 작품이 『매일신보』에 실린 영화 소설 중 연재 횟수는 74회로 가장 많았지만, 1회당 연재 길이는 가장 짧았던 셈이다.

삽화의 삽입 여부도 차이가 났다. 당시 신문에 소설이 연재될 때, 한 회당 한 개의 삽화를 중간 정도에 배치하여 삽입하는 것이 일반적이었다. 『매일신보』 역시 1912년 「춘외춘(春外春)」이라는 작품에서 처음 삽화를 도입한 이래 소설 한 회분에 삽화 한 개를 넣는 것이 보통이었다. 그런데 영화소설이라는 장르명의 첫 작품인 「삼림에 섭언」의 경우 1회에 보통 2~3개, 많게는 5개까지 삽화가 들어 있다. 1회 분량이 다른 작품에 비해 길다 해도, 그보다 몇 배나 더 긴 「광조곡」에는 삽화가 단 1개 들어가 있는 것에 비하면 많은 편에 속한다. 이것은 '영화소설'이라는 명칭을 처음 도입하면서 별다른 홍보를 하지는 않았으나 조금 더 시각적 이미지를 강조하고자 한 의도가 반영된 것은 아닐까 추측해볼 수 있다. 반면에, 그 다음 연재를 시작한 「산인의 비애」는 7회 연재되는 동안 전 회차에 걸쳐 삽화가 전혀 삽입되지 않았다. 삽화를 넣지 않은 대신에 중간에 네모 도형을 활용하여 대사나 서술 지문을 넣음으로써 시각적인 효과를 주는 방식을 택

하고 있다. 이 두 작품이 연재된 후『매일신보』는 약 10여 년 동안 영화소설을 게재하지 않다가 30년대 후반에 다시 연재하게 되는데, 이때는 작품 1회당 1개의 삽화가 들어가는 일반적인 방식으로 되돌아온다. 따라서 30년대 후반부에 발표된 최금동의 「해빙기」, 「광조곡」, 「향수」와 양기철의 「내가 가는 길」은 간혹 삽화를 빼먹는 경우가 있긴 하지만, 이 작품들 모두 회차당 1개의 삽화가 들어 있다.

삽화가명은 작가명 곁에 병렬하는 방식으로 넣기도 하지만, 이름을 넣지 않은 경우도 있다. 이름을 밝힌 삽화가는 묵로(墨鷺)와 윤희순(尹喜淳)이다. 묵로 이용우(李用雨)는 1932년 무렵부터 1938년 무렵까지『매일신보』에서 삽화를 그렸는데, 영화소설 중에는 최금동의 「해빙기」에 삽화가로 올라 있다. 윤희순은 1934년 무렵부터 시작하여, 1943년『조광』으로 자리를 옮기기 전, 1942년 무렵까지『매일신보』에 삽화를 그렸는데, 영화소설 중에는 양기철의 「내가 가는 길」과 최금동의 「향수」에 삽화가로 올라 있다.

『매일신보』에 게재된 영화소설 총 여섯 편의 작가는 셋이다. 두 편이 김일영 작, 세 편이 최금동 작이며, 한 편은 현상문예입선작품으로 양기철 작이다. 김일영은 두 편의 '영화소설'을 연재하기 전후로 여러 편의 글을『매일신보』에 게재한다.[3] 하지만 다른 신문들에서는 이름을 찾아보기

---

3  영화소설 외에『매일신보』에 게재된 김일영의 글은 다음과 같다.
「老處女의 自白을 읽고」, 1924.11.2.
「映畵와 民衆」, 1925.2.22.
「表現派 映畵에 對하야」, 1926.1.31.
「赤壁江」, 1926.5.23~6.6까지 3회 연재.
「봐렌치노의 死를 弔함」, 1926.10.3.
「들믜나무그늘」, 1927.2.13.

어렵다. 김일영의 경우 「삼림에 섭언」은 '강호 일영생(江戸 一泳生)', '동경 일영생(東京 一泳生)'으로, 「산인의 비애」는 '동경 김일영(東京 金一泳)'으로 발표하였는데, 작품에 일본 무대가 많이 그려지는 것으로 보아, 일본 유학생이었을 것으로 추정된다.[4]

양기철은 「내가 가는 길」 연재 이후 작품 활동을 활발히 한 것은 아니어서 작가에 대해 알려진 바가 많지 않다. 하지만, 양기철의 「내가 가는 길」은 현상문예모집부터 대대적으로 진행한 만큼 당선작 발표와 선후감 발표라든가, 작품 연재 예고 등을 빠짐 없이 진행하는데 이러한 자료들을 통해 양기철이라는 작가의 일단을 추적해볼 수 있다.

현상문예작품 입선 발표 기사[5]에 소개된 프로필에 따르면 양기철은 '연전상과(延專商科)'에서 수학[6]하였고, 공모에 입선할 당시 대전에 있는 백화점에서 지배인으로 근무하고 있음이 나와 있다. 영화소설 공모에 당선되기 전, 1937년 7월 3일~24일까지 『동아일보』에 「점두(店頭)에서 본 세상(世上)」이라는 글을 연재한 바 있다. 또 문학과 관계된 글은 아니지만 『현대식 판매법(現代式販賣法)』이라는 책을 출간[7]하고 여타 신문에 상업 관련 논문을 게재[8]한 전적이 있다. 문학 관련 글이 아닐지라도 자주 신문지상에 글을

---

「悔改한 아버지 一場(성극)」, 1932.12.24. 여기에는 연출자의 이름에도 김일영이 올라 있음.

4  1929년 자선당 제약주식회사를 설립한 대표자 김일영이 조선약학교와 동경약학교를 나온 것으로 알려져 있는데, 이름의 한자가 '金 一泳'으로 영화소설 작가 김일영과 같다. 하지만 이 둘이 동일인인지, 동명이인인지는 확실하지 않다.

5  『매일신보』, 1938.12.30.

6  『매일신보』 1931년 4월 5일 자 「延禧專門學校 입학시험 합격자-商科本別」이라는 기사에도 이름이 올라 있다.

7  『조선중앙일보』 1936년 8월 27일 자에 출판기념회 개최 안내문이 실리기도 했다.

8  1931년부터 1935년까지 『조선일보』에 「상점경영(商店經營)과 판매술(販賣術) 연구(研究)」 등을 포함하여 상업 관련 글을 여러 편 연재하였고, 1932년부터 1933년에 걸쳐 『중앙일보』에 「소자본 경영법(小資本 經營法)」을, 『조선중앙일보』에는 1934년에 「연쇄점론(連鎖店論)」을, 1936년에 「상업전술연구(商業戰術研究)」를 연재하였다. 이 외에도 1935년과 1937년 『동

『매일신보』 1938년 6월 5일 1면
문예작품현상모집 공고

『매일신보』 1938년 10월 15일 5면
문예작품현상모집 공고

『매일신보』 1938년 12월 30일 5면
현상모집 입선 발표 및 선후감

『매일신보』 1939년 1월 7일 3면
「내가 가는 길」 작품 연재 예고

아일보』에도 상업 관련 글을 다수 발표하였다.

발표해 봐서인지 양기철은 당선 소감문 역시 매우 당차게 쓴다.

> 이 짱에 잇서서 『씨나리오』란 초창긔로서 그 문체라든지 혹은 『몬타주』에
> 잇서서 선배들의 유산이란 그다지 차저볼 수 업다 그래서 처음에는 필자 역
> 긔필해보기를 여런 번 망서렷다 그러나 이 짱에 영화 사업이 봉긔하고 『프로
> 듀서』에 감독에 배우에 만혼 선배들이 배출하얏지만 오로지 『씨나리오 • 라
> 이터』만히 회귀하게 적엇다 여기서 필자는 감연 붓을 들어보앗다 거기에 남
> 다른 야심과 의도가 잇섯다고 할 수 잇겟다 허나 써노코 보니 집어 동댕이치
> 고 십헛다 이런 게 의외로 입선에 참여하얏다니 저 스스로 붓그러움을 금치
> 못한다 그 대신에 이것을 게긔로 압흐로는 이 방면에 쑤준한 로력을 싸어보
> 겟다[9]

양기철은 이 소감문에서 '시나리오 라이터'로 꾸준히 노력하겠다고 했
지만 입선 후 해방 이전까지는 영화소설은 물론이고 문학 관련 활동에 대
한 기록이 거의 없다. 해방 후 1947년에 '교화사업중앙협회(敎化事業中央協
會)'가 추진한 영화각본 모집에서 「조국(祖國)은 부른다」라는 제목으로 입
선 없는 가작에 당선[10]되었고, 1948년에 '농무부산림국'에서 추진한 영화
각본 모집에서 「산으로 가는 사람들」이라는 제목으로 차석에 당선된 기
록이 있다.[11] 1958년에는 성문각(成文閣)에서 『씨나리오 작법(作法)』이라는
단행본을 출간하였다. 이 책의 저자명 앞에 '충남대 문리대 강사'라는 문
구가 붙은 것으로 보아 당시 대학에 출강하고 있었던 듯하다. 이후 행적

---

9 『매일신보』, 1939. 1. 7.
10 『독립신보』 1947년 12월 27일 자와 『수산경제신문』 1947년 12월 30일 자에 기사화되었다.
11 『동아일보』와 『평화일보』 1948년 7월 4일 자에 기사화되었다.

은 아직까지 밝혀진 바가 없다.

최금동(1916~1995)은 김일영이나 양기철과는 달리 현대까지 작품 활동을 활발히 한 작가이다. 최금동은 영화소설 발표 이전 1936년에 라디오소설 현상공모에 「종(鐘)소래」라는 작품으로 3등에 당선[12]된 바 있고, 『조선일보』 1937년 5월 7일~11일까지 '학생작품(學生作品)'란에 「남국(南國)의 봄 추억(追憶)」이라는 글이 4회 연재되기도 하지만, 영화소설을 써서 등단한 것은 『동아일보』를 통해서이다. 『동아일보』에서 1937년도에 진행한 '영화소설현상공모'에 「환무곡(幻舞曲)」이 당선되었고, 이 작품이 지면에 발표될 때는 「애련송(愛戀頌)」으로 제목을 바꾸어 연재(1937.10.5~12.14)된다. 이 작품은 이후 이효석이 각색하고 김유영이 감독하여 영화로 제작되기도 했다. 『동아일보』에서 영화 작가로의 첫걸음을 내딛었지만, 더 활발히게 활동한 것은 『매일신보』를 통해서였다. 1938년에 「해빙기」를 시작으로 같은 해 「광조곡」을 발표하고, 1939년에 「향수」를 연재하였다. 「광조곡」과 「향수」는 1년 여의 시차를 두고 게재된 작품이고, 등장 인물들의 이름도 다르지만 서로 밀접한 관련을 맺고 있는 작품이다. 「향수」 스토리의 후일담 같은 이야기가 「광조곡」이다. 이 작품들을 발표한 후에도 최금동은 『매일신보』의 기자로 활동하며 여러 기사와 수필을 쓰기도 한다.[13] 해방 이후로도 최금동은 많은 시나리오를 쓰고 각색 작업을 하였는데, 그 작품들을 묶어 1981년에 개인창작시나리오전집으로는 처음으로 국내 첫

---

12 「DK라듸오小說 當選者發表」, 『매일신보』, 1936.5.16.
13 최금동이 영화소설 게재 이후 『매일신보』에 남긴 글은 다음과 같다.
　「성 『베네딕트』 수도원을 차저」, 1941.2.4.
　수필 「病窓記」, 1941.7.2~8(4회 연재).
　「다자가정순례」, 1942.11.12.
　「北邊의 호信 戰線」, 1943.2.7.

시나리오 선집을 출간하기도 한다.[14] 그 이후로도 창작 활동을 계속하여 1995년 세상을 뜰 때까지 100여 편이 넘는 작품을 남겼다. 그의 작품이 영화화된 것만도 수십 편에 이른다. 최금동은 이러한 공로를 인정받아 임종 전 여러 차례 대종상영화제에서 공로상을 수상하기도 했고, 2016년 5월 대산문화재단과 한국작가회의에서 주관하여 진행하는 '탄생 100주년을 맞은 문학인 기념 문학제'의 대상자로 선정되기도 했다.

## 2. 『매일신보』영화소설의 게재 배경

한국 '영화소설'의 발생은 '영화'의 흥행과 무관하지 않다. 유입 초기에 영화는 '활동사진'으로 불렸는데, 1897년 진고개의 남산정에 있던 '본정좌(本町座)'에서 일본인 거류민들을 위해 상영한 것이 한국에 활동사진이 유입된 시초였다. 이후 몇 년간 외국인들에 의해 드문드문 활동사진이 유입되어 상영되었는데, 이때 매일 밤 대만원을 이룰 정도로 호응이 대단했다고 한다.[15] 활동사진 유입 초기에는 '이런 신기한 것은 듣도 보도 못한 것인데 우리나라 사람들은 언제 이런 신묘한 기술을 배울 수 있을지 모르겠다'[16]는 반응을 할 정도로 경탄했지만, 1910년대 후반에 이르면 자체 제작

14 『조선일보』, 1981.11.18 기사 참고.
15 심훈, 「조선영화총관—최초 수입 당시부터 최근에 제작된 작품까지의 총결산」, 『조선일보』, 1929.1.1~4 참고.
16 「논설」, 『황성신문』, 1901.9.14 참고.

을 하기에 이른다. 1920년대에 들어서면 '활동사진'이라는 명칭이 '영화'라는 명칭으로 대체되면서 영화 담론 역시 급격하게 확대된다. 초창기에는 영화 개봉 소식, 검열 문제 등에 치우쳐 있던 기사가 20년대 중반에 이르러서는 영화계 소식들, 영화가 만들어지는 곳에 대한 탐방 기사 등으로 확대된다. 25년 정도를 넘어서면 신문지상에 영화계 이야기가 게재되지 않는 날이 드물 정도였다. 30년대에 이르면 '조선영화사'를 정리할 만큼 조선 영화계는 양적으로 누적되어 있었다. 하지만 영화의 홍행만큼 영화 각본이 뒷받침되어 있지는 않았다. 당시 영화 관련 기사나, 영화소설 관련 언급을 보면 영화각본 부족 현상에 대한 언급이 빈번하게 출현한다. 『매일신보』에서 1938년에 영화소설을 현상모집하여 당선작을 낸 후 1939년에 당선 작품 연재를 예고하는 글을 싣는데, 여기에도 그러한 내용이 나온다.

  본사 경영독립긔념사업(經營獨立紀念事業)으로 널리 천하에 향하야 현상모집(懸賞募集)한 영화소설은 양긔철(梁基哲) 씨의 걸작 『내가 가는 길』을 어덧습니다 신인 양 씨의 이 작품은 국내 국외를 물논한 수백 편의 력작 중에서 단 한 편 입선된 것으로 영화소설로서의 모든 점을 가장 리상적으로 구비하고 잇서 영화대본(映畵台本)의 빈약을 느끼는 조선의 영화계를 위하야 새로운 길을 지시(指示)할 것으로 밋는 바임니다
  내용은 일지사변(日支事變)으로 상해(上海)에서 피란하야 도라온 아릿다운 『산서』를 중심으로 여러 가지 복잡다단한 사건이 전개되여 홍미 백『파센트』현대 조선이 나혼 청춘남녀의 비련(悲戀)을 그리엿습니다 무대(舞台)도 부두(埠頭) 광산(鑛山) 별장(別莊) 『카페』 등 무릇 오늘날 조선이 가질 수 잇는 모든 장면을 망라하야 잇슴니다 아무튼 내용과 형식이 조선 영화소설에

잇서 드물게게[17] 보는 것으로 반드시 만천하 독자의 갈채와 지지가 잇슬 것을 밋는 바입니다

삽화(揷畵)는 새로 윤희순(尹喜淳) 화백이 담당하게 되어 화백의 청신한 필치가 한층 이 소설을 빗내게 할 것입니다[18]

이 글 속에는 '조선의 영화계가 영화대본의 빈약을 느끼고 있다는 것', '이 작품에서 다루는 무대와 장면이 조선 영화소설에서 드물게 보는 것'이라는 등의 정보가 담겨 있다. 뒷 부분의 내용은 자사의 영화소설 당선 작품을 홍보하기 위한 문구라 할지라도, 앞의 문구는 다른 평론들에서도 많이 언급되던 것인 바, 당시의 현상을 지적하고 있는 것이라고 할 수 있다. 즉 한국의 1920~30년대에 '영화소설'이 출현한 데에는, 이렇듯 영화의 유행과 아울러 영화대본이 부족한 당시의 시대상이 반영되어 있었다.

영화소설의 탄생이 영화의 흥행과 밀접한 관련을 맺고 있는 것은 쉽게 짐작할 수 있는 것이기도 하거니와, 여기서 한 가지 짚고 넘어가야 하는 것은 '영화소설'이라는 명칭의 탄생과 그것이 『매일신보』라는 신문에 최초로 실린 배경일 것이다. 확정적으로 말할 수 있는 것은 많지 않지만, 배경을 미루어 짐작할 수 있는 단서가 몇 가지 존재한다. 그 중 하나는 1920년대 들어 신문 발행 판도에 변화가 있었다는 점이다. 1910년대는 그 이전에 존재하던 민간신문들이 폐간되고 중앙지로는 『매일신보』만 독주하며 일본 총독부 기관지 역할을 톡톡히 하고 있었다. 그러다 1920년대에 다시 민간신문인 『동아일보』와 『조선일보』 등이 창간되어 신문 매체는 경쟁 관계에 돌입하게 된다. 『매일신보』는 그 이전에도 소설에 최초로 삽

---

17　'게'의 중복 오류.
18　『매일신보』, 1939. 1. 7.

화를 게재하고 그것을 대대적으로 홍보하면서 독자 확보에 심혈을 기울이긴 했었지만, 새로이 경쟁 상대가 나타나면서 더욱 긴장하지 않을 수 없었을 것이다. 독자의 관심을 끌기 위해 분투하던 신문 매체가 당시 대중의 지대한 관심을 끌던 '영화'에 초연할 리 없었다. 신문들은 저마다 앞다투어 영화 관련 기사를 쏟아내며 나름의 지대한 관심을 드러냈다. 『매일신보』는 1920년에 '영화'라는 용어를 신문지상의 표제어에 최초로 사용한 매체이기도 했다.[19] 이후 한동안 더 '활동사진'과 '영화'라는 용어가 혼용되기도 했으나 점차 '영화'라는 용어가 정착된다. 그런데 『동아일보』에서 1925년 말 정도에 연달아 「영화도시 하리우드」, 「미국의 촬영소」 등의 기획 기사를 몇 회씩 연재[20]하면서 대중의 관심에 부응하고 또 한편으로는 대중의 관심을 더욱더 고조시킨다. 『매일신보』의 편집진은 이에 자극받아 새로운 문화에 대한 관심을 선점해야 한다는 결론에 도달했을 수 있다. 『매일신보』는 최초로 '영화소설'이라는 장르명을 달고 1926년 4월 4일부터 5월 16일까지 김일영의 「삼림에 섭언」을 7회에 걸쳐 연재한다. 『동아일보』에 실린 심훈의 「탈춤」이 최초의 영화소설로 오랫동안 알려져 있었지만, 『매일신보』에 실린 김일영의 「삼림에 섭언」이 그보다 약 7개월가량 앞서 발표되었다. 해방 이전 신문 매체에 실린 영화소설 현황을 날짜순으로 보면 다음과 같다.[21]

---

**19** 『매일신보』, 1920.2.3. 「活動映畵의 檢閱은 경무국보안과에서 검열한다」라는 기사를 통해서 '영화'라는 명칭이 처음 등장한다.

**20** 『동아일보』는 1925년 11월 11일부터 17일까지 「영화도시 하리우드」를 6회 연재하고, 1925년 12월 23일부터 26일까지 「미국의 촬영소」를 4회 연재한다.

**21** 전우형이 앞의 책에서 정리한 바 있지만, 몇 개의 오류가 보여 다시 정리해 놓는다. 날짜의 오류 외에도 저자 표기의 오류도 있다. 영화소설 목록을 정리한 논문들에서 『조선일보』에 실린 「인간궤도」의 저자를 '안석영'(전우형, 앞의 책) 혹은 '북악산인'(강옥희, 「식민지 시기 영화소설 연구」, 『민족문학사연구』 32, 민족문학사학회, 2006, 187쪽)이라고 표기한 것은 오류이다. 안석영은 삽화가로 표기되어 있고 저자는 '성북학인(城北學人)'으로 되어 있다.

| | 작가 | 작품명 | 발표 신문 | 게재일 | 비고 |
|---|---|---|---|---|---|
| 1 | 김일영 | 삼림에 섭언 | 매일신보 | 1926.4.4~5.16 | |
| 2 | 심훈 | 탈춤 | 동아일보 | 1926.11.9~12.16 | |
| 3 | 김일영 | 산인의 비애 | 매일신보 | 1926.12.5~1927.1.30 | |
| 4 | 이경손 | 백의인 | 조선일보 | 1927.1.20~4.27 | |
| 5 | 최독견 | 승방비곡 | 조선일보 | 1927.5.10~9.11 | |
| 6 | 이종명 | 유랑 | 중외일보 | 1928.1.5~1.25 | |
| 7 | 김팔봉 | 전도양양 | 중외일보 | 1929.9.27~1930.1.23 | |
| 8 | 성북학인 | 인간궤도 | 조선일보 | 1931.3.13~8.14 | |
| 9 | 최금동 | 애련송(환무곡) | 동아일보 | 1937.10.5~12.14 | 현상모집당선작 |
| 10 | 최금동 | 해빙기 | 매일신보 | 1938.5.7~6.3 | |
| 11 | 최금동 | 광조곡 | 매일신보 | 1938.9.3 | |
| 12 | 양기철 | 내가 가는 길 | 매일신보 | 1939.1.10~4.8 | 현상모집당선작 |
| 13 | 최금동 | 향수 | 매일신보 | 1939.9.19~11.3 | |

『매일신보』에 처음 '영화소설' 작품이 게재된 이후 각 신문들이 연달아 '영화소설'을 표제어로 내세워 작품을 연재한 것을 보면 신문들이 타 신문들의 추이를 지켜보면서 경쟁 관계에 있었음을 알 수 있다. 당시 신문사들의 경쟁 관계를 보여주는 것은 이뿐만이 아니다. 『매일신보』에서 '영화소설'이라는 표제를 달고 김일영이라는 작가의 작품을 게재한 후, 『동아일보』는 '장한몽'이라는 영화에 출연해서 영화에 관심 있는 사람들에게 조금 더 알려진 심훈을 영입하여 '영화소설'을 게재한다. 게다가 심훈의 작품을 연재하기 전 '조선서 처음되는 영화소설'이라는 문구를 넣은 예고를 하기도 한다. 불과 6~7개월 전에 7회나 연재되었던 『매일신보』의 영화소설 존재를 모르지 않았을 터인데, 이러한 문구를 집어 넣었다는 것은

---

'성북학인'은 한용운이 썼던 호이기도 한데, 이 저자에 대한 것은 조금 더 세밀한 조사가 이루어져야 한다. 이 도표에서는 게재명 그대로 표시해 둔다.
또한 이 도표에는 들어가지 않았지만, 해방 전 근대 시기 '영화소설'이라는 분류 안에 포함될 작품이 몇 개 더 있다. 조선에서 일본어로 발행했던 『조선신문』 1928년 4월부터 5월까지 '소년영화소설'이라는 표제어를 달고 연재되었던 '千早悅二' 작 「鞭」이라는 작품도 그중 하나이고, 『조선일보』 1933년 1월부터 2월까지 연재된 「도화선」이라는 작품도 그중 하나이다. 「도화선」의 경우, 연재를 예고할 때는 '영화소설'이라는 명칭이 들어가지만 작품연재 당시는 '씨나리오'라는 명칭으로 연재된다. 이들 작품은 이 도표에 넣지 않았다.

'경쟁 관계'라는 관점에서 생각해 볼 여지가 있다.

『매일신보』는 「삼림에 섭언」을 연재하면서, 처음 시도하는 '영화소설'을 부각하기 위해 기존의 소설 편집과는 많이 다른 편집을 한다. 한 면의 많은 지면을 활용하여 작품을 길게 연재하면서 삽화를 회당 한 개가 아니라, 1회에 2~3개 많은 것은 5개까지 집어 넣는 방식을 택한다. 『매일신보』가 많은 지면을 할애하여 삽화를 여러 개 집어 넣는 방식으로 영화소설을 띄웠다면, 『동아일보』는 삽화 대신 실연 사진을 삽입하여 차별화를 꾀하기도 한다.

『매일신보』가 영화에 대한 관심을 선점하고 싶은 의도를 가졌다 해도 '영화소설'이라는 명칭을 처음 사용할 수 있었던 배경은 쉽게 설명되지 않는다. 여기서 작가 김일영을 주목해 보아야 한다. 김일영의 작품은 『매일신보』 외의 신문에서는 찾아보기 어렵다. 유독 『매일신보』에서만 그의 이름이 보인다. 김일영이 처음 『매일신보』에 글을 게재한 것은, 지금까지 확인한 바로는 1924년 11월 2일 「노처녀(老處女)의 자백(自白)을 읽고」라는 글이다. 이때는 '곡류(曲流)'라는 호를 사용하였다. 이후 「삼림에 섭언」을 발표하기 전, '곡류 김일영(曲流 金一泳)'이라는 필명으로 영화 관련 글을 두 편 게재한다. 하나는 1925년 2월 22일자의 「영화(映畫)와 민중(民衆)」이라는 평론이고, 다른 하나는 1926년 1월 31일자에 게재한 「표현파(表現派) 영화(映畫)에 대(對)하야」라는 평론이다. 두 번째 글의 끝에 '1월 18일 동경(東京)에서'라는 글귀를 통해 영화소설을 게재한 김일영과 동일인이라는 추론을 가능하게 한다. 영화소설을 게재할 때는 이름 앞에 '동경'을 붙이기 때문이다. 연재한 영화소설 두 편에서도 일본을 배경으로 한 소재를 활용할 뿐만 아니라, 영화 관련 평론에서도 일본의 예를 많이 드는 것으로 보아 김일영은 동경 유학생이었을 것으로 짐작된다. 그런데 「영화와 민중」

이라는 자신의 글에서 밝히고 있는 바에 따르면 김일영은 당시로부터 약 10여 년 전에 이른바 '활동사진'을 접했고, 영화에 몰두한 것은 4~5년 전부터였다고 한다. 영화에 '몰두'했다고 표현할 만큼 영화에 지대한 관심을 가졌다는 것인데, 이 지점을 눈여겨 보아야 한다. 영화에 관심이 컸고 동경에서 유학하고 있었다면 당시 일본의 영화 판세에도 관심이 지대했을 것이다. 그래서인지 「표현파 영화에 대하야」에서는 일본 영화의 예시가 많이 쓰인다. 일본에는 당시 '영화소설'이라는 명칭이 이미 존재하고 있었다. 이 명칭이 일본에서 처음 쓰인 것은 1919년 『활동세계(活動世界)』라는 영화잡지를 통해서였다고 한다. 초창기에는 이미 상영한 영화 또는 상영할 영화를 짤막하게 서술한 것이거나 단편소설의 형식으로 쓴 것을 '영화소설'로 지칭하다 1923년 신문영화소설이 등장하면서 본격적으로 창작된 영화소설을 지칭하는 것으로 변모했다고 한다. 김일영이 영화소설 「삼림에 섭언」을 연재하던 때를 전후하여 일본의 신문들에는 현상모집으로 당선된 영화소설이 연재되고 있었다.[22] 즉 김일영은 '영화소설'이라는 명칭과 그 특성도 알고 있었을 개연성이 높다. 그리고 그것이 '영화소설'을 쓰는 동기로 작용했을 가능성이 있다.

　물론 '영화소설'이라는 명칭을 김일영이 제안한 것인지, 『매일신보』측에서 임의로 사용한 것인지는 분명하지 않다. 또한 작품 역시 김일영이 투고한 것인지 신문사측에서 의뢰한 것인지도 확인할 수 없다. 하지만 분명한 것은 당시 대중에게 새롭게 부각되던 '영화'라는 관심사를 두고 각 신문사들이 경쟁하고 있는 상황에서, 일본에서 유학하고 있으면서 '영화'에 '몰두'하고 있던 김일영이라는 필자를 『매일신보』가 독점하고 있던 상

---

22　일본 영화소설과 관련해서는 한정선, 「일본 영화소설의 전개 양상-1910년대부터 1960년대까지」, 『일어일문학연구』 98-2, 한국일어일문학회, 2016, 159~179쪽 참고.

황이 『매일신보』가 가장 먼저 '영화소설'이라는 명칭을 사용할 수 있었던 배경으로 볼 수 있는 셈이다.

당시 '영화소설'에 이름을 올린 작가의 면면을 살펴보아도 각 신문사가 '영화'를 놓고 얼마나 치열한 각축전을 벌이고 있었는가가 눈에 띈다. 김일영은 『매일신보』에 영화소설을 두 편 발표한 이후 같은 신문에 몇 차례 더 글을 올리기도 하지만 이후 활발하게 작품 활동을 한 작가가 아니었고, 『매일신보』에서 현상모집으로 당선된 양기철 역시 해방 이전에 작품을 발표하지 않았기에 논외로 하고 이후 활발하게 작품 활동을 한 작가를 중심으로 보면, 우선 『동아일보』의 현상모집으로 당선된 최금동을 『매일신보』에서 영입하여 내리 세 편의 영화소설을 게재하고 이후에도 자기 신문사에서 기자로 활동하게 한다. 그런가 하면 『조선일보』는 『동아일보』에 처음 영화소설을 연재한 후 그 이듬해 일본으로 영화 공부를 다녀온 심훈을 1928년에 기자로 영입한다. 『동아일보』는 『조선일보』에 영화소설 「승방비곡」 작품을 연재하여 대중작가로 이름을 떨친 최독견을 영입하여 1929년에 「황원행」이라는 최초의 연작장편소설을 연재한다. 『중외일보』는 장한몽을 만들기도 했던 영화감독 이경손과, 당시 필명을 날리던 팔봉 김기진의 '영화소설'을 연재한다. 이 둘은 조선영화예술협회에 참여했던 인물들이기도 하다.

『동아일보』의 영화소설 현상 당선 작가로 등단한 최금동을 활용하면서까지 『매일신보』는 타 신문들보다 더 적극적으로 '영화소설'을 연재한다. 신문 매체에 실린 총 13편의 영화소설 중 『동아일보』와 『중외일보』가 각각 2편씩, 『조선일보』가 3편을 게재한 데 반해 『매일신보』는 6편으로 타 신문에 비해 월등히 많은 작품을 게재하였다. 하지만 30년대 후반에 가면 '영화소설'이라는 명칭보다 '시나리오'라는 명칭이 훨씬 많이 회자되었다.

1931년에 시나리오를 연재하기도 했던『조선일보』는 1938년에 대대적으로 시나리오 현상모집을 하여 1939년 3월에 당선작을 내고, 그것을 3월 10일부터 연재한다. 1936년과 1937년에 영화소설 현상모집을 했던『동아일보』역시 현상모집 홍보 문구에서는 '영화소설'을 쓰지만, 당선발표를 하는 특집 기사에서는 '씨나리오'라는 명칭을 사용한다. 이런 분위기를 반영하듯, 1938년에 현상모집 분야로 '영화소설'을 모집하고, 그 당선작을 1939년 초반에 연재하였던『매일신보』역시 1940년에는 현상모집 분야로 '영화소설' 대신 '씨나리오'를 모집하고 여기에서 당선된 이춘인(李春人)의 「흘러간 수평선」이라는 시나리오 작품을 1941년 2월 11일부터 3월 3일까지 연재[23]한다.

근대에 출현했다 사라진 '영화소설'이라는 명칭을 하나의 장르적 개념으로 볼 것인가의 여부, 혹은 이 '영화소설'의 특성을 어떻게 규정할 것인가 등은 관점에 따라 상이할 수 있다. 하지만 이 '영화소설'은, 문자로 쓰여 '읽는' 문학의 영역에, 당시 경이롭게 다가온 새로운 문화 경향인 '보는' 영화가 접목되면서 나타난, 그야말로 새로운 문화 현상이었음에는 틀림이 없다. 근대 영화소설의 처음과 끝을 장식했고, 영화 전문 잡지를 제외하면 가장 많은 영화소설을 실은 매체인『매일신보』의 영화소설을 묶어 펴내는 본 자료집을 통해 당시 영화소설의 특성과 역할을 궁구하는 관심과 연구가 좀 더 활발하게 일어나기를 기대해 본다.

---

**23** 「흘러간 수평선」은『매일신보』에 시나리오라는 명칭으로 실린 첫 작품이 아니다. 1932년 4월 1일부터 5일까지 4회에 걸쳐 연재된 김효정(金曉汀)의 「점으는 밤」이 '시나리오'라는 표제어를 달고 연재된 바 있다. 하지만 이것은 완전한 시나리오라기보다는 당시 유행하던 '영화소설'에 가까웠다. 비교를 위해『매일신보』에 실린 '시나리오' 두 작품을 본 자료집의 부록으로 함께 묶어 두었다.

## 3. 각 작품의 주요 등장인물 및 줄거리

### 1) 근대 영화소설 자료집 – 매일신보편 上

#### ■ 김일영의 「삼림에 섭언」

##### • 주요 등장인물

| | |
|---|---|
| 김명애 | 김호일의 애인. 호일을 사랑하지만 조부의 말에 따라 남작과 결혼한다. 남작의 애인이었던 영자가 나타나고, 숨겨둔 아이의 존재가 발각되며 결혼 생활도 파국에 이른다. 비극적 생애를 마치려던 찰나, 아이에 얽힌 사연이 밝혀지며 호일 곁으로 돌아오게 된다. |
| 김호일 | 김명애의 애인. 사랑하는 명애를 두고 유학길에 올랐다가, 명애의 소식이 끊기며 돌아오지만 명애로부터 이별 통보를 받는다. 명애를 잊지 못하고 그녀가 낳았다고 생각한 아이를 기른다. 그 아이에 얽힌 사연으로 명애를 구한 후 다시 행복한 시간을 보내게 된다. |
| 이창수 | 김명애의 남편. 어려운 형편이었던 명애네에 도움 을 준 부친의 인연으로 명애와 결혼한다. 하지만 옛 연인 영자가 찾아와 명애의 숨겨둔 아이를 빌미로 명애를 내치려 한다. 그러다 결국 자기의 부끄러운 과거가 드러나고, 자신의 잘못을 뉘우치며 명애를 호일에게 보낸다. |
| 박영자 | 이창수의 옛 연인이자, 명애의 아이로 알려진 아기의 친모. 명애와 결혼한 이창수를 찾아와 유혹하고, 명애를 쫓아내려다 오히려 자신이 아기를 낳고 버렸다는 사실이 밝혀진다. |
| 신막 노파 | 명애의 아이로 알려진 아이를 키운 인물. 박영자가 아이를 낳고 버렸다는 사실, 명애가 남몰래 양육비를 주어 길렀다는 사실 등을 밝히며 사건 전개에 전환점 역할을 한다. |

##### • 줄거리

S촌에 사는 김명애와 가난한 음악가 김호일은 서로 사랑하는 사이이다. 어느 해 봄 호일은, 만류하는 명애를 남겨두고 동경으로 유학을 떠나지만 가을 들어 명애의 편지가 끊기자 S촌으로 돌아온다. 명애는 호일에게 헤어지자고 하면서, 어느 노파가 사는 산막에서 자기가 낳았다는 아이를 보여준다. 충격을 받은 호일은 다음 날 다시 명애를 찾아가지만 명애는 이미 서울로 떠난 후였다. 며칠 후 호일은 명애와 이창수라는 남작이 결혼했다는 소식을 듣는다. 고통에 시름시름 앓던 호일은 병이 낫자 명애를

보러 서울에 간다. 며칠 동안 명애의 집 앞을 배회하던 호일은 술을 먹고 나오다 우연히 불량배에게 맞고 쓰러진 이창수를 보고 그를 구하려 하지만, 그 역시 몽둥이를 맞고 쓰러진다. 다음 날 명애의 집에서 깨어나게 된 호일은 명애와 대화를 나누다, 명애가 낳았다는 아이 소식을 되려 묻는 명애를 보며, 그 아이를 자기가 데려다 키우겠다고 결심하고 S촌으로 돌아온다.

한편 명애의 집에는 박영자라는 여자가 남작을 찾아와 계속 머무르게 된다. 영자와 남작은 명애 눈을 피해 껴안고 키스도 한다. 명애도 그런 사실을 알지만, 남작에게 애정을 느끼지 못하는 명애는 그런 둘 사이를 용인하고 살아간다. 어느 날 영자와 함께 댄스홀에 갔던 남작이 거기에서 S촌에 산다는 남자를 만나 호일에 대해 묻다가, 호일이 명애의 아이를 키우고 있다는 소리를 듣게 된다. 남작은 이것을 빌미로 명애를 쫓아내려 하고, 명애는 호일에게 그 사실을 알리며 유서 같은 편지를 보낸다. 편지를 읽고 당황하는 호일에게 산막의 노파가 아이에 얽힌 사연을 들려준다. 한 여학생이 어느 날 방을 빌려 아이를 낳았는데, 그 후 한 남자가 찾아와 아이만 남겨 두고 둘이 사라졌고, 노파가 경찰서에 아이를 데리고 가다 명애를 만났는데, 명애가 그 여학생이 아이를 찾으러 올 때까지 양육비를 댈 테니 대신 키워달라며, 이러한 사연에 대해서는 함구를 해달라는 부탁을 했다는 것이다. 이 사연을 들은 호일은 노파와 아이를 데리고 명애 집을 찾아간다. 그곳에서 노파가 영자를 알아본다. 아이는 남작과 영자의 아이였던 것이다. 남작과 영자는 자신들의 행위를 뉘우치고, 아이를 계속 호일이 키우도록 한다. 명애 역시 호일 곁으로 돌아와 행복한 시간을 보내게 된다.

## ■ 김일영의 「산인의 비애」

### ・ 주요 등장인물

| | |
|---|---|
| 니콜라이 림쓰키 | 러시아인 아버지와 한국인 어머니 사이에서 태어나 두만강 상류 산속에서 살아가던 인물. 산 속에서 마주친 혜순을 사랑하게 되어 그를 찾고자 일본으로 건너간다. 그곳에서 음악 공부를 하다 혜순과 세계 일주 음악 여행을 떠나지만 혜순이 다른 이와 약혼하자 고향으로 돌아온다. |
| 류혜순 | 일본에서 음악 공부를 하는 인물. 림쓰키의 사랑을 받아주지 않고 지내다 림쓰키가 유명해지고 세계 일주 음악 여행을 기획하자 동행을 청한다. 여행 중 외국 귀족과 약혼하고 림쓰키와 헤어진다. 2년 반 만에 이혼하고 산중에 있는 림쓰키를 찾아와 용서해달라고 청한다. |
| 마춘식 | 림쓰키에게 도움을 주는 음악가. 산에서 우연히 림쓰키를 만나 우정을 나누다 헤어지만, 일본에서 다시 만나 림쓰키와 함께 공연 무대를 갖는다. 이후 유명해지며 세계 일주 음악 여행을 계획하지만 혜순이 동행하게 되자 그는 여행을 포기한다. |
| 포푸만 | 림쓰키의 아버지 친구로 나따샤의 아버지. 혜순을 찾아 도일한 림쓰키를 키우며 음악 공부도 시켜준다. 딸 나따샤가 죽자 그도 급속히 몸이 쇠약해져 죽고 만다. |
| 나따샤 | 포푸만의 딸로 림쓰키를 사랑하는 인물. 어려서부터 림쓰키를 사랑하여 계속 고백하지만, 혜순을 잊지 못한 림쓰키에게 어리다는 이유로 매번 거절당한다. 유행성 독감에 걸려 일찍 죽고 만다. |

### ・ 줄거리

국경에 있는 P산맥 고령에 니콜라이 림쓰키라는 소년이 살고 있다. 그는 러시아 음악가였던 아버지와 고령에 살고 있던 탄실 사이에 태어난 혼혈아였다. 어머니는 그가 태어난 지 7일 만에 죽고, 음악과 보통교육을 시켜주던 아버지 역시 15세 되던 해에 죽어, 혼자 살아가고 있다. 아버지 죽은 후 2년여가 흐른 어느 여름 날, 언덕 아래 떨어진 류혜순이라는 여자를 구하는데, 이성을 본 적이 별로 없던 림쓰키는 이 여자를 사모하게 된다. 그 해 겨울, 림쓰키는 혜순을 찾아 산을 내려오지만, 그녀는 이미 공부하러 동경으로 떠난 뒤이다. 여름, 그 다음 해 가을까지 여러 번 찾아가지만 그녀를 만나지 못한다. 산중에 있기 싫어진 림쓰키는 촌락으로 자주 내려오다 어느 가을 밤 산중에서 플룻을 불고 있는 마춘식을 만나게 된다. 둘은 친구가 되어 바이올린 피아노 합주도 하고, 춤도 추며 즐거운 나날을 보낸다. 그러다 서로 사랑했던 여자에 대한 이야기를 나누는데 춘식도 류혜순을 안다며 현대 여성은 허영심이 많다고 말하고, 자기를 버리고 어떤 부호와 결혼한 자기의 연애사도 고백한다. 그렇게 반년이 흐를 무렵, 춘식의 아버지가 위독하다는 연락이 와 춘식이 떠나고 만다. 더 고독함을 느끼게 된 림쓰키는 결국 혜순을 찾기 위해 동경으로 간다.

　림쓰키는 동경에서 만난 아버지의 친구 포푸만에게 바이올린도 배우며 2년여를 살다가 길에서 우연히 혜순을 다시 만나게 된다. 혜순은 그에게 고국으로 돌아가라며 여비를 건네지만 림쓰키는 거절한다. 포푸만의 딸 나따샤가 림쓰키에게 애정을 표하지만 혜순에게 여전히 마음을 두고 있는 림쓰키는 매번 나따샤의 고백을 외면한다. 그렇게 다시 4년이 흐르고 나따샤가 독감에 걸려 죽고, 딸을 잃은 포푸만도 급속히 쇠약해져 죽고 만다. 의지하고 지내던 포푸만 부녀를 잃고 수심에 잠겨 지내던 림쓰키는 어느 날 공원에서 마춘식을 다시 만난다. 재회한 둘은 며칠 후 함께 공연 무대에 서는데, 이 공연이 성황리에 끝나 유명세를 타고, 둘은 세계 일주 음악 여행을 계획하게 된다. 이때 류혜순이 찾아와 동행을 청하는데, 이를 들은 춘식은 오히려 일신상의 이유를 들어 여행을 단념하고, 림쓰키와 혜순 둘이 음악 여행을 하게 된다. 세계 각 도시를 거쳐 파리에서 연주를 하고 난 후 존슨 경에게서 파티 초청을 받는다. 화려한 존슨 경의 저택에서 파티 도중 존슨 경과 혜순이 약혼을 했다는 소리를 듣고 충격을 받은 림쓰키는 음악 여행을 중단하고 P산맥으로 돌아온다. 그로부터 2년여가 흐른 어느 날 허름한 차림으로 류혜순이 찾아온다. 혜순은 존슨 경과 이혼을 했다며, 림쓰키에게 용서를 빈다. 림쓰키는 혜순을 원망하지 않는다며, 자신이 어리석어 인간 사회에서 상처를 받았는데 다시 산에서 위로를 얻고 있다고 말한다. 혜순은 그곳을 나와 결국 자살을 하고 만다.

## ■ 최금동의 「해빙기」

### ・ 주요 등장인물

| | |
|---|---|
| 곰바우(24세) | 깊은 산속에서 순이와 살아가는 인물. 방 서방이 죽은 후 순이를 보살펴 준다. 순이가 자란 후 아내로 맞으려 했지만, 도회 청년 조동선과 순이가 서로 좋아하는 것을 알게 되어 순이를 도회로 보내려 한다. |
| 순이(17세) | 방 서방의 딸. 산막에서 태어나 어려서 아버지를 잃고 곰바우의 도움으로 살아간다. 산 바깥 마을을 동경하며 지내다, 어느 날 찾아든 도회 청년 조동선을 좋아하게 된다. |
| 조동선(23세) | 도회 청년. 눈보라 속에 친구를 찾아 산을 헤매다, 다친 몸으로 산막에 나타나 곰바우와 순이의 간호를 받고 살아난다. 순이를 좋아하는 마음이 싹트지만 곰바우와 순이의 관계를 생각하며 갈등한다. |
| 방 서방(62세) | 순이의 아버지. 곰바우와 순이를 데리고 산막에서 살아가다, 어느 눈보라 치는 날, 곰바우에게 순이를 부탁하고 죽는다. |

### ・ 줄거리

　방 서방과 그의 딸 순이, 그리고 곰바우라는 청년이 살아가고 있는 두 만강 상류 산기슭, 어느 겨울 날, 방 서방이 눈보라 속에서 곰바우에게 순이를 부탁하고 숨을 거둔다. 곰바우는 의지하고 살던 방 서방이 죽자 막막하지만, 순이를 지키면서 산속에서 계속 살아가리라 다짐을 한다. 그로부터 2년여가 흘러, 순이는 마을에 내려가 보고 싶어 안달을 하고, 곰바우는 다음 봄에는 데리고 나가서 구경시켜 주겠노라 약속을 한다. 그러던 어느 날 눈보라가 심하던 밤, 다 죽어가는 몸으로 조동선이 산막에 나타난다. 동선은 단신으로 백두산 탐험을 떠난 친구 상철을 찾아 산 속을 이틀 동안 헤매다 죽을 지경에 산막에 이른 것이다.

　순이와 곰바우의 지극한 간호를 받으며 반 달을 보내는 동안 동선은 그들에게 정이 들고, 특히 순수한 순이에게 마음이 가는 것을 느낀다. 순이 역시 동선에게 곰바우와는 다른 감정을 느끼고 있다. 곰바우는 그런 낌새를 알고 복잡한 심경으로 지내게 된다. 동선은 더 정이 들기 전 떠나려 하지만, 봄이 되면 떠나라고 곰바우가 만류한다. 서로 복잡한 심사를 감추며 나날을 보내다 봄이 오고, 동선이 떠나기로 한 전날 밤, 우는 순이를 달래는 동선 앞에 곰바우가 나타나 순이를 데리고 떠나라고 말한다. 순이는 마냥 기뻐하고, 동선은 곰바우의 심정을 알기에 망설이지만, 결국 데리고 떠나기로 결심한다.

드디어 떠나는 날, 곱게 차린 순이와 함께 셋은 집을 나선다. 마지막 고개에서 머뭇거리는 순이를 재촉하여 길을 걷다, 곰바우는, 댕기 풀어줄 때 꽂아 주라고 방 서방이 준 비녀를 순이 손에 쥐어 준다. 순이는 울음을 터뜨린다. 순이를 달래며 강변에 이르러 동선과 순이는 뗏배를 타고 출발하고, 멀어지는 뗏배를 보다 곰바우는 눈물을 흘린다. 시원하게 흘러가는 뗏배를 타고 가던 순이는 갑자기 외로움을 느끼고 곰바우와 살던 지난 모습들을 떠올린다. 그렇게 생각에 잠겨 있던 순이는 갑자기 배에서 뛰어내린다. 산도, 강도, 곰바우도 없는, 그런 서울에 가고자 했던 자신의 생각을 후회하며 뒤도 안 돌아보고 숲속을 향해 달려 간다.

## ■ 최금동의 「광조곡」

### ・ 주요 등장인물

| 윤몽파 | 노음악가. 명주의 남편이자 혜련의 아버지. 가난을 견디지 못하고 도둑질을 하다 감옥에 간다. 출옥 후 오래 외국 생활을 하고 15년 만에 고국에 돌아오지만, 우연히 들른 절에서 연희를 마주친 후 다시 외국행에 오른다. |
|---|---|
| 혜련 | 윤몽파와 명주의 딸. 태어나자마자 어머니를 여의고 아버지마저 감옥에 간 후 5년간 연희에게서 길러지다 몽파 출옥 후 함께 살게 된다. 고국에 돌아왔다가 다시 외국으로 향하는 길에 아버지로부터 과거 일을 듣는다. |
| 정연희 | 윤몽파를 사랑하는 음악가. 우연히 몽파의 음악을 듣고 그를 사랑하게 되지만, 몽파는 이미 아내가 있는 몸이다. 몽파가 감옥에 들어가자 그의 딸 혜련을 5년간 키우다 몽파에게 보내고 스님이 된다. |
| 명주 | 윤몽파의 아내이자 혜련의 어머니. 혜련을 낳고 가난하여 산후 조리도 제대로 하지 못한 채 병석에 누워 있다 죽는다. |

### ・ 줄거리

15년 만에 고국에 왔으나 온 지 일주일도 못 되어 다시 고국을 떠나는 50세 가까운 한 노신사와 20여 살로 보이는 젊은 여자, 그들은 노음악가 윤몽파와 그의 딸 혜련이었다. 몽파는 오래 외국 생활을 하며 고국을 그리워하다 고국에 돌아왔다. 그는 금강산 절간을 찾았다가 여승이 된 정연희라는 여자와 마주쳤고, 그것이 다시 고국을 떠나는 계기가 되었다. 외국으로 가고 싶어하지 않는 딸에게 몽파는 그와 얽힌 과거의 사연을 들려준다.

20여 년 전 칠석, 종로청년회관에서는 동경고등음악학원을 나온 정연희라는 여자의 독창회가 인기리에 열리고 있었다. 몽파 역시 청중 속에 섞여 있었다. 그는, 프로가 끝나고 청중이 모두 돌아간 것도 모르고, 자신도 모르게 무대에 뛰어올라 미친 듯이 피아노를 치다 정신을 잃었다. 다음 날 아침 어느 병실에서 정신이 깨었다. 정연희가 곁에서 자신을 챙겨 주고 있었는데, 그가 깨어나자 지난밤 소나타의 제목을 뭘로 할 것인가

묻는다. 그는 아이를 낳고 토막집에 쓰러져 있는 아내 명주와, 날마다 구직하기 위해 헤매는 자신의 처지를 떠올리며 '주림'으로 정한다. 그날 이후 정연희는 자주 그를 만나러 왔으나, 오히려 몽파는 호감이 깊어져서는 안 된다는 생각에 만남을 그만둔다.

아이를 낳고 산후 조리를 제대로 하지 못한 아내 명주가 죽어가는 것을 보고, 젖을 제대로 먹지 못해 야윈 딸을 걷어차던 몽파는 정신없이 집을 뛰쳐나와 어느 집에 들어가 지전 뭉치를 훔쳤다. 그때 마침 자동차 소리가 들려 피하려다 뛰어든 곳이 정연희의 방이었다. 그는 정연희의 도움을 받아 창밖으로 도망쳐 집에 왔으나 아내는 이미 죽은 뒤였고, 훔친 것도 돈이 아니라 휴지였다. 하지만 뒤따라 온 경찰에게 잡혀 5년 형을 선고받고 감옥살이를 했다. 그는 딸이 죽었다고 생각하고 잊고 지냈는데 출소날 정연희가 딸을 데리고 나타났다. 그녀는 자동차에 그와 딸을 태워보냈다. 딸은 그녀를 향해 엄마는 같이 가지 않느냐며 울었고 그녀는 돌아서서 울고 있었다. 딸에게 여기까지 얘기를 하고 잠깐 쉬는 몽파의 눈에 눈물이 흐른다.

### ▣ 최금동의 「향수」

#### ▪ 주요 등장인물

| | |
|---|---|
| 심서룡 | 음악가. 서인숙과 사랑이 싹트지만 그 전에 언약했던 김명주와 결혼하여 연회를 낳는다. 음악 개인 교사를 하며 가정 생활을 성실히 해 나가던 도중 서인숙의 약혼으로 충격을 받고 음악 개인 교사를 그만두고 건축 현장에서 일하지만, 궁핍함을 견디다 못해 도둑질을 하고 감옥에 간다. |
| 서인숙 | 심서룡을 사랑하는 음악가. 집안에서 오영일과의 결혼을 재촉하지만 서룡을 사랑하여 도망하려 한다. 서룡이 말없이 사라진 후 오영일과 약혼하지만, 서룡이 감옥에 갈 위기에 처하자 오영일을 설득하여 변호를 하게 한다. 서룡이 감옥에 간 후 출옥 때까지 그의 딸을 대신 키워준다. |
| 오영일 | 서인숙을 좋아하는 변호사. 서인숙을 좋아하여 결혼하려 한다. 차일피일 미루기만 하는 인숙을 설득하여 약혼을 하게 된다. 하지만 결국 약혼도 흐지부지되고, 인숙의 부탁으로 자신의 연적이자 동생의 음악 개인 교사였던 심서룡의 변호를 하게 된다. |
| 김명주 | 심서룡의 아내. 시골 야학에서 만난 서룡을 기다려 결혼을 하고 딸 연회를 낳는다. 하지만 궁핍하여 산후 조리도 제대로 못한 채 갓난아기를 두고 죽고 만다. |

#### ▪ 줄거리

어느 해 가을 경성역, 부산에 머물다 독창회 때문에 올라온 서인숙이, 마중나온 아버지와 오영일을 발견하고 플랫폼을 나오다 가방을 떨어뜨린 한 청년과 마주친다. 떨어진 물건들을 함께 주워주다 발견한 오선지에는 '귀촉도 심서룡 곡'이라는 글귀가 쓰여 있다.

동경에서 음악 공부를 하고 삼 년 전쯤 돌아와 시골에서 야학을 하던 심서룡은 다시 경성에 올라와 계속 일거리를 찾아 헤맨다. 우수가 지난 무렵, 서룡의 하숙방에 그의 친구가 찾아와 음악회 입장권을 두고 간다. 여전히 직업소개소를 전전하다 찾아간 음악회장에서 귀촉도를 부르는 서인숙을 본다. 음악회가 끝나고 모두 돌아간 빈 무대 위로 심서룡이 뛰어올라 미친 듯이 연주를 한다. 정신을 잃었다가 병원에서 깨어났는데 서인숙이 곁에 있다. 함께 숲길을 거닐며 담소를 나누고 서로의 집이 어딘가를 알고 헤어진 뒤 인숙이 서룡의 집에 와 놀다 가곤 한다. 인숙의 집에서는 계속 오영일과의 결혼을 재촉하고, 서룡은 시골의 명주에게서 온 편지를 읽으며 명주와 결혼을 약속하고 떠나오던 때를 회상한다. 그러던 중 친구가 다시 찾아와 음악 가정 교사 자리를 제안하고 서룡은 오영일의 동생을 가르치는 가정 교사로 취직한다.

하루는 인숙이 또 찾아와 둘이 함께 영화를 본 후 서룡에게 음악 발표회를 제안하고 준비는 자신이 도맡겠다고 한다. 5월로 잡혀진 음악 발표회 기사가 신문에 나고 준비를 해 가던 중, 인숙은 서룡의 발표회가 끝나면, 자신은 부모님이 정한 대로 약혼을 하게 되었다는 이야기를 털어놓는다. 둘은 서로 노래를 주고받으며 애틋한 감정을 나누다 조선을 떠나 애정의 도피를 하기로 작심한다. 인숙이 행장을 꾸리러 간 사이 서룡도 서둘러 행장을 꾸리다가 책상 서랍에서 명주의 편지를 발견한다. 간절히 기다리고 있다는 명주의 말을 떠올리며 애정 도피를 하려 했던 자신을 뉘우치고 시골행 기차를 탄다. 행장을 꾸려 서룡의 집에 온 인숙은 텅 빈 방에서 서룡이 남긴 메모를 발견한다.

시골에서 명주와 결혼을 한 서룡은 명주를 데리고 경성에 올라온 뒤 계속 음악 가정 교사를 하며 단란한 신혼 살림을 꾸려간다. 그러던 어느 날 서룡은 오영일의 부탁을 받고 약혼식 축하 연주를 해 주러 갔는데, 연주가 끝난 후 그 약혼식이 다름아닌 서인숙과 오영일의 약혼이라는 것에 놀라고 만다. 약혼식에 다녀온 뒤, 서룡은 자신에게 음악 가정 교사 자리를 소개해 준 친구를 찾아가 일을 그만두겠다는 얘기를 전하고, 다른 일자리를 찾아 전전한다. 가까스로 건축공사장에서 일을 하게 되지만, 일은 고되면서도 임금은 얼마 되지 않아 방세도 밀리게 된다. 정월이 지나고 명주가 아이를 낳았지만, 서룡은 아파서 공사판 일마저 못하게 되고 세 식구는 굶주리게 된다. 눈보라가 치던 어느 날, 추위와 굶주림에 지쳐 정신마저 몽롱해져 있던 서룡이 갑자기 일어나 도끼를 들고 뛰쳐나간다. 미친 듯이 달리다 어떤 집에 들어가 지전 뭉치를 훔친다. 차 소리를 듣고 정신을 차린 서룡의 귓가에 어디선가 귀촉도 노랫소리가 들려온다. 자신도 모르게 그 소리를 따라가다 갑자기 마주친 여자를 향해 도끼를 내려치고 갈팡질팡하다 뛰어든 방에서 인숙을 마주친다. 인숙은 방문을 잠그고 창문을 열어 서룡의 도피를 돕는다. 서룡이 집에 돌아왔으나 명주는 이미 죽은 뒤였고, 갓난아이는 죽었는지 살았는지 울음조차 없었다. 서룡은 모녀의 위로 훔쳐온 지전 뭉치를 던졌으나 그것은 돈도 아니고 휴지뭉치였다. 서룡은 뒤쫓아온 경찰에게 붙잡혀 감옥으로 끌려간다.

인숙은 서룡의 아이를 데려와 보살피면서 오영일에게 서룡의 변호를 부탁한다. 오영일은 자신의 연적을 변호하고 싶지는 않다며 거절했으나, 결국 공판정에 나타나 서룡의 변호를 하게 된다. 서룡은 침묵으로 자신의 죄를 인정하고 4년 형을 받는다. 오영일은 공소를 하사고 제안하나 서룡은 거절하고 형기를 채운다. 4년 후, 출소하는 서룡 앞에 인숙이 한 소녀와 함께 차를 타고 나타난다. 인숙이 내려 서룡에게 인사하고는 서룡을 소녀와 함께 차에 태워 떠나보낸다.

## 2) 근대 영화소설 자료집 - 매일신보편 下

### ■ 양기철의 「내가 가는 길」

#### ▪ 주요 등장인물

| 로스(리창애) | 카페의 여급. 상해에서 댄서로 일하다 고향에 돌아오지만, 가족들을 만나지 못하고 다시 카페의 여급으로 일하게 된다. 카페에서 인기를 구가하며 지내다 허욱을 사랑하게 되면서 자신의 과거를 청산하려 하지만, 자신에게 반한 김상덕으로 인해 재판정에 서게 된다. |
|---|---|
| 허욱 | 신문 기자. 카페에서 로스를 만나 인간의 도리, 직업 정신을 일깨운다. 로스와 사랑하는 사이로 발전하지만, 김상덕과 로스 사이에 벌어진 사건을 오해하여 헤어질 위기에 처한다. |
| 김상덕 | 광산업을 하는 부호. 술집 여자든 어린 여자든 가리지 않는 난봉꾼이다. 카페의 손님으로 와서 여급 로스에게 반해 돈으로 유혹하지만 쉽게 넘어오지 않자, 겁탈하려고 한다. |
| 에레나 | 카페의 여급. 고향에 돌아오는 로스를 기차에서 만난 인연으로 자신이 일하는 카페로 로스를 인도하게 된다. 여급의 수단이 좋은 로스를 부러워하기도 한다. |

#### ▪ 줄거리

　로스는 칠 년 동안 상해에서 댄서를 하다가 지나사변이 일어나자 고향으로 돌아온다. 오는 기차에서 카페 여급 에레나를 만나 같이 대천에서 만나자고 약속하고 고향 부여로 간다. 고향의 옛집을 찾았으나 가족들은 모두 어디론가 떠나고 없다. 로스는 실망하고 대천을 찾았으나 에레나도 이미 대전으로 간 뒤였다. 로스 역시 에레나가 갔다는 대전의 카페 '화이트로스'라는 곳에 가서 일하게 된다.

　화이트로스에서 일하는 동안 로스는 이전에 스쳐 지난 적이 있기도 한 김상덕과 허욱을 만나게 된다. 광산업을 하며 돈이 많은 김상덕은 어린 여자애들을 별장으로 들여 방탕한 생활을 하면서도 로스에게 반해 돈으로 유혹하려 한다. 하지만 로스는 기차에서 처음 만났을 때부터 어딘지 모르게 이끌리다, 다시 카페에서 만나 여러모로 깨우침을 주는 신문기자인 허욱을 사랑하게 된다. 로스와 허욱은 보문산으로 놀러도 다니면서 점차 사랑을 키운다. 허욱에게 과거를 청산하겠다고 약속한 로스는 그날부터 술, 담배도 끊고 상덕에게도 차갑게 대한다. 처음에는 쉽게 넘어올 것처럼 굴던 로스가 변한 것을 보고도 상덕은 여전히 돈으로 유혹하려 하지만, 로스가 이제는 돈마저 거절한다.

　로스의 생일 날, 카페에서 로스와 만나기로 한 허욱이 갑작스럽게 일이 생겨 카페에 나타나지 않는다. 로스는 나타나지 않는 허욱을 기다리다 화가 나 상덕이 권하는 술을 주는 대로 받아 마신다. 상덕은 취해 쓰러진 로스를 데리고 호텔로 향한다. 일 때문에 왔다가 같은 호텔에 머문 허욱은 다음날 그 호텔에서 매음을 하던 남녀가 잡혀갔다는 소리를 듣게 되는데, 그들이 바로 김상덕과 로스였다. 배신감을 느낀 허욱은 로스의 사진까지 실어 둘의 매음 기사를 신문에 커다랗게 싣는다. 5일 만에 구류에서 풀려난 로스가 집에 오니 욱이의 이별을 알리는 편지가 와 있다. 로스는 얘기할 것이 있으니 만나자는 메모를 허욱에게 보내고 신문을 뒤적이다 자신의 사진이 실린 기사를 보고 암담해지는데, 허욱에게서는 '전혀 모르는 사람'이라는 메모만 돌아온다. 로스는 욱이를 직접 찾아갔으나 문전박대를 당하고, 아무리 매달리면서 자신에게는 죄가 없다고 애원해도 뿌리침을 당한다. 절망한 로스는 울부짖다가 상덕에게 복수를 다짐한다.

　자신의 심정을 알리는 편지를 허욱에게 보낸 로스는 상덕을 찾아가지만 만나지 못한다. 이때 욱이는 사내 둘을 데리고 자신을 찾아온 상덕이와 싸움이 벌어진다. 사무실 뒷산으로 자리까지 옮겨 치고박는 싸움을 하던 중 세 남자에게 맞아 정신을 잃는다. 상덕이의 행적을 수소문하여 뒤쫓아온 로스가 이 광경을 보고 놀라 상덕을 향해 피스톨을 당기고, 다리에 총상을 입은 상덕이 쓰러진다.

　로스는 피고가 되어 재판을 받게 되는데, 다른 것은 다 사실대로 증언 하면서도 허욱과 관련된 상황과 자신의 심정은 발설하지 않는다. 증인신문을 받던 김상덕은 자신의 방종한 생활을 고백하며, 자신이 로스를 범하려고 계획했으나 경찰들이 들이닥치는 바람에 성공하지 못했다는 것, 신문에 오보가 나서 로스가 자기에게 복수를 하려고 했을 것이라는 것, 자신은 이번 사건을 통해 새 빛을 찾았다는 것 등을 말한다. 그리고 자신을 깨닫게 해 준 것은 로스이니 그의 죄를 너그럽게 보아달라는 호소를 한다. 검사는 5년 형을 구형하고, 이 재판을 보고 있던 욱은 로스가 마지막에 보낸 편지를 떠올리고, 변호사의 변론이 이어지는 동안 집에 보관해두었던 그 편지를 가지고 온다. 재판장이 편지를 꺼낼 때 봉투에서 반지가 떨어지고, 편지를 다 읽은 재판장이 무슨 반지냐고 허욱에게 묻자 그는 로스에게 줄 약혼반지였다고 말한다. 전후 사정을 알게 된 재판장이 판결일을 선고하고 재판이 끝난다. 허욱은 법정을 나서는 로스를 부르며 뒤쫓아가다가, 쏟아지는 비 속에 서서, 봄날 옥문을 나서는 로스를 얼싸안는 환상을 떠올린다.

# 차례

# 한국 근대 영화소설 자료집

매일신보편 上

영화소설映畫小說

# 삼림森林에 섭언囁言

강호江戶 일영생一泳生

S村에서 멀지 안은 곳에 大樹[1]가 鬱葱히[2] 盛한 森林이 잇스며 그 속에는 말근 새암[3]이 소사 못을 일운 곳이 잇섯다

느진 가을 엇던 날이다 森林 속에 『골넹[4]』 洋服을 입은 男子가 서셔 울고 잇섯다 또 그 男子 뒤로 三四間 써러진 곳에는 아름다운 處女가 切株[5] 우에 안저서 울고 잇셧다 寂寞한 森林 속은 두 靑春의 늣겨 우는 소리와 써러지는 落葉 소리만 어우러져 슬피 흐를 쑨이다 못 우에 한 쌍 흰싸옥이[6]가 無心히 써도라 단인다 이윽고 男子는 落葉을 차고 도라서셔 女子를 바라보며

『明愛氏![7]

하고 부르지젓다 그러나 그 女子는 對答도 업시 울기만 하엿다 다시 男子는 氣運 업는 거름으로 女子 엽헤 가서 쓸어안젓다

두 사람은 엇더한 사람이엇든가 女子는 S村에 사는 金明愛라는 어엽분 處女이엿스며 男子는 森林 밧게 놉흔 언덕밧을 耕作하야셔 生活하야 가는 貧寒한 音樂家엿다

晧一은 머리를 들고

『明愛氏— 이즈셧습니까

---

1　대수(大樹). 큰 나무.
2　울총(鬱葱)하다. 큰 나무들이 아주 빽빽하고 푸르게 우거져 있다.
3　샘. 물이 땅에서 솟아 나오는 곳. 또는 그 물.
4　문맥상 '뎅'의 오류로 추정. 코듀로이(corduroy). 흔히 코르덴이라 불리는 골이 지게 짠 피륙을 말한다.
5　기리카부(きりかぶ, 切株). 그루터기.
6　따오기. 저어샛과의 겨울 철새로 몸은 희고 부리는 검다.
7　이 작품에서는 대화문 끝에 '』'이 모두 누락되어 있음. 이후에는 주석 표기하지 않음.

하고 지나간 일을 이야기하기 始作하얏다

× 

　그것은 짜쯧한 어느 날——두 사람은 森林 속에서 노랏다 切株 우에 안
진 明愛 압혜는 쌜간『넥타이』를 민 晧一이가 안겨서 민도링[8]을 쯧고 잇섯
다 그 소리를 맛츄어셔 明愛는 구슬을 굴니는 듯한 목소리로 森林 노리를
부르며 횐 손으로 晧一의 긴 머리털을 씨다듬어 주엇다 맛치 善良한 어머니
가 사랑하는 아들을 어루만지듯이——오— 얼마나 平和인 날이엿든가?

　그러나 두 사람의 헤여질 날이 일으럿다 그것은 그해 여름 晧一이가 富
者 親戚의 도음으로 東京에 音樂을 硏究하려 가게 된 까닭이다

---

8　만돌린(Mandolin). 크기가 작은 류트(Lute) 족의 현악기로, 손가락이나 피크로 현을 튕겨서
　　연주한다.

晧一이가 써나기 전날 밤이엿다 二人은 森林에서 맛낫다 그날 밤은 달이 밝앗섯다 晧一은 못가에 느러진 버들나무 아리셔 쌔요링[9]을 키고 잇섯다 明愛는 나무 밋에 몸을 기대고 귀를 기우려 그 소릭를 듯고 잇섯다 흰옷을 입은 明愛는 달빗에 빗최여서 그야말노 森林에 精[10]갓치 보엿다 보라 明愛의 눈에는 어늬덧 눈물이 이슬갓치 고엿다 晧一은 쌔요링을 멈츄고 明愛 엽흐로 가셔 明愛 얼골을 물그럼이 들여다보며

『明愛氏! 우심닛가

하고 포케트에서 흰 수건을 쓰집어내여서 明愛의 눈물을 고요히 씻어

---

9    바이올린(violin). 서양 현악기의 하나.
10   정(精). 생활력이나 생명력의 근원이 되는 정신을 뜻하는 '정령(精靈)'의 준말.

주엇다 愛人에게 눈물까지 씻김을 밧는 것이 우수엇든지 明愛는 입을 버리고 暫間 우섯다 皓[11]一이도 쌀아 우섯다

『明愛氏! 졔가 東京을 가게 된 것이 실흐심닛가 나의 成功하는 것이 실흐셔요

『네— 실허요

『엇지하야서요

『皓一氏는 왜 쩌나셰요 아마 졔가 실혼 게지요

『온 千萬에 그럴 理가 잇소 훌융한 音樂家가 되여서 明愛氏외[12] 갓치 아름다운 都會生活을 하려고 하는데요 이것도 明愛氏를 爲하야 간담니다 나 혼자 갓트면 이 村에서 늙어 죽어도 그만이지만……

『쪄는 都會도 실허요 皓一氏와 갓치 쪄— 압밧에서 일하고 십허요 그리다가 이와 갓치 달 발근 이 森林에서 皓一氏 가삼에 쉬이고 십슴니다 네 皓一氏 그러치 안아요

그럿튼 皓一이도 이 말에는 嚴肅히 머리를 숙엿다

그러나 그 잇튼날 아참 未明에 希望에 불타는 젊은 音樂家는 S村을 쩌낫다

東京 간 皓一은 明愛의 便紙를 바드며 즐겁게 工夫하얏다 그러나 가을이 되면서부터 明愛한태서 오든 便紙는 쭉 끈쳣다 그러함으로 皓一은 맛참내 S村에 도라온 것이다

×

이와 갓혼 것을 皓一은 우름 석긴 소릭로 말하얏다 明愛는 비로소 얼골에서 손을 내리며 허리를 굽혀 落葉 하나를 집어 들고

---

11  '晧'의 오류. 이 작품에서는 '皓一'의 이름이 '皓, 膌' 등 여러 글자로 쓰임. 이후 오류표시하지 않음.
12  문맥상 '와'의 오류로 추정.

『그새는 꼿 피고 입 돗덧지만 오날은 꼿이 시들고 입이 짐니다… 이러케 누른 빗츠로 써러지는 가을이 안이야요?… 우리의 사랑에도

『우리 사랑에도?

『가을이 왓습지요

晧一은 밋친 것갓치

『아하— 殘酷하심니다～～

하고 明愛 발아리 업드러저 운다 그것을 본 明愛는 놀나 慌忙히 안어 일으키려고 하다가 문득 무엇을 生覺하고 斷念한 듯이 두 손을 도로 얼골에 대고 소리를 내여 운다 그째 晧一은 다시 일어나 歎願하는 듯한 소리로

『그것은 거짓 말삼이지요? 제가 明愛氏를 사랑하는 것갓치 明愛氏도 져를 사랑하실 줄 밋습니다 우리들은 갓치 父母 업시 S村에서 자라난 孤兒가 안임니까 그러나 森林은 우리들의 어머니도 되고 아버지도 되여 주엇습니다 져는 森林을 써나고 明愛氏를 써나서는 一時라도 살 수 업는 것을 쌔다럿습니다 明愛氏도 말삼하섯지요 그와 갓치 밧도 갈고 이곳에서 쉬입시다 네— 져는 明愛氏 엽흘 써나지 안으려고 決心하엿서요

하며 暫間 明愛를 치여다보며 對答을 기다리다가 失望한 듯이

『아— 그러면 明愛氏는 財産이 貴하여진 것임니다

하얏다 明愛는 다시 손을 내리고 무슨 결심을 한 듯이 嚴正히

『그러면 제가 晧一氏를 사랑치 못할 事情을 뵈여드리지요

하고 일어서셔 樹木 사이길노 거러간다 晧一이도 일어서셔 機械와 갓치 싸라간다

二人은 엇던 산막집에 일으럿다 그 집으로부터 한 老婆가 어린 兒孩를 다리고 나왓다 明愛는 다라가 그 兒孩를 안고 입을 맛치엿다 晧一은 엇지된 緣由를 몰나 멍—히 바라보다가 비로소 무럿다

『이 아히는?

明愛는 말하기 어려운 듯이 躊曙[13]하다가 맛참내 對答하엿다

『이 아해는 제가 나흔 아해여요

---

13　문맥상 '躇'의 오류로 추정.

晧一은 絕望한 듯이 머리를 두 손으로 싸쥐고 넘어질 것갓치 비틀거리며 온 길노 도라서 간다 明愛는 두어 거름 짤아가다가 멈츄며 晧一에 뒤를 눈물어린 눈으로 멀니 바라보앗다

○

翌朝[14] ── 하루밤을 苦痛으로 새다 晧一은 맛참내 明愛의 過去에 如何한 秘密이 잇드라도 容恕하여 주려고 決心하고 明愛의 집을 차져갓다 아즉새벽이 되어 그런지 大門은 꽉 잠겻섯다

明愛의 집은 엇더한 집이엿든가 하면 明愛의 兩親은 그가 얼일 쌔 世上

---

14  익조(翌朝). 다음 날 아침.

을 써나고 그 祖父의 손에 길니엿섯다 촌사람들에 말만 드르면 그의 집은 그 祖父가 녯날 韓國時節에 벼슬 단일 쌔 親分 잇든 某老貴族의 德으로 사라갓섯다 그러나 老貴族은 昨年에 죽은 뒤 그의 아달이 爵[15]과 財産을 相續하엿스며 얼마 전에 그 젊은 貴族이 明愛 집에 왓다 간 일까지 잇다고 한다

晧一은 大門 틈으로 안을 엿보앗다 오늘은 엇전지 비인집갓치 쓸쓸해 보인다 져는 疑訝하야 그곳에 섯슬 쌔 어쩟 山家에서 본 老婆가 그 압흘 지내다가 홀깃 晧一을 치여다 보드니

『明愛氏를 차지오 明愛氏는 할아바님과 갓치 셔울 갓담니다』[16]

晧一은 絶壁에서 써러지는 것 갓힛섯다 져는 老婆들[17] 붓잡고

『明愛氏가 셔울로?

하고 무럿다

『네— 서울 갓세요 어졔밤 急行으로

하고 老婆는 천연히[18] 對答하엿다

『무엇하려요 아시는 대로 말삼하여 주세요 할멈!

『져도 몰음니다만 男爵이라는 량반이 다려가섯나 보아요

老婆는 더 말할 必要가 업다는 듯이 가버렷다 晧一의 머리는 散亂되여젓다 져는 두 주먹으로 이마를 눌우고 洞內 밧그로 나와서 조금 놉혼 언덕에 올나셔셔 멀니 셔울 하늘만 바라보앗다

都□[19]를 슬혀한다든 明愛가 가진 歡樂의 城을 차져간 것은 그의 理智로는 到底히 解釋키 어려웟다 져는 그만 氣力이 탁 풀녀서 그곳에 펄석 주져

---

15  작(爵). 작위(爵位).
16  이 작품에서는 대화문 뒤에 거의 '』'가 누락되어 있는데 여기에는 있음.
17  문맥상 '를'의 오류로 추정.
18  천연(天然)히. 시치미를 뚝 떼어 겉으로는 아무렇지 아니한 듯이.
19  문맥상 '會'로 추정.

안졋다 져는 그리도 어지러운 腦를 收拾하여 가지고 꿈 가튼 어제를 生覺하여 보앗다 私生兒?… 男爵家와 明愛家…… 明愛와 男爵 사히에 私生兒…… 그의 生覺이 여긔까지 밋쳣슬 째 그는 神經的으로 몸을 부루르 떨엇다 그러나 졂은 男爵이 처음 S村을 차져왓든 것이 晧一이가 東京 간 다음이엿섯는대 兒孩는 적어도 세 살은 되엿슬 것갓치 보엿다 그러니 그것도 미들 슈 업셔고 晧一은 다시 其兒孩를 다른 男子 사이에 私生兒라고 미루워 보앗스나 그 역시 여러 가지료 未審한 點이 업지 안엇다

그리고 明愛가 上京한 것은 무슨 緣故일가 무슨 目的으로 上京하엿슬가 結婚— 져는 다시 한 번 몸을 부르々 떨엇다 져는 더 生覺치 안으려는 듯이 눈을 싹 감엇다

### D[20]

몃날 후에 村에는 明愛가 男爵과 結婚하엿다는 消息이 드러왓다

이 事實을 晧一은 新聞에서 보고 놀나 우럿다 실상 져는 明愛가 結婚까지 할 줄은 몰낫든 것이다 아랏든덜 明愛를 그처럼 사랑하는 晧一이가 몃날 간을 平凡히 苦痛으로만 지낫을 理는 업슬 것이다 萬事는 다 되엿다 져는 죽기까지 明愛를 怨望하엿다 그러나 모든 疑心은 그냥 남아 잇섯다

### E

男爵家 明愛 室內 —— 明愛가 結婚한 지 十餘日後 엇던 날이다 져는 窓을 열고 멀니 故鄕 하날을 바라보고 이셧다

이째에 男爵이 門을 열고 房에 드러셧다 明愛는 쌈싹[21] 놀나 돌아보앗다 男爵은 보기 좃케 明愛 압흐로 거러가서 明愛의 頭髮에 키쓰를 하엿다 明愛

---

20  마디 부호가 알파벳 순서대로 나오지 않고 D부터 시작됨. 중간에 건너뛰는 경우도 있음.
21  문맥상 '싹'의 오류로 추정.

는 견대기 어려운 듯이 눈을 찌푸려 감엇다 男爵은 다시 人形을 보듯키 明
愛 얼골을 드려다 보며

『明愛— 왜 每日 이 模樣인가 어대 아프면 醫師를 부를가

『안요 괜챤아요

『그러면 나하고 靑[22]涼理 丹楓이나 보려 가지 自働車를 準備할가

『한아버님이 뎌러케 危重하세셔요

男爵은 무엇이 우습던지 너털우슴을 한참 웃더니

『나 사람— 그 째문에 新婚旅行도 못 하고— 病이 重하기나 하면 몰느
지만

하며 미우 愼한 듯이 말한다 ▢[23]愛는 더 안젓기가 실혼 듯이 이러서며

『한아버님을 가 보아야 하게슴니다

하고 나가버렷다 男爵은 明愛 心理를 알 수 업다는 듯이 고개를 두어 번
빗소더니 卷煙 한 개를 피여 무럿다

---

22 ‘靑’ 자가 오른쪽으로 치우쳐 있고, ‘청량리’의 한자에 ‘淸’을 쓰는 점으로 미루어 ‘淸’에서 ‘氵’
　　이 지워진 것으로 추정.
23 문맥상 ‘明’으로 추정.

### G

그째에 善良한 皓一의 明愛에게 對한 怨望은 悔恨으로 變하고 말엇다——
——明愛가 나에게 사랑이 업서서 男爵에게로 한 것이 안이라 羊가치 順한
그는 過去의 罪惡을 그대로 두고 나와 結婚하는 것은 너머나 그에 苦痛이
되엿든 것이다 그릭서 [25]제가 당신을 사랑 못 할 秘密을 뵈여드리지요』
하고 나에게 모든 秘密을 보이고 最後로 나의 處分을 기다렷든 것이다 그
런데 나는 無情하게도 그님[26] 明愛를 차버렷다 안니 차바린 게 안이라 明
愛가 그럿케 生覺하고 고러케 된 바에는 男爵 가튼 富豪와 結婚하여서 老祖
父의 餘生이나 平安히 하리라고 하엿든 것이다 나는 무에라 無情한 놈이엿
든가——皓一은 이와 갓치 獨斷的 生覺을 하면셔 끗업시 後悔하엿다 그러
나 果然 明愛의 事情이 그와 갓힛는지는 疑問일 것이다

皓一의 小屋[27]——皓一은 窓을 열고 밧글 내다본다 밧게는 가을비가 쑤
준하게 나린다 그는 손으로 긴 머리털을 문지르면셔 歎息하기를 마지안
는다

뎌는 문득 이러나 門을 열고 밧그로 쒸여나갓다 그리고 뎌는 비를 마즈
며 追憶에 森林을 차져갓다 長閑한[28] 森林 속은 비발이 落葉 싸리는 소릭만

---

24　원문에는 '二'로 되어 있음. '三'의 오류.
25　'『' 누락.
26　문맥상 '만'의 오류로 추정.
27　소옥(小屋). 규모가 작은 집.
28　장한(長閑)하다. 오래도록 한가하고 평안하다.

슬푸게 들인다 그곳에 洋服이 젓고 넥타이가 풀어진 模樣으로 皓一이가 落葉을 차며 나타낫다 뎌가 눈을 들고 보니 明愛가 前과 갓치 切株 우에 안져서 울고 잇섯다 皓一은 밋친 듯이 깃버하며 그 압흐로 달여가서

『明愛氏! 나는 다 아랏습니다 그것은 당신을 誘惑한 惡魔의 罪이지요 山家에서 내가 당신을 써낫더니 얼마나 落望하섯습니가 내가 잘못하엿습니다 나는 당신을 사랑함내다 아— 不祥한 明愛氏—

하고 나아가 잡으려고 하니가 幻影은 사라져 버렷다 皓一은 그리 놀나지도 안코 머리를 져으며

『이것은 그림자야 明愛氏가 이곳에 올 니가 잇나 그럿치 그리

하며 失神한 사람갓치 중얼~~ 하며 十餘步 거러나오는 뎌는 그만 落葉이 덥힌 진흙에 주저안즈며 두 손으로 落葉을 밀고 업드러져 운다 비발은 事情 업시 可憐한 皓一의 등을 두드린다

### H

可憐한 皓一은 그날부터 病床에 눕게 되엿다

醫師가 不攝生[29]으로 發生한 무슨 神經病이라고 診斷하엿다 오날도 村醫師는 診察을 맛치고

『熱이 좀 놉흐니 注意하시요 藥은 곳 보내드리다

하며 門을 열고 나갓다 皓一은 아모것도 모르는 것갓치 누어 잇다

얼마 후에 房門을 다시 열엿다 皓一은 머리를 돌녀 그곳을 보니 明愛가 薔薇꼿 한 송이를 들고 방글~~ 우스면셔 드러온다 그리고 꼿만 테불 우에 놋코 皓一에게 秋波를 보내면서 門을 열고 나갓다 皓一은 慌急히 손을 들고

---

**29** 불섭생(不攝生). 건강에 대한 조심을 하지 아니함.

『아— 明愛氏!

하고 소리처 부르다가 제 소리에 精神을 차리고 보니 卓子 우에는 病院 下女가 두고 간 藥瓶만 노혀 잇섯다 아— 晧一의 눈에 빗쵠 것은 幻夢에 不過하엿는가

그해 첫 겨울 어느 黃昏이엿다 男爵家에 놉흔 墻垣[30] 밧게는 거문 眼鏡을 쓰고 外套로 얼골을 가리고 섯는 靑年이 잇섯다 이것은 다른 사람이 안이라 病이 全快한[31] 뒤에 明愛를 보려고 上京한 晧一이엿다

져는 明愛를 思慕하는 마음을 抑制할 수 업서 멀니셔라도 明愛에 얼골을 보려 몃 날 前부터 上京하야 男爵家에 墻垣 밧그로 두루 혜매엿다

져는 大門 압까지 왓섯다 大門 우에 男爵 李昌洙란 金字 門牌가 電燈불에

---

30  장원(墻垣). 담.
31  전쾌(全快)하다. 완쾌하다.

희미하게 빗난다 그 안에는 樹木이 茂盛한 庭園을 지나 大理石으로 싹가 세운 三層 洋舘이 잇고 이째에 外出하엿득[32] 自動車가 도라온다 晧一은 急히 새ㅅ길노 물너섯다 그리고 압흐로 지내가는 自動車 안을 보고 놀낫다 그 안에 탄 사람은 明愛와 男爵인 듯한 肥大한 男子엿다 晧一은 名狀[33]치 못할 悲哀에 몸을 부루루 썰며 大門 압헤 다시 나섯다 이째 行巡[34]하든 警官이 웃둑 셔며 晧一을 흘겨본다 晧一은 포켓드[35]에 손을 찔느고 골목길노 살아젓다

---

32  문맥상 '든'의 오류로 추정.
33  명상(名狀). 사물의 상태를 말로 나타냄.
34  행순(行巡). 살피며 돌아다님.
35  포켓(pocket). 주머니.

　　　　I

　時計는 열두 시를 報힛다 大京城의 밤을[36] 깁허간다 善良한 市民들이 잠
드럿슬 째에 各 料理店과 酒場에 不良 무리의 世界를 일우윗다

　晧一은 오날 光景을 보고 苦痛에 견듸지 못하야 明月樓라는 料理店을 차
저 드러갓다 술로 苦痛을 이즈려 하는 것이엿다

　얼마 후에 晧一은 大端히 醉힛다 그째에 엽 골목에서

　『싸흠이다~~~~~~

　하는 소리가 들닌다 晧一은 窓을 열고 二層 위에서 나려다 보니 그 아릭
는 不良者 한 명이 醉한 紳士를 싸리고 잇다 醉한 晧一은 그냥 버려둘 수 업
는 고로 쒸여나가서 말리려 한즉 不良者는 晧一까지 치려고 든다 晧一은
醉한 김에 對抗하야 힘쩟 싸왓다 其者는 晧一의 주먹맛을 보고 싸흠이 不
利할 줄 直覺하고 다러나 바렷다 晧一은 비틀거리며 그 엽헤 精神 업시 쏙
구러진 紳士를 이르키고 불빗에 얼골을 보니 이게 왼일인가 아까 黃昏에
明愛와 갓치 自働[37]車를 타고 가든 肥大한 男子 갓다 그러나

　『당신이 누구요

　하고 무럿다 紳士는 醉한 가운데도

　『고맙소 나는 李昌洙요

　하고 分明히 對答한다 晧一은 그 말에 놀나는 바람 겨오 이르켓는 男爵
을 그곳에 놋처 버렷다 肥大한 昌洙는 보기 좃케 눈 우에 업더졋다

―――――――
36　문맥상 '은'의 오류로 추정.
37　'動'의 오류.

그째 晧一의 뒤에는 져에게 맛고 다라낫든 者가 몽동이를 들고 져가 아지 못하게 낫타나셔 져의 억개를 갈겻다 져는 그만 그 자리에 쓰러졋다

잇흔날 아참에 皓一은 겨오 술도 깨고 精神도 드럿다 처음으로 며는 몹시 압흔 억개에 누가 繃帶한 것을 아럿다 며는 흐릿한 눈을 쓰고 본즉 매우 華麗한 房에 누어 잇섯다 다시 며는 머리를 돌녀 엽흘 보니 웬 女子가 안져 잇섯다 皓一은 눈을 부비며 半身을 들고 仔細히 보고 쌈싹 놀낫다 거긔 안진 것은 明愛가 안인가

---

明愛는 뎌에 눈 뜬 것을 보고 크게 깃버하며

『皓一氏— 精神이 나심니가』

하얏다 皓一은 恒常 듯든 情다운 音聲을 듯고 믹이 一時에 풀녀서 도로 寢床에 탁 쓰려젓다 다시 皓一은 머리를 들고 明愛를 보앗다 明愛는 前보다 얼골이 말 못되게 핫숙하얏다 아무러던지 明愛를 만난 皓一은 깃분 마음에 아푼 것도 잇고 이려나 안즈며

『明愛氏요 明愛氏요 졔가 엇더케 이곳에 누엇슴니가

하엿다 明愛는 對答 업시 고개를 숙으린다 그러나 엽헤서 심부름하는 秋月이라는 게집애가 모든 것을 말하여 주엇슴으로 皓一은 겨오 이 집까지 온 理由를 알게 되엿다

　　　　　×

어졔밤 男爵家에 運轉手가 어대서 술을 먹고 늦게야 도라오다가 明月樓 압헤 이르럿슬 쌔에 두 사람이 너머저 잇는 것을 보고 人力車를 불너 男爵만 求해 가지고 오랴고 하얏스나 男爵은 醉한 가운데도 運轉手에게 命하야 저를 求하려다가 傷한 皓一이까지 집으로 다려가게 하랴고 하얏다

그리하야 醉한 二人이 男爵家에 왓슬 쌔는 時間은 두 시나 되얏섯다 男爵은 運轉手에 扶側를[39] 밧으며 寢室로 드러가다가 자다가 나온 明愛를 보고 저기 갓치 온 사람을 잘 看護케 하라는 말을 남기고 寢室노 드러갓다 運轉手는 醫師에게 電話를 거럿다 明愛는 皓一이를 보고는 크게 놀낫다 그리고 밤새토록 엽흘 쩌나지 안코 看護하얏다

---

**39** 문맥상 '을'의 오류로 추정.

×

秋月의 말은 대강 이러하얏다

皓一은 이 갓혼 醜態를 愛人에게 보이게 된 것을 無限히 붓그러하얏다
怜悧한 秋月은 二人에 貌樣을 보고 밧그로 나갓다 房 안에는 두 사람만 남
엇다

『明愛氏— 面目이 업슴이다 그러나 令監은?

『아직 안 이러나셋서요

皓一은 男爵이 안 이러낫다는 말을 듯고는 이 機會를 利用하야 가슴에
품은 서름을 明愛에게 말하려 生覺하고 態度를 곳첫다

『明愛氏!

『네!

『저는 明愛氏를 보고 십허서 얼마 전에 올나왓세오 그리고 멧 날 동안
이 집 담 밧그로 두루 단엿담니다

明愛의 참고 참엇든 서름은 그만 터저버렷다 더는 소리 업시 울면서 皓
一의 말을 듯는다

『이갓치 만나고 보니 무슨 말슴을 몬저 듸려야 죠흘는지 모르겟슴니다
졔가 그째 山家에서 明愛氏를 써낫더니 明愛氏는 誤解하고 이곳으로 오
섯겟지오 저는 다 암니다 졔가 그째 잘못하엿슴니다 그러나 그 다음날
졔가 明愛氏를 차즐 째는 山村에서는 明愛氏의 그림자도 볼 수 업서요
그째~~~ 나에 슬품은 ——

여긔까지 말한 皓一은 말을 더 繼續치 못하고 눈물을 흘인다 明愛는

『皓一氏! 그 가튼 말슴은 마셰요 저 가튼 惡魔는 이저 버리시고 다른 훌
융한 夫人을 求하셰요

하고 暫間 말을 멈츄엇다가 다시

『그러나…… 저는 저는 그새』[40] 그 우에 더 업는 義務로 아럿든 것이 오
날 生覺하면 後悔쑨임니다 그러나…… 모든 것은 제 宿命인 줄 암니다
그러나…… 皓一氏의 그 그리 좃튼 얼골이 파리하게 상한 것을 보니 저
는 메쓰로 肺臟을 에여 내는 것 갓슴니다 付托임니다 皓一氏— 지난 일
은 쑴갓치 이저 바리세요 네— 皓一氏— 술 갓혼 것을 왜 입에 대세요
崇高 至純한 明愛에 말에 感動된 皓一은

『明愛氏! 感謝함니다 저는 空然히 와서 괴롭게 하엿슴내다 인졔는 더 말
슴 듸릴 것도 업슴니다

하고, 문득 生覺난 듯이

『참— 한아버님은 어대 게심니가

하엿다 明愛는 얼골에 忽然히 愁色이 가득하여지며

『벌서 도라가섯담니다

하엿다 皓一은 놀나며 머리를 숙이고 暫間 生覺한 뒤에 다시 머리를 들고

『明愛氏— 이런 말슴을 듸리면 失禮가 될는지 모르겟슴니다만 明愛氏
의 몸은 大端히 외로운 것을 알겟슴니다 그러나 아직 당신의 幸福을 爲
해서는 犧牲이라도 하겟다는 사람이 山村에 잇다는 것을 잇지 마라 주
시기를 바람니다 저는 고만 失禮하겟슴니다

하고 와이샤쓰와 上衣를 집어 입고 다시 넥타이를 집어 된다 明愛는 다
른 房으로 가서 皓一의 帽子와 外套를 가지고 도라왓다

그리고 明愛는 주머니를 열고 十圓 紙幣 한 장을 끄집어 내서 皓一에게
주며

---

40  문맥상 ‘』'는 오식으로 추정.

『未安하외다만 晧一氏의 付托이 잇슴니다 이것으로 그 애의 玩具라도 하나 사서 주실 수 업슬가요』

하엿다 이 말을 드른 晧一은 우:[41] 不祥한 어머니여— 하고 속으로 부르지즈며 그것을 바다 들엇다 明愛는 다시

『져는 북그러워서 그 애 말을 못 무럿슴니다만 그 애가 잘 잇나요 晧一氏가 其後에 보신 일이 게세요

하고 무럿다 晧一은 못 보앗노라고 고개를 左右로 저엇다 明愛는 졔가 그 말 무른 것을 북그엇는 듯이 낫을 붉키며 고개를 숙얏다 晧一은 머리를 숙이고 暫間 生覺한 뒤에

『明愛氏! 그 애는 졔가 대려다가 기르겟슴니다

『그 아희를?

『녜! 明愛氏의 貴한 아희를 不足한 晧一에게 주시기를 바람니다

하엿다 明愛는 晧一의 偉大 人格에 靈感된 것갓치 晧一의 얼골을 嚴肅히 처다보앗다 晧一은

『당신네들의 幸福을 빗닛다 令監이 오시면 잘 말슴 듸려 주세요

하고 나간다 明愛는

『아— 晧一氏!

하고 부른다 晧一은 도라서며

『아! 明愛氏!

하엿다 明愛는 悽悵한[42] 소리로

『가심니가요!

하얏다 소리는 맛치 어머니를 써러지는 아희에 부르짓는 소리 갓다 晧

---

41  문맥상 '?'는 오식으로 추정.

42  처창(悽愴)하다. 몹시 구슬프고 애달프다.

一은

『녜! 이것이 마즈막임니다

하고 門을 열고 나갓다 그것을 본 明愛는 椅子를 집고 머리를 숙이고 흙,
울엇다

庭園에 다 나려선 皓一은 二層을 쳐다보앗다 거긔는 明愛도 눈물 어린
눈으로 瑠璃窓을 너머 皓一을 나려다 보고 잇섯다 皓一은 손을 드러 두어
번 졋고 大門을 向하야 樹木 아리로 살아졋다

### K

男爵家에 皓一이가 왔다 간 날부터 十餘日이 지난 뒤 어느 날이엿다

秋月이가 제 房에서 일을 하고 잇슬 째 招人種[43] 소리가 들녓다 뎌는 일 하든 것을 卓子 우에 놋코 나가서 門을 여럿다 밧게는 新式 洋服을 입은 女子가 섯섯다

『어대서 오셋슴니가?

『令[44]監을 뵈이러 왓스니가 그리 엿쥬어

『只今 出入하시고 안 게신대요 마님만 게세요

『夫人이라도 조호니 손이 왓다고 그리

『그러면 이리로 드러오시지오

秋月이는 아지 못하는 客을 應接室로 案內하얏다 그리고 明愛 房에 가서 只今 客이 온 것을 應接室로 引導하엿노라고 말힛다 이 말을 드른 明愛는 곳 應接室로 나려왓스나 그곳에는 사람의 그림자도 업섯다 뎌는 아마 令監이 안 게시다니가 벌서 도라갓나 보다 싱각하고 도로 제 房으로 도라가려고 三層 階段를[45] 올나서랴다가 문득 男爵의 書齋를 보고 놀낫다

秋月이가 應接室로 案內하얏다든 客이 어느 틈에 男爵의 書齋에 드러가서 自由로 卓子 우에 帽子를 버서 놋코 安樂椅子에 안저서 小說 갓튼 것을

---

43　'鐘'의 오류.
44　'令'의 오류.
45　문맥상 '을'의 오류로 추정.

집어<sup>46</sup> 뒤적어리고 잇섯다 이새 마참 外出하얏든 男爵이 도라왓다 明愛는
나가 마즈며 書齋를 가라치며

『져긔 令監을 뵈이러 온 이가 게심니다

하얏다 男爵은 하도 異常한 듯이 이마를 씹흐리고 書齋로 드러가며

『누구심니가

하엿다 安樂椅子에 안자 冊을 보든 女子는 얼골을 드럿다 同時에 男爵은

『아 —

하고 놀낫다 女子는 魅力 잇는 눈으로 男爵의 얼골을 바라보며 싱긋 우

---

**46** 원문에는 '어'의 글자 방향 오식.

섯다

『엇더케 왓소?

『令監을 뵈이고 십허서요

『나를?

男爵은 큰 성화구럭이가 온 것갓치 生覺하는 模樣이다 그러나 女子의 肉感을 돕는 衣服과 豊滿힌[47] 살은 好色家인 男爵을 맛참내 征服하엿다 한참 女子를 바라본 男爵은 아조 迷惑하고 마랏다 女子는 아조 勝利한 것가치

『朴英子가 온 것이 그러케도 실흐심니가 이리 좀 와 안즈세요

하엿다 男爵은 明愛 압헤서 엇절 줄을 모르고 明愛 얼골과 英子라는 女子의 얼골을 번가라 보앗다

明愛는 더 잇슬 必要가 업다는 듯이 제 房으로 물너갓다 男爵은 安心한 듯이 女子 엽흐로 가서 안섯다 그리고 둘이는 서로 우스며 이야기하엿다

이 朴英子라는 女子는 엇더한 女子이엿든가?

L

겨을은 가고 봄이 도라왓다

英子는 그째까지 男爵家에 逗留[48]하얏다

그것은 엇던 날 아참이엿다 英子가 三層 階段으로부터 나려와서 피아노를 뜻는다 男爵은 제 房에서 아침 컵피를 마시가[49]가 廣間[50]에서 오는 피아노 소릭를 듯고 금시에 얼골에 깃분 빗이 가득해지며

『英子인 게로군!

---

47  문맥상 '한'의 오류로 추정.

48  두류(逗留). 체류(滯留).

49  문맥상 '다'의 오류로 추정.

50  히로마(ひろま, 廣間). 회합 등을 위한 큰 방.

하며 椅子에서 기지개를 하고 이러서서 廣間으로 나려왓다 뎌는 가만히 英子 엽흐로 가서 한 팔을 英子의 豊滿한 등에 언고 킥을 누르는 英子의 흰 손을 물그럼이 나려다 보앗다 英子는 억개를 으스려치며 고개를 돌여 男爵을 보고 싱그레 웃는다 이째에 明愛가 나와서

『朝飯 準備가 되엿습니다

하며 드러갓다 男爵은 깜작 놀나며 慌忙히 팔을 나렷다 그리고 二人은 食堂으로 드러갓다

## M

그날 밤은 달이 매우 밝앗섯다 明愛는 庭園 一隅에 잇는 蓮못 압헤 안저서 김흔 生覺에 醉하얏다 그째 눈압헤 晧一의 幻影이 낫타나며

『明愛氏! 나를 속이든 봄이 다시 왓구려 하々~~~~~

하고 無氣味한 우슴을 우스며 明愛를 嘲弄하얏다 明愛는 손을 벌이고

『容恕하여 주세요 晧一氏까지 저를 버리심니가

할 째에 幻影은 사라젓다 이째에 本舘에서 이리로 오는 사람의 발자최 소릭가 들닌다 明愛는 無意識的으로 숩속에다 몸을 避힛다

못 압헤 나타난 사람은 男爵과 英子이엿다 英子는 男爵 엽흐로 밧삭 다가서며 두 사람은 서로 쩌안고 키쓰를 하얏다 숩속에 숨엇든 明愛는 참아 보기 어려운 듯이 얼골을 엽흐로 돌이고 팔로 눈을 가렷다

明愛가 다시 눈을 쓰고 압흘 볼 째는 二人은 그곳에 업섯다 뎌는 숩속에서 나서 別로 怨痛해 하는 氣도 업섯다

언이 째던지 男爵의 行爲에 對하야 明愛가 嫉妬가 업는 것은 무슨 緣故일가?

○

翌夜 —— 廣間 電燈 밋헤는 三人이 안저 잇섯다 男爵은 夕刊을 보다가 時計를 처다보고 新聞을 卓子 우에 노흐며 엽헤서 自動椅子에 안쟈 흔들거리며 나진 소리로 무슨 英語 노릭를 부르고 잇는 英子를 보고

『英子氏! 싼쓰홀에 갈 時間이 되엿나 보

하엿다 英子는 노릭를 긋치고 이러서며

『그릭요 져는 別로 準備할 것도 업슴니다

하고 종달새갓치 쒸며 조하한다 男爵도 滿足한 듯이

『그러면 곳 쩌나지요

하엿다 그러나 奸狡한 英子는 엽헤서 일하는 明愛를 보며

『夫人은?

하며 싱각하는 듯이 男爵 얼골을 보앗다 이것은 英子가 明愛의 舞踊 못하는 것을 알면서 侮蔑하노라고 하는 말이오 決코 明愛를 싱각하는 말이 안인 것은 누구나 알 것이다

그러튼 明愛도 이런 째는 셜고 憤힛다 그러나 明愛는 恭孫히

『두 분이나 단여오세요

하엿다 男爵은 조와라고 英子를 다리고 나갓다

#### P

밤이 집허갈사록 舞踏場에는 졈은 男女가 만히 모여드럿다

오케스트라가 始作되며 모든 男女는 서로 씨고 짠쓰하얏다 아직 서투룬 사람이 만흔 가운데 英子와 男爵은 두말업는 一流엿다

舞踏가 긋나매 男爵은 英子와 갓치 休息室 兼 食堂인 엽 間으로 나갓다 男爵은 卷煙[51] 한 개를 물고 석량을 찻노라고 야단이다 그째에 쓸대업는 親切한 졈은 男子가 졔 석량을 거어가지고 와서 卷煙을 부처쥬엇다 男爵은 머리를 쓰덕하며 感謝하다는 쯧을 뵈엿다

오케스트라 소리는 다시 들닌다 모든 男女는 舞踏室로 밀여드러 갓다 男爵은 이번만은 쉬이겟다고 하는 고로 英子는 혼자 舞踏室로 드러갓다 男爵은 앗가 卷煙을 부쳐준 輕率한 靑年을 보고

『어데 삼니가

하고 무럿다 靑年은

『S村에 삼니다

하엿다 S村— 그것은 明愛와 皓一의 故鄕인 것을 男爵은 아는 故로 皓一

---

**51** 궐련(卷煙). 얇은 종이로 가늘고 길게 말아 놓은 담배.

의 消息을 알고저 하엿다

『金皓一氏를 아심니가

靑年은 皓一이라는 말을 듯더니 異常한 눈으로

『녜! 그 서울 잇던 男爵夫人과 戀愛하는 이로오도고[52] 말슴이오

하며 輕率한 靑年은 뭇지 안는 말까지 말하얏다 男爵은 낫빗을 變하고 怒힛다 그러나 문득 明愛 秘密을 아는 데 조흔 作者를 맛낫고나 生覺하고 氣色을 곳치고 獨特한 너털우슴을 우스며

『저도 그런 滋味잇는 말을 드럿더니 宅이 S村에 사신다기에 무른 것임 니다

하엿다 靑年은 목소리를 한層 도두어 가지고

---

52  이로오토코(いろおとこ, 色男). 여자에게 인기가 있는 미남자.

『네! 그리셰요 그야말노 S村에 자랑거리지요 晧─이라는 사람은 只今 웬 아희를 養育하는데 사람들 말을 드르면 꼿 가튼 男爵夫人이 숨겨 기르는 아희라고 하겟지요

하얏다 男爵의 얼골빗은 무섭게 變힛다 靑年은 깜작 놀나 그 자리에서 慌急히 몸을 避힛다 그째에 舞蹈室에서 도라온 英子를 보고

『갑시다

하며 催促[53]하얏다 英子는 男爵의 얼골을 보고 몹시 놀나며 或 다른 男子와 갓치 짠스하얏다고 怒힛나 하고

『왜? 怒하셧서요 저는 머─

하고 辯明하려는 것은[54] 男爵은

『이졔 가서 調査할 重大 事件이 싱겻는대 엇지하면 이것이 우리 兩人의 쯧을 일우게 할 것 갓소

하얏다 英子는 아라드럿다는 듯이 고개만 쓰덕대고 男爵 뒤를 짜라나갓다

---

**53** 최촉(催促). 재촉.
**54** 문맥상 '을'의 오류로 추정.

Q

S村 森林에도 봄은 왓다

晧一은 兒孩를 다리고 追憶에 森林에서 그날~~을 보닛다 오날도 晧一은 兒孩를 다리고 池畔[56]에서 놀고 잇섯다[57] 이째에 兒孩의 前 養母이든 老婆가 便紙 힌[58] 장을 들고 急히 거러와서

『내가 지금 宅에 갓더니 郵便使令이 便紙를 주겟지요 그리 書房님이 여기 게실 줄 알고 가저왓소

『고맙소

하고 晧一은 바다서 發信人을 보니 金明愛라고 써 잇섯다 晧一은 깃쏨에 넘쳐서 손을 쩔며 皮封[59]을 쯔덧다

사랑 만흐신 晧一氏

前日 저는 服從을 爲하야 참사랑을 저바렷슴니다 그러나 그것으[60] 永久히 回復치 못할 過失이엿서요 森林을 써나고 晧一氏를 써나서 저는 하로도 平安히 지닌 날은 업섯슴니다 그게 祖父님까지 世上을 써나신 다음부터는 毒藥을 準備하여 두고 늘 마시려 하엿슴니다 그러나 그째마다 계 맘에 救世主갓치 나타나는 것은 晧一氏의 『S村에 당신을 爲하야 犧牲

---

55　원문에는 '二日'로 되어 있음. '九日'의 오류.
56　지반(池畔). 연못의 변두리.
57　문맥상 '다'의 오류로 추정.
58　문맥상 '한'의 오류로 추정.
59　피봉(皮封). 겉봉.
60　문맥상 '은'의 오류로 추정.

이라도 할 사람이 잇다』는 人情 만혼 말슴이엿습니다 그것을 生覺할 째마다 졔가 죽는다 하면 져의 尊敬하는 皓一氏가 얼마나 나를 爲하야 歎息하실가 하는 마음은 져의 決心을 무르게 하여 왓습니다 그러나 다음 갓튼 □[61]實은 져의 決心을 굿게 하여 버렷습니다

皓一으[62] 여긔까지 닑고는 空間을 쳐다보며 놀나움에 엇졀 줄을 모르다가 다시 다음을 보앗다

男爵은 하로밤 舞蹈場에 단여오더니 누구에게 드럿는지 故鄕 잇는 兒孩를 아러가지고 質問하며 더 調査 後 最後 處分 斷行 云々하더이다 所望 업는 女子가 모든 것을 辯明한들 무엇하리요 皓一氏는 져를 永遠히 이져바리시옵소서 不詳한 兒孩는 잘 敎育하야 홀융한 人物을 만드러 쥬시옵소서 그러면 皓一氏 安寧히 게시옵소서

　　　　　　　　　　薄明한 明愛는 敬愛하는 皓一氏끠

皓一은 失神한 사람갓치 되엿다 뎌의 눈에서는 쓰거운 눈물이 하염업시 흘은다 兒孩를 보는 老婆가 皓一의 이 模樣을 보고 큰일난 것갓치 쮜여와서

『어대서 온 便紙요?

하엿다 그러나 皓一의 귀에는 아모것도 들니지 안엇라[63] 뎌는 혼[64]자말갓치

『내가 上京치 안엇드면 明愛氏에게 이 갓튼 不幸을 씨치지 안엇슬는지도 모를 것을 아— 明愛氏가— 明愛氏가 只今 엇더케 되엿슬가 아— 明愛—

---

61 문맥상 '事'로 추정.
62 문맥상 '은'의 오류로 추정.
63 문맥상 '다'의 오류로 추정.
64 문맥상 '혼'의 오류로 추정.

하며 엇절 줄을 몰은다 老婆는 明愛~~ 하는 소리를 듯고 그것이 서울
明愛에게서 온 便紙인 줄 알고

『그리 서울 明愛 몸에 무슨 變故가 싱겻소

하얏다 그졔야 皓一은 老婆가 엽혜 잇는 것을 알고

『男爵이 이 아희 잇는 것을 알엇슴으로 明愛氏가 쫏겨나게 되엿다오 그
쌘인가요 이 便紙는 明愛氏가 自殺하려고 決心하고 보닌 것이요 아々 이
일을 엇저나 아무려턴지―

하고 森林 길노 쒸여간다 老婆는 急히

『어대 가시우

하고 皓一을 불넛다 皓一은 老婆를 도라보며

『서울노요

『서울 가시면 제가 書房님의 알녀드릴 것이 하나 잇서요

『무어요 어서 말하오

하며 老婆 압흐로 왓다

『明愛氏가 이것은 極히 秘密히 하라고 해서 오날싸지 숨겨왓슴니다만

은 이 애는 明愛氏가 나흔 아희가 안이라 다른 女子가 나흔 아희람니다

하고 녯일을 이야기하기 始作한다

　　　　×　　　×

　老婆의 山家 압헤 한 女學生이 나타나서 主人을 찾는다 老婆가 門을 열고

나왓다

『뉘심니가

『배가 아퍼서 죽게스니 방을 좀 빌여주면 고맙겟슴니다

하며 女學生은 大端히 괴로워하엿다 老婆는 不詳히 生覺하고

<sup>65</sup>애그! 그거 안되엿소 어서 드러오시오

하고 잇그러 房으로 드러갓다

×　　×

皓一은 귀를 기우리고 드럿다

老婆는 其當時를 싱각하는 것갓치 눈을 둥글게 쓰고 空間을 보며

『그런데 그 이튼날 아참 그 女學生이 아희를 나엇서요

하고 말을 繼續한다

×　　×

女學生은 한 男兒를 나코 아릿목에 누어잇다 老婆는 嬰兒<sup>66</sup>를 襁褓<sup>67</sup>로

싸서 안고 安産한 것을 깃버하<sup>68</sup>엿다

그러나 其後 七日 만에 한 男子가 차저왓다 女學生은 그 男子와 갓치 나

은 兒孩만 버리고 踵跡<sup>69</sup>을 감츄엇다 老婆는 其兒孩를 警察署로 가저가려

고 하얏다

山道 —— 老婆는 只今 兒孩를 안고 나려오다가 明愛를 맛낫다

『할멈 어대 가시우 그런데 아희는 언제 나엇소

老婆는 氣막히는 우슴을 우스며

『애그 망칙해 글세 내가 나이 五十이 너머서 아희가 무어요 다른 게 안

---

65　'『' 누락.

66　영아(嬰兒). 젖먹이.

67　강보(襁褓). 포대기.

68　원문에는 '하'의 글자 방향 오식.

69　종적(踵跡). 발자취. 흔적.

이라 이 아희는 엇던 女學生이 낫코 逃亡을 갓다오

明愛는 嬰兒의 얼골을 물그럼이 드런다 보며

『그린 産母가 어대 사람인지 姓名은 무어라고 하는지 모루?

『내가 일홈은 드른 것 갓소만 이젓소 그러나 그 女子의 이마에 금이 잇는 것만은 보아 두엇소 그린 이 애를 警察署로 가져가는 길이요

하고 山道를 急히 내려간다 老婆가 간 뒤에 明愛는 한참 生覺하더니 老婆를 싸라가며

『할멈!

하고 불넛다 老婆는

『웨요

하며 도라보앗다 明愛는 老婆 압흐로 거러가서

『이 아희를 警察署로 가저가는 날은 其女學生이 社會에서 아조 亡하는 날이요 그런즉 내가 이 아희 養育費는 드릴 것이니 엇더케 기를 方針이 업슬가요

하며 兒孩를 貴여운 듯이 다시 드려다 보앗다 老婆는 어린 明愛의 人情 잇는 말에 感心은 하얏스나 慣한 듯이

『엇더면 明愛氏는 그럿케 착한 마음을 가젓소 그러나 그려[70] 년은 좀 혼을 내야 합니다

『그럿치만 사람이라는 것이 一時 실수하는 일이 업지 안소 그 女子도 제 잘못된 것을 깨닷고 이 애를 차즈려 올 것임니다 그 씩[71]까지 엇더케 기를 수가 업슬가요

老婆도 어진 明愛의 말을 씩지 못하고

---

70  문맥상 '런'의 오류로 추정.
71  문맥상 '째'의 오류로 추정.

『그러면 明愛氏 말슴대로 하여 드리리다 내 족하가 먼저 달에 女兒를 낫코 젓이 만혼대 그것도 좀 어더 먹이고 양젓도 사다 먹이고 하면 되겟지오

하엿다 明愛는 大端히 깃버하엿다

『고맙소 할멈! 그럿치만 누가 아희를 나엇고 養育費는 누가 내이고 하는 말은 一切 누구보고든지 말슴 마세요

하고 注意를 식혓다

　　　　×　　×　　×

老婆의 말은 씃낫다 晧一은 感動되엿다 뎌에 明愛에게 對한 疑惑의 一部分은 풀엿다 그러나 뎌는 문득 明愛의 身邊이 危急하다는 것을 깨닷자 老婆의 손목을 탁 집고

『明愛氏 生命이 危殆함니다 求하실 마음이 게시면 나를 따라오시요

하얏다 老婆는 兒孩를 도라다 보며

『뎌 애를 洞內 누구에게 맛기고 오리다

하얏다 皓一은 時計를 쩌내 보며

『그럴 時間은 업는대요 올치 뎌 애도 다리고 가야 하겟슴니다

　하고 뎌는 兒孩를 한 팔로 번젹 드러서 안고 老婆를 잇글고 停車場으로
쮜여간다 老婆는 明愛를 求할 수 잇다는 말에 勇氣가 나서 덜네~~ 짜라
간다

R

三人이 停車場에 갓가히 왓슬 째 皓一이가 멀니 보니 急行列車가 驛을 向하고 驀進[72]하야 온다 皓一은 老婆를 激勵하며 쮜여가셔 겨오 車에 올낫다

車間에셔 皓一은 여러 가지 싱각에 腦가 煩雜해졋다

더욱 皓一이가 싱각하는 것은 새로 發生한 疑惑이엿다— 兒孩가 明愛의

---

72　맥진(驀進). 좌우(左右)를 돌볼 겨를이 없이 매우 기운(氣運)차게 나아감.

所生이 안이라면 무삼 일로 明愛는 나를 속히고 男爵과 結婚하야슬가 그러면 結局 나를 最初부터 사랑치 안은 것이 分明하고나— 하는 싱각은 皓一의 가슴을 압프게 하엿다

그째에 압헤 안잣는 老婆가 皓一의 苦悶하는 것을 알고는 녯일을 다시 皓一의게 말하야 져의 疑心을 一掃하야[73] 주엇다

×　　×

明愛의 祖父는 엇던 投機事業에 家産을 蕩盡하엿슬 샌 안이라 身勢 지든 서울 老男爵의 돈까지 數萬을 쓰러셔 그 事業에 일코 마럿다 그리고 形便이 그리 되고 보니까 村富者들의 金錢도 젹잔케 借用하엿셧다 그리자 老男爵은 죽어 버렷다 老男爵이 사라 잇셧든들 그만한 負債는 念慮 업시 갑하 주어쓸 것이다 그러나 老男爵이 죽으닛가 그의 아들 李昌洙는 父親에게 어더 쓴 돈까지 성화갓치 債[74]促하엿다 그 째문에 明愛 祖父는 고만 화병이 나셔 눕[75]게 되얏고 李昌洙가 한 번 金錢 催促[76]으로 S村에 와서 明愛 容态[77]를 보고 간 뒤에는 中媒를 노아서 婚姻을 請힛다 그 婚姻에 여러 가지 條件을 가지고 왓셧다 萬若 明愛가 昌洙와 結婚하면 다른 負債까지 갑하 주고 明愛의 祖父를 맛겟노라는 것이엿다

하로는 老人이 病床에 누어셔 明愛를 불너 안치고

『明愛야! 너만 나의 말을 드러 쥬면 나는 世上에셔 낫을 들겟다 너를 기른 할아비의 體面을 싱覺하거든 李昌洙와 結婚하여 다고

『져는 그러나 할 수 업슴니다

---

73 일소(一掃)하다. 한꺼번에 싹 제거하다.
74 문맥상 '催'의 오류로 추정.
75 문맥상 '눕'의 오류로 추정.
76 최촉(催促). 재촉.
77 용자(容姿). 용모와 자태를 아울러 이르는 말.

老人은 最後의 希望도 싀허젓다 저는 슬픈 소리로

『나는 네가 나의 말이면 드를 줄 알앗더니

하며 老人의 줄음 잡힌 눈 속에서는 눈물이 넘쳐 흘넛다 그 쓰거운 눈물 한 방울이 明愛 손등에 쑥— 써러젓다 이째에 人情 만흔 明愛는 가슴이 터질 것갓치 祖父를 不祥히 싱각하고

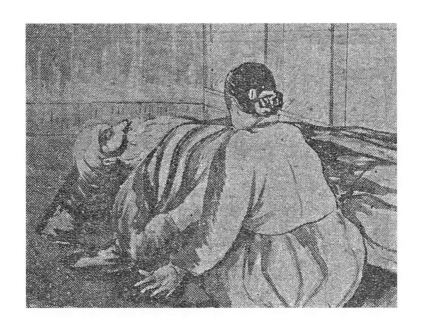

『할아버님— 저는 말슴대로 하겟슴니다

하고 對答하얏다

　　　　　✕　　✕

老婆의 말은 이러한 것이엿다 ——— 그째 明愛는 苦境[78]에 우럿슬 것이다

愛人에게 實情[79]도 하지 안코 도로혀 皓一의 사랑을 斷念식히노라고 애쓴 明愛의 그째 心事야 果然 同情할 만하다——皓一이가 이런 싱각을 할 동안에 車는 京城驛에 倒着하얏다 三人은 「타키시」를 불너 타고 男爵家로 向하얏다

S

自動車는 男爵家 門前에 대엿다 皓一의 一行은 自働[80]車에서 내렷다

---

**78** 고경(苦境). 어렵고 괴로운 처지나 형편.
**79** 실정(實情). 실제의 사정이나 정세.
**80** '動'의 오류.

皓一은 門 엽혜 달닌 □[81]을 눌넛다 안으로부터 秋月이가 나와서 門을 열엇다 秋月은 皓一이를 보고 반가운 듯이 急한 소리로

『잘 오섯슴니다 져— 큰일 낫세요

『무슨 일?

『只今 令監이 마님을 못 견대계 質問하세요

『아 그러면 夫人이 아직 安全하시냐?

『네— 그러나 어졔 져녁[82]은 毒藥을 마시고 自殺하시려는 것을 졔가 보 앗기에 ——아모럿튼지 이리 드려오세요

皓一은 老婆와 兒孩를 그곳에 두고 혼자 秋月이를 싸라 明愛의 房門 압까 지 왓다 안에서 明愛의 우름 소리와 男爵의 嘲弄하는 소리가 석겨 들닌다 皓一은 門을 열고 드러섯다

意外에 突入을 當한 男爵은 一時 놀낫스나 드러온 사람이 皓一인 것을 알 고는 눈을 부릅쓰고 흘겨보앗다

明愛는 暫間 卓子에셔 얼골을 들고 皓一을 보앗다 그 울은 얼골에는 맛 치 어린애가 무셔운 쌔 어머니를 맛난 것갓치 반가워하는 빗치 보엿다 그 러나 明愛는 다시 卓子에 얼골을 대고 우럿다

그리고 皓一이가 드러서셔 놀난 것은 男爵과 明愛 外에 한 妖婦 갓튼 女 性이 男爵 엽헤 밧삭 붓허서 皓一을 흘겨 보고 잇는 것이엿다 男爵은 嘲笑 하는 듯이

『宅은 남의 안房에를 이럿케 마음대로 出入하는 特權이 잇소

하엿다 皓一은 憤한 마음을 참고

『男爵— 져는 明愛氏의 淸白한 것을 證明하여 드리려고 왓슴니다 兼하

---

81  문맥상 '쎌'로 추정.
82  문맥상 '녁'의 오류로 추정.

야 당신의 誤解를 푸러 드리려고——

하엿다 皓一의 이갓치 溫恭한[83] 말에는 男爵도 조금 놀낫다

『그리 무슨 證據가 잇단 말이요

하엿다 皓一은 秋月이보고 兒孩를 다려오라고 하엿다

이윽고 老婆는 兒孩를 안고 드러섯다 皓一은 兒孩를 압헤 내세우고

『男爵— 分明히 들으시요 이 아해는 明愛氏가 나혼 아해가 안이라 다른 女子가 나혼 것을 明愛氏가 養育하엿슬 쑨이외다 자— 할멈 와서 辨明하여 주시요

老婆는 皓一의 말에는 귀도 안이 기우리고 앗가부터 쑤러질 듯이 男爵 엽헤 섯는 女子의 이마만 바라보앗다 果然 英子의 이마에는 黑子[84]가 잇섯다 老婆는 英子 압흐로 가서

『당신이 S村 우리 집에 왓다 간 일이 업소

하엿다 英子는 쌈짝 놀낫다 老婆는 明白히 안 듯이 音聲을 놉혀서

『오냐— 너다 네가 우리 집에서 져 애를 낫코 다라난 것을 나는 警察署로 가저가려고 하엿더니 져 착한 明愛氏가 警察署로 가져가는 날은 누구인지 모르지만 其女學生의 身勢가 말이 못되겟다고 하시면서 나에게 돈을 주어 기르게 하엿드란다 世上에는 너갓치 졔 아희를 버리는 년도 잇고 明愛氏갓치 남의 아해를 養育하시는 이도 잇드란다

하며 고함을 친다 房 안 사람은 모다 놀낫다 더욱이 老婆 말에 쏨벅쏨벅 놀나며 부들~~ 썰든 英子는 그만 椅子에 씨러져 운다

男爵은 비틀거리며 窓 압헤 가져 밧글 내다보며 운다

殺風景이든 室內의 空氣는 悲恨한 우름 소리로 化힛다 男爵은 겨오 눈물

---

**83** 온공(溫恭)하다. 성격, 태도 따위가 온화하고 공손하다.
**84** 흑자(黑子). '흑색점'의 전 용어.

을 씻고 晧一의 압헤 거러와 셔며

　『晧一氏— 나는 惡魔이외다 그 아희는 英子 아희쑨만 안이라 졔 아희올시다

시다

　하엿다 晧一은 다처오는 奇異한 모든 事實에 놀나지 안을 수 업섯다 男爵은 고개를 숙이고 녯일을 이야기하엿다

　　　　　　　×　　　×

　男爵과 英子는 學生 時代에 戀愛를 하야 맛침내 英子는 姙娠까지 힛다 그러나 老男爵은 二人의 結婚을 許諾치 안엇다 昌洙는 하는 수 업시 英子에게 金錢을 주며 어느 산골에 가셔 兒孩를 나어 기르게 하고 오라고 하엿다 그런데 英子가 간다고 간 것이 S村이엿든 模樣이다 ── 老婆의 집에셔 英子가 兒孩를 나은 뒤에 英子를 前부터 싸르든 엇든 不良 學生이 英子를 誘引

하여 가지고 男爵이 産兒養育費로 준 金錢을 가지고 東京으로 다라낫섯다

×　　×

男爵의 말은 씃낫다 져는 다시 눈물을 씨스며

『그러나 그 아희가 明愛氏 손에 길이윗슬 줄이야 쑴에나 아럿겟소 오늘
부터 져는 당신 두 분의 偉大한 人格에 感化되여서 사람다운 사람이 되
려 함니다

하엿다 晧一은 悔過[85]한 男爵의 얼골을 바라보앗다

그째에 울든 英子도 이러나셔 明愛 엽흐로 거러가셔 테 — 블에 몸을 依
支하고

『져는 明愛氏를 對할 낫이 업는 罪人이외다 그러나 저는 天使 가트신 明
愛氏 압혜 懺悔하면 罪가 조금은 輕해질 것 갓슴니다 只今 令監이 말슴
하신 것과 가치 져는 그째부터 放縱한 生活을 하며 단이는 새에 今日 갓
튼 惡魔가 되여가지고 廉恥 업시 이 집을 다시 차저와서 오날 갓튼 悲劇
을 이르켯슴니다

하고 床에 업드러져 운다 明愛 暫間 머리를 들고 悔改한 英子를 나려다
보고 다시 업대여 운다

이윽고 英子는 이러 안자 어는[86] 틈에 우는 明愛 엽혜 와셔 오독히 서 잇
는 兒孩 손을 잡엇다 兒孩는 晧一에게 求해 달나는 듯이 손을 벌이고 『으아
—』하고 소리쳐 운다 그것을 본 男爵은

『英子! 그 애를 노흐시요 天眞의 아희는 우리 가튼 罪人을 슬허함내다
廉恥 업지만 晧一氏에게 그 아희의 一生을 付托[87]하는 것이 그 아희에게

---

**85** 회과(悔過). 잘못을 뉘우침.
**86** 문맥상 '느'의 오류로 추정.
**87** 문맥상 '託'의 오류로 추정.

幸福이 될 것이외다

하엿다 英子는 마지못하야 兒孩를 노핫다 兒孩는 晧一에게로 쒸여갓다 晧一은 곳 나셔며 兒孩를 안고

『그러면 이 애는 제가 기르겟습니다

하고 더 잇쓸 必要가 업다는 듯이 門을 열고 나가려 하엿다 男爵은 急히 손을 들고

『暫間 기다려 쥬시요

하엿다 晧一은 도라섯다 男爵은 晧一이를 불너 놋코는 異常히 明愛 엽흐로 가서

『져는 夫人 아니 明愛氏에게 지은 罪를 一々히 懺悔하랴면 샂이 업슬 것이외다만 結婚한 날부터 오날까지 明愛도 男便이라는 昌洙를 사랑하여 준 일은 조금도 업스며 저 역시 明愛氏를 眞心으로 사랑한 째는 업슴니다 져는 벌서 明愛氏를 離婚한 것은 이 書類가 證明함내다

하엿다 이 말은 男爵이 晧一과 明愛를 理解한 데서 나온 最善의 好意엿다 男爵은 다시 처음 紙片을 晧一에게 주며

『이것은 아희의 敎育費에 ——

하엿다 晧一이가 바다들고 보니가 五天圓이라는 小切手[88]엿다 晧一은

『졔계는 이 가튼 金錢은 아모 所用 업습니다

하며 도로 男爵에게 주엇다 晧一의 心理를 明白히 안 男爵은 아모 말 업시 도로 바더들고 英子를 보고

『갑시다

하며 엽 門을 열고 나간다 英子도 싸라나갓다

---

88 소절수(小切手). 수표.

처음으로 皓一은 明愛 엽흐로 가서 속살거렷다

『明愛氏— 森林은 아직 당신 도라오기를 기다림내다

하고

皓一과 明愛는 꼿 피고 새 우는 봄 森林에 다시 속살거렷다

明愛와 皓一은 兒孩의 左右 손을 하나식 쥐고 森林에 나타낫다

그리고 져들은 새로 노힌 쌘취에 가서 안졋다 明愛의[90] 皓一은 슬푼 過去를 回想하는 것갓치 눈을 감엇다 이째에 老婆가 와서 兒孩를 다리고 다른 곳으로 갓다 明愛는 몸을 움즉여 皓一의 가삼에 실엿다 皓一은 팔을 드러서 明愛 억개에 언졋다 明愛는 皓一에 가삼에셔 잠을 일우웟다

(終)

## 無斷映畵不許

---

영화소설映畵小說

# 산인山人의 비애悲哀

동경東京 김일영金一泳 作

# 山人의 悲哀 (一)

## 【一】

그것은 國境에 잇는 P山脈 高嶺에서 이러난 一篇의『로멜[1]쓰』엿다

어느 여름날 아참 P山頂에 한 少年이 서 잇섯다 그는 새ㅅ벨갓치 아름다운 눈을 들고 멀니 아참 해 써오는 東海를 바라보앗다

少年은 헐버슨 몸에 붉은 光線을 바다서 거룩나[2] 하리만치 尊嚴하게 뵈엿다 그는 파란 눈과 놉흔 코와 늘신한 키와 고술~~한 赤褐色 頭髮만을 보면 꼭 西洋人 갓텻다 그러나 다만 그의 皮膚가 褐色인 것을 보아 白人種이 안인 것만은 알 수 잇섯다

이윽고 無數한 일홈 모를 山鳥들은 少年의 머리 우에 나타나서 지々배々 하며 날개 소리 크게 날어 단인다 이것을 본 少年은 두 팔을 들고 깃버하엿다

『너희들은 밤새 平安하냐』

하고 少年은 사람이나 보고 말하듯이 말하얏다

얼마 후에 山鳥들은 少年의 周圍를 써나 먼 ― 空中으로 날어갓다

『친구들이여! 나는 저녁에 어느 쌔던지 여긔셔 멀니 갓다 도라오는 너희들을 마즈려 한다』

少年은 나라가는 새들을 보고 이럿케 情답게 말하고는 아리로 쒸여 나려갓다

---

1   문맥상 '멘'의 오류로 추정.
2   문맥상 '다'의 오류로 추정.

少年은 山허리에 잇는 木製 小屋으로 드러갓다

室內에는 낡은 椅子 몃 개와 卓子와 피아노가 노혀 잇섯다 그는 快活히 피아노 우에 노인 『바이올닌』을 들고 한 『□³로듸』를 켜다가 문득 壁에 붓흔 肖像畵을⁴ 보고 氣運 업시 樂器를 노앗다 그는 지나간 녯일을 回想하얏다

그것은 少年이 十五歲 째에 世上을 쩌난 그 父親의 肖像이엿다

少年의 父親이 죽기 前날이엿다 얼골에 근심이 가득한 少年은 病床머리에 가만히 안져 잇섯다 父親은 少年의 며⁵리를 씨다드무며 지나간 녯일을 천천히 이약이하엿다

少年의 父親은 『맨넷트, 림쓰키』라는 露西亞⁶ 音樂家엿다 그는 어느 겨을 露領 沿海州에 音樂旅行을 한 일이 잇섯다 그째 맛침 그가 海參威⁷에 다엇슬 째 어느 날 밤 酒場⁸에서 싸홈 끗에 사람을 射殺하고 警官의 눈을 避하야 國境을 넘어 朝鮮에 드러왓섯다

國境을 넘어 온 犯罪者는 飢寒⁹에 견대지 못하야 그만 그곳 田畔¹⁰에 쓰러졋다

그째 그곳 農家의 處女가 밧헤 나왓다가 이것을 보고 可憐한 音樂家를 안아 이르키엇다

音樂家는 이러나 異國 處女를 보고 힘업는 露西亞말노 무어라고 하엿다

---

3  문맥상 '멜'로 추정.
4  문맥상 '를'의 오류로 추정.
5  문맥상 '머'의 오류로 추정.
6  노서아(露西亞). '러시아'의 음역어.
7  해삼위(海參威). 블라디보스토크.
8  주장(酒場). 술도가.
9  기한(飢寒). 굶주리고 헐벗어 배고프고 추움.
10  전반(田畔). 밭두렁.

處女는 그 말은 모르나 그의 입놀이는 것과 손짓하는 것을 보고 그가 먹을 것을 찾는 줄 알고 音樂家를 부츅하야 제 집까지 다리고 갓다

그 집에서 處女의 어머니인 듯한 女子가 나오며

『이게 엇젼 일이냐 彈實아!』

하고 무럿다 處女는 事然을 말하엿다 그 女子는 놀나 音樂家를 房으로 잇그러 드러갓다 處女는 부억에 나가 北方에 흔한 馬鈴薯[11] 살문 것을 만히 가저왓다 쥬린 音樂家는 그것을 만히 먹엇다

겨울은 가고 봄은 왓다 音樂家와 彈實은 서로 戀愛에 쌔젓다

달 밝은 밤에 둘이는 셔로 거러 뒤山 樹木 속에 徘徊하얏다

그러나 音樂家는 自己의 音樂에 對한 使命을 개[12]닷고 犯罪者의 身分으로 本國에 도라갈 수는 업고 亞米利加[13]로 가려고 쯧하엿다

히롯날 音樂家는 自己의 希望을 彈實에게 밀하얏다 彈實은 그 말을 仔細 몰으나 이 地方을 쩌난다는 것인 줄은 알엇다 그럼으로 그는 놀나며 自己의 姙娠한 것을 쏘 손짓으로 알니엿다

音樂家는 運命의 破滅을 슬퍼하엿다 그러나 그는 져로 因하야 可憐히 된 異國 處女의 情境을 불상히 싱각하고 渡米[14]를 中止하얏다

音樂家는 彈實의 所有인 P山 허리에 永住할 小屋을 지엇다

彈實은 未久[15]에 한 사나희를 나엇다 音樂家와 彈實의 父母는 깃버하얏다

音樂家는 아희 일홈을 『니코라이』라고 지엇다

彈實은 生産한 經過가 不良하얏던지 生産 後 七日 만에 그만 세상을 쩌낫다

---

11  마령서(馬鈴薯). 감자.
12  문맥상 '깨'의 오류로 추정.
13  아미리가(亞米利加). 아메리카. 여기서는 '미국'을 지칭.
14  도미(渡米). 미국으로 건너감.
15  미구(未久). 얼마 오래지 아니함.

그후『니코라이, 림쓰키』는 父親에게 音樂과 其他 普通敎育을 바드며 기러낫다

音樂家의 녯이약이는 끗낫다 그는 슬푼 소리로 말을 니엇다

『오날은 本國의 政府도 밧귀고 하엿스니가 너를 本國으로 다리고 가셔 完全한 敎育을 식힐여 하엿드니 이갓치 病들고 보니 엇지할 수가 업다 그러나 나 죽은 뒤에라도 莫斯科[16]에 나의 親舊『포푸만』이라는 音樂先生이 잇스니 그를 차저 가서 工夫하여 보아라 너는 將來에 네 아비보다 나흔 提琴家[17]가 되기를 바란다』

『아버지! 꼭 져는 큰 音樂家가 되겟슴니다』

하고 少年은 울며 對答하엿다

그 잇튼날 父親은 어린『림쓰키』만 山에 남기고 恨 만혼 세상을 써낫다 그로부터 二年은 經過하엿다[18]

## 【二】

림쓰키는 여긔까지 싱각하고 한숨을 쉬엿다 그는 별안간 집혼 山中에 혼자 잇는 孤寂을 늣기는 듯이 밧그로 쮜여나갓다 그는 압뒤로 길게 달닌 山嶺을 도라보며 팔을 벌이고 이약이하엿다

『나의 所有인 山들아! 너희는 둘도 업는 나의 동모요 나의 어머니요 나의 愛人이다』

山에서 자라난 混血兒 림쓰키는 山에서 더 즐거운 곳이 업는 줄 알고 서투룬 母國을 차져가지 안엇다

그리고 그는 外家에서 준 火田에 馬鈴薯를 農事하야 지내갓다

---

16  막사과(莫斯科). '모스크바'의 음역어.
17  제금가(提琴家). 바이올리니스트.
18  경과(經過)하다. 시간이 지나가다.

이째에 異常한 사람의 悲鳴이 『림쓰키』의 귀에 들엿다 그는 사[19]常하게 生覺하엿다 이 深山에 사람들이 발을 드러놋는 일은 썩 드무럿다 갓금 樵夫[20]가 올나오는 일이 잇스나 그 밧게는 먹을 것을 차져다니는 猛獸밧게는 아무것도 업섯다

그는 그 소리 나는 곳에 귀를 기우렷다 한참 후에 그것은 졔가 섯는 뒤에 잇는 斷崖[21]에서 오는 소리인 것을 아럿다 그는 쮜여가서 언덕 아릭를 나려다보고 놀낫다 그곳에는 언덕 우에셔 써러진 한 女子가 나무덩굴에 걸녀서 사람 살니라고 소릭치고 잇섯다 萬若 그 女子가 나무줄기에 걸니지 안코 十餘 丈이나 되는 斷崖 밋헤 써러젓든들 그 生命을 保存하지 못하엿슬 것이다

『여보 ─』

하고 림쓰키는 크세 불넛나 女子는 그졔야 우를 저다보고 숙엇다 산 것 갓치 깃버하며

『나를 求해 쥬세요』

하고 힘업시 말하엿다

『危險하니 몸을 움지기지 말고 가만 잇서요 내『줄』을 가져올 터이니』

하고 림쓰키는 집으로 쮜여가서 로[22](繩)를 가지고 왓다 그는 그 한 긋을 소나무에 매인 뒤에 그 나마를 언덕 아릭 써러트리고 그것을 타고 나려가서 女子를 쎠안고 斷崖 우까지 올나왓다 求함을 밧은 女子는 그에게 안긴 채로 混血兒를 물ᄯᅳ럼이 처다보앗다

림쓰키도 파란 눈을 크게 쓰고 이 아지 못할 女性을 나려다보앗다

---

19  문맥상 '수'의 오류로 추정.
20  초부(樵夫). 나무꾼.
21  단애(斷崖). 깎아 세운 듯한 낭떠러지.
22  노. 실, 삼, 종이 따위를 가늘게 비비거나 꼬아 만든 줄.

그는 輕快한 洋裝을 한 어엽분 女子엿다 斷崖에 써러질 째 上衣에 씨여진 곳으로부터 牛乳빗 갓튼 억개가 보엿다

女子는 비로소 精神을 채리고 림쓰키의 품을 써낫다 그러나 女子는 져를 求해 준 고마운 山男에게 惡感을 주어셔는 안 될 줄 아랏든지 힌 니를 보이며 방긋~~ 우섯다 림쓰키는 이 山中에서 처음 보는 아름다운 女性에게 精神을 일흔 것갓치 바라보고 잇섯다

그는 속으로 世上에도 이갓치 어엽분 異性이 잇섯는가 하고 싱각하엿다 그러나 그는 비로소 恍惚 狀態에서 쌔인 듯이 快活히 우수며

『져긔 우리 집이 잇스니 가지 아나요?』

하고 女子의 손목을 쥐고 저의 집까지 다리고 갓다 그리고 그가 門을 열나고 할 째에 뒤에서

『柳惠順氏!』

하고 챠즈며 登山服을 입은 十餘人 졂은 男女가 이곳으로 거러왓다

그들은 비로소 二人을 發見하고 怪常한 듯이 바라보다가 한 女子의 입에셔 고약한 弄談이 나왓다

[23]그런 줄 몰낫더니 柳先生도 참?[24]

다른 男女들은 一諸히

『하―하―』

하고 우섯다 柳惠順은 북그러운 듯이 낫을 붉히며 언덕에 써러졋다 求함을 입은 事實을 말하엿다 그러나 만흔 사람의 우슴소리에 그것은 들니지도 안엇다

림쓰키는 不安한 마암을 禁치 못하얏다! 이것이야말노 그대가 보잘것

---

23 '『' 누락.
24 '』' 누락.

업는 山男하고 무엇을 하고 잇섯느냐— 하는 侮蔑의 嘲笑라고 그는 싱각하고 더할 수 업는 侮辱을 避키 爲하야 그들을 써나 門을 열고 안으로 드러 갓다

그들도 비로소 柳惠順의 이약이를 아러드럿다

『그것 참— 큰일날 번하엿구려 이 아리서는 老人네드리 柳先生 업셔젓다고 야단이람니다 우리 靑年들만 柳先生 搜索隊를 組織해 가지고 올나 왓담니다 허ゝゝ허²⁵』

『아무려나 우리 靑年會 主催의 登山도 한 이약이거리를 가지고 가니 좃습니다 호ゝ호ゝ』

그들은 이러케 웃기도 하고 이약이도 하며 림쓰키 보고는 一言의 인사도 업시 山 아리로 내려갓다 림쓰키는 비로소 門을 열고 나서며 憤한 듯이 그드²⁶을 바라보며 쥬먹을 쥐엇다

그러나 山에셔 자라난 그의 性質과 感情은 變化가 만핫다 그는 이어 소리처 우서버렷다

---

25 '허ゝ'의 글자 배열 오류.
26 문맥상 '들'의 오류로 추정.

## 【三】

> 數日 后[27]

림쓰키는 고요한 小屋 안에 혼자 잇섯다 그는 자죠 한숨을 쉬엿다

> 림쓰키는 멋칠 전에 우연히 맛난 류혜순이를 쥬야로 동경하고 사모하
> 게 된 것이엿다

그는 그 싱각에서 버서나려는 듯이 문을 열고 밧그로 나갓다 그러나 이젼에 그의 둘도 업는 친구이든 山이 오날은 다만 그의 마음에 젹막과 空虛를 늣기게 할 쓴이엿다

> 神秘한 山脈에 가을이 왓다

가을이 오면 겨울도 머지 안엇다 림쓰키는 겨을 준비를 하노라고 나무우에 올나가서 굵은 가지를 녹[28]그로 찍어 내리고 잇다 그는 일이 손에 걸니지 안엇다 갓금 수심이 가득한 얼골로 먼 산을 바라보고 잇섯다

> 겨을이 왓다

회식 하날 아리 빅설이 덥힌 산믹은 신비하고 아름다윗다
아참 일즉이 림쓰키는 어대를 가는지 산에서 나려간다

---

27　문맥상 '後'의 오류로 추정.
28　문맥상 '독'의 오류로 추정.

림쓰키는 P山에서 이십 리나 격한 고을에 이르럿다

그는 류혜순이가 이 고을에 살지나 안는가 하고 차저 온 것이엿다

그는 거리 우에서 담배를 피우고 섯는 한 로인 압헤 가서

『류혜순이라는 녀자가 이 고을에 살지 안슴니가?』

하고 恭遜히 무럿다 로인은 담배대를 문 채로 모른다고 머리를 져엇다

『그러면 이 고을 청년[29]회 사무소는 어데쯤 잇슴니가』

림쓰키는 다시 이럿케 무럿다 로인은 그졔야 담배대를 손에 들고 지나가는 한 신사를 가라치며

『저긔 가는 이가 이 고을 목사닛가 그런 것을 잘 알겟지』

하고 다시 담배대를 밧브게 입에 문다 림쓰키는 깃버하며 그 목사를 쫏처갓다

『여보세요!』

하고 그는 불넛다 목사는 거름을 츄[30]츄고 그를 도라보앗다

『이 고을 류혜순이라는 녀자가 살지 안나요 아시거던 가라처 쥬세요』

림쓰키는 니여 이럿케 무럿다 목사는 이 아지 못할 소년을 한참이나 바라본 뒤에

『그것은 왜 뭇소?』

하고 반문하엿다

山에서 자란 정직한 림쓰키는 지난 여름 산중에서 그 녀자를 구한 일을

---

29  문맥상 '년'의 오류로 추정. 이후로도 '청년'으로 식자된 부분이 많은데 따로 주석 달지 않음.
30  문맥상 '멈'의 오류로 추정.

숨김업시 이약이하고 좀 만나면 좃켓다고 말하얏다 목사는 그제야 알겟다는 듯이 우스며

『오! 참— 나도 청년 회원들과 갓치 그 산에를 갓섯소 그째 나는 山 아리 잇섯는대 나중에 그 말은 드럿슴니다 참— 죠흔 일을 하섯소』

하고 말하엿다 림쓰키는 크게 깃버하엿다 그러나 그 볼깃[31]은 순간이엿다

> 『그러나 류혜순 씨는 공부하러 동경 가고 이곳에 업슴니다』

하고 목사는 말을 이엿다 림쓰키는 크게 락담하엿다

> 『언제나 도라오실가요?』

하고 그는 슬픈 소리로 무럿다

『아마 여름 휴가에는 오겟지요』

목사는 이럿케 말하고 손으로 한 곳을 가라치며

『류 씨 집은 바로 져긔 뵈는 들메나무(楠木) 아리ㅅ집이지만…… 참— 나는 볼일이 잇셔 가겟슴니다』

하고 다른 곳으로 가 바렷다

림쓰키는 긔운 업시 산으로 도라갓다

> 그날 밤

림쓰키는 란로 압헤 안져서 冥想에 취하여 잇섯다

란로 속의 이글이글하는 불 속에 류혜순의 아름다운 얼골이 아련히 나타낫다

밧게는 이리(狼)가 구름 속에 흘너가는 달을 보고 처참히 지젓다

---

31  문맥상 '깃붐'의 오류로 추정.

> 림쓰키의 기다리든 여름은 왓다

오릭간만에 림쓰키는 산 우에 서서 공중에 새들과 이약이하얏다

> 『나는 오날 어엿분 사람을 만나려 고을에 갓다 오마』

아모것도 모르는 미물의 즘싱과 이 갓흔 말을 하는 그야말로 순진한 인간이엿다 그는 사랑하는 사람에게 쥬기 위하야 들빅합을 만히 썩거 들고 山 아리로 쮜여나려 갓다

그는 고을에 이르러 바로 들머[32]나무 아릭ㅅ집을 차저갓다 그는 셔슴지 안코 대문으로 들어가려 하얏다 이것이 보통 사람 갓흐면 이 갓흔 경우에 드르가기를 주져하겟지만 산에셔 자라난 그는 그 갓흔 념려는 업셧다 그러나 그는 대문 안에 드러셜 째 안으로부터 나아오는 이 집에 고용인인 듯한 허름한 남자를 만낫다

> 『어데서 왓소』

하고 그 남자는 쑥々한 소릭로 무럿다

림쓰키는 그릭도 우스면셔

> 『류혜순 씨 오셧지요?』

하고 아는 듯이 무럿다 『[33]그 남자는 어이 업는 우슴을 보이며

> 『안 오셧셔요』

하고 간단히 대답하얏다

『그럴 것이 안임니다 목사가 이쌔는 오신다고 말슴하셧슴니다 나를 의

---

32  문맥상 '메'의 오류로 추정.
33  문맥상 '『'는 오식으로 추정.

심할 것은 업슴니다 나는 잠간 혜숙[34] 씨에게 말슴 들일 것이 잇서 왓슴니다』

림쓰키는 졔 모양을 보고 이 남자가 속히지나 안는가 하야 이갓치 열심으로 말하엿다 그 남자는 우수운 듯이

『지금 아가씨는 연구하실 것이 만허서 이번 휴이[35]가에는 도라오시지 못하신다고 편지가 왓담니다』

하며 처음보다는 친졀히 말하여 쥬엇다 림쓰키는 크게 락담하엿다 두 번이나 실패한 그는 쏘다시 쓰라린 가슴을 안고 산으로 도라가지 안으면아[36] 되게 되얏다 그는 들고 온 산빅합을 손으로 문지러 길 우에 바렷다

## 【四】

> 그 다음 해 가을이엿다

림쓰키는 지나간 녀름에도 쏘 고을을 차저갓셧스나 혜순을 만나지 못하고 도라왓다

그는 젹막한 산중에 혼자 잇기가 실혀졋다 그리고 그는 사람이 그리워졋다

> 어느날 림쓰키는 산 아릭 촌락에 외삼촌 집을 챠져갓다

마당에 셧든 그의 외삼촌이 그를 보고

> 『너! 무엇하러 왓니?』

하고 링졍히 무럿다

---

**34** '순'의 오류.
**35** 문맥상 '이'는 오식으로 추정.
**36** 문맥상 '안'의 오류로 추정.

외삼촌은 외국인의 피를 바든 림쓰키를 그리 즐겨하지 안엇다

그런고로 림쓰키는 부친이 별세한 뒤에도 촌락으로 나려오지 안코 변함 업시 짜뜻이 안어 주는 산에 잇기를 죠화한 것이다

그러나 그는 친척들의 무정한 것은 알면서도 근일 혼자 밧는 고통에 적은 위로나 잇슬가 하고 오날 차저왓든 것이엇다

『공연히 나려왓셔요』

그는 겨오 이럿케 대답하고는 더 말하지 안코 산으로 도라갓다

그날 밤

가을 달이 밝은 밤이엇다

림쓰키는 잠을 일우지 못하고 밧그로 나왓다

그날 밤에 산 미테는 소나무에 기대여 서서 『푸룻』을 불고 잇는 청년이 잇섯다 그는 머리를 길너 뒤로 졋치고 검으스름한 얼골에 두 눈만 달빗을 밧아 야광주갓치 반쩍[37]어리는 괴이한 청년이엇다 그는 정신업시 꿈을 쑤는 사람갓치 푸룻만 불고 잇섯다 그 맑은 소리는 멀니~~~ 달 세계로 흘너가는 듯하엿다

그째 산 우에 림쓰키는 그 푸룻 소리를 들엇다 그는 달 속에 흘너가는 아름다운 『멜로듸』에 취한 듯이 귀를 기우렷다

소나무 미테 청년은 달을 처다보며 쉬지 안코 푸룻을 불고 잇섯다

림쓰키는 맛침내 그 소리 나는 곳을 짜라 산 아리로 나려갓다

이윽고 그는 청년을 소나무 아리서 발견하엿다 림쓰키는 긔계와 갓치 그 엽흐로 갓다 청년은 모루는 듯이 푸룻만 불고 잇섯다

---

37  문맥상 '짝'의 오류로 추정.

림쓰키는 그 엽혜 소나무에 몸을 기대고 정신업시 그 소리를 늣<sup>38</sup>고 잇섯다

한참 후에 청년은 풀 우에 길게 박힌 림쓰키의 그림자를 보고 놀나며 머리를 돌녀 림쓰키를 유심히 처다보더니 말업시 이러나 저편으로 쳔々히 거러갓다

림쓰키는 무엇을 싱각하엿는지

『여보시요』

하고 그 청년을 불넛다 그는 가는 거름을 멋츄고 림쓰키 압흐로 다시 왓다

『내가 와서 당신의 흥을 쌔처서 대단히 미안함니다 그러나 나는 당신 가튼 이를 한번 만나 보기를 원하엿슴니다』

림쓰키는 이갓치 말을 붓첫다 청년은 한<sup>39</sup>참 싱각한 뒤에 입에 고요한 우슴을 보이며

『네! 당신은 뉘심니가? 이 밤에 이 깁흔 산중에 잇는 당신은?』

하고 물엇다 림쓰키는 손을 드러 山 우를 가라치며

『나는 저 산 우에 사는 촌락 사람들도 갓가히 하여 주지 안는 니코라이 림쓰키라는 외로운 사람이올시다 그리고 우리 아버지는 로셔아의 유명한 음악가엿슴니다 보매 당신도 음악가인 것 갓슴니다 엇더케 이 지방에 오셧는지 몰으겟지만 나 갓튼 사람과 친구가 되여 쥬실 수 업나요?』

하고 단숨에 말하엿다 이 말을 드른 청년은 의외에 대단히 반겨하며

---

『그럿슴니가 나는 마츈식이라는 보잘것업는 사람임니다』

하며 손을 드러 림쓰키의 손을 힘잇게 쥐엿다

이튼날

림쓰키는 어졔밤 사권 친구를 기다리고 잇셧다

이윽고 산으로 올나오는 츈식을 본 그는 쮜여나려가 그 손을 반갑게 잡고 올나왓다 두 사람은 이약이하며 집으로 드러갓다

츈식은 이런 산가에 피아노가 노혀 잇는 것을 보고 즁진긔하게 싱각하엿다

『당신은 피아노를 하심니가』

하고 츈식은 무럿다

『피아노는 서투릅니다 바이올린은 좀 하지만』

『그러면 바이올린을 켜시요 내 반쥬해 들릴게』

두 사람은 엇던 곡을 골나서 합쥬를 하엿다

### 【五】

한참 후에 합주는 씃낫다 림쓰키는 대단히 깃버하며

> 『나는 짠스를 할 줄 압니다 전에 우리 아버지는 피아노를 하시고 나
> 는 짠스를 잘 하엿지요』

하고 그는 즐거운 녯날을 그리워하는 듯하더니

『무도곡을 하나 쓰더 쥬세요』

하엿다 츈식은 주문한 곡을 쓰덧다 림쓰키는 방으로 쒸여단이며 가부
여운 牧童 춤을 츄엇다

그것이 씃나미 이약이가 시작되엿다

『아! 바이올인을 잘하심니다그려 그만하면 우리 서울 樂壇[40]에 나선
『바이올리스트』 이상임니다 한번 서울을 안 가시렴닛가?[41]

『그러나 우리 아버지는 더 공부하여야 한다고 늘 말슴하섯담니다』

하고 림쓰키는 손을 드러 저 벽에 걸닌 사진을 가랏치며

『저것은 우리 아버지 肖像이람니다 아버지가 셰상을 써나신 뒤는 배와
주는 사람도 업서서 늘 혼자 련습은 하지만 맘대로 진보가 안 되여요』

하엿다 春植은 사진을 보며 림쓰키가 가저온 살문 밤(栗)을 까서 먹고
잇다

---

40　악단(樂壇). 음악가들의 사회.
41　'』' 누락.

한참 후에 두 사람은 집에서 나와서 놉흔 산 위로 도라단이다가 석양이
될 째 헤여젓다

『릭일 쪼 오서요 엇저면 우리 집에 와 류하시지요[42]

『머 그럴 필요는 업습니다 우리 매일 만날 터이닛가』

春植은 이럿케 말하고 산 아릭로 나려갓다

아버지를 일흔 뒤로 산에서 외롭게 지나는 림쓰키는 인정 잇는 음악가
와 잠시라도 헤여지기가 실헛다

얼마츰 나려간 춘식은 도라보며 팔을 저엇다 림쓰키도 싸라서 팔을 저
엇다

翌朝[43]

림쓰키가 집에 안져 잇슬 새 문을 두다리는 소릭가 들엿다

그는 문을 열고 춘식을 마져들엿다

두 사람은 전날과 갓치 림쓰키는 바이올닌 춘식은 피아노로 합주하엿
다

그것이 긋나매 둘은 밧그로 나와 『쩬치』에 안젓다 림쓰키는 돌연히 슬
픈 □[44]릭로

『東京을 가고 십흔데 엇더케 하면 죠흘가요』

하고 의미 잇게 물엇다

---

42  ‘』’ 누락.
43  익조(翌朝). 다음 날 아침.
44  문맥상 ‘소’로 추정.

『음악을 연구하시려 가시렴니가』

『아니요』

츈식은 리상한 듯이 림쓰키를 처다보앗다

림쓰키는 이년 젼 柳惠順이라는 녀자를 구원한 뒤에 그를 사모하게 되엿다는 것과 동경으로 그를 차져갈 마음이 잇다는 것을 츈식에게 말하엿다

츈식은 니약이를 다 드른 뒤에 엇젼 일인지 긴 한숨을 쉬고

『그 녀자는 나도 암니다』

하고 긔운 업시 말하엿다

『당신이 아세요?』

하고 림쓰키는 깃버서 물엇다

『네! 거저 音樂學校 피아노科에 단인다는 말은 드럿슴니다 그려나 현대 녀성은 虛榮心이 만허셔요』

림쓰키는 츈식의 이 말을 무슨 의미인지 몰나 츈식의 얼골만 처다보앗다 츈식은 천々히 자긔의 경험을 말하엿다

마츈식은 일즉 한 녀자을[45] 마음으로부터 사랑하엿다 그러나 그 녀자는 츈식의 사랑을 버리고 엇던 부호와 결혼하엿다

츈식의 말은 씃낫다 그는 다시 말을 니엿다

---

**45** 문맥상 '를'의 오류로 추정.

『저는 고통 긋헤 이런 궁벽한 산속에 드러왓섯습니다 그러나 神은 이 곳에 텬사 갓흔 사람을 준비하얏다가 나를 위로하여 주셧습니다 저는 당신한테 어든 유쾌한 마음을 무엇에 비할 수 업습니다 당신은 나의 은인임니다』

츈식의 말을 들은 림쓰키는 비로소 입을 열고

『셰상 녀자는 다 그럿습니가』

하고 물엇다

현대 녀자는 다 그럿타고 싱각함니다

하고 츈식은 서슴지 안코 대답하엿다 림쓰키는 안이라는 듯이 머리를 져으며

『그 녀자에게 한하야 그럿치 안타고 싱각함니다 그것은 그 녀자의 맑은 눈이 말하엿습니다 그리고 따쓧한 우슴이 그리고 天眞한 얼골이 그 녀자가 자비하고 순진하다는 것을 말하엿습니다』

하고 렬々히 말하엿다 츈식은 다시 무슨 말을 더 하려다가 입을 담을엇다

## 【六】

그로부터 다시 반 년은 꿈결갓치 지낫다

림쓰키는 하로도 쌔지々 안코 산에 올나와 음악도 하고 놀기도 하는 마 츈식을 아침부터 기다리고 잇섯다

그러나 그날은 엇지 된 연고인지 해가 낫이 되도록 츈식은 올나오지 안엇다 그는 츈식이가 병이 나지 안엇나 하고 근심하엿다 그리서 그가 츈식을 차자 촌에 나례[46]가려고 할 쌔에 맛침 기다리든 츈식이가 숨이 턱에 다

어셔 쮜여 올나왓다 그는 올나오자 밧브게 한장 죠희를 꺼집어내여 림쓰
키에게 뵈엿다 그것은

父危篤急來

부위득[47]급릭

라고 쓴 뎐보엿다

『나는 오날 이곳을 써나야 하겟습니다』

하고 츈식은 포켓트에 손을 너허 시게를 꺼내 보며

『엿태 힝장을 꾸리고 잇셧습니다…… 엇더케 셥々한지……』

하고 마즈막으로 림쓰키의 손을 힘 잇게 쥐엿다 림쓰키는 사정이 이럿
케 된 줄 안 이상 말닐 수도 업섯다 그러나 그의 눈에는 눈물이 어리엿다
츈식은 림쓰키를 위로하려는 듯이

『둘이 다 몸만 튼々하여 잇스면 다시 만날 째가 잇것지요』

하고 말은 하엿지만 그 음셩은 슬푸게 썰니엿다 츈식은 결심한 듯이 쥐
엇든 손을 놋코

『자동차 시간이 느지면 안 되겟스니가 그만 가겟습니다 안녕히 게십소』

하고 나려간다 림쓰키는 겨오 입을 열고

『평안히 가세요 하나님이 당신 아버지를 낫게 하시기를 바람니다』

하고 나려가는 츈식을 바라보앗다 츈식은 도라보며 최후의 인사로 손
을 들엇다 림쓰키도 손을 들고 고요히 져엇다

---

46  문맥상 '려'의 오류로 추정.
47  '독'의 오류.

마춘식이가 써난 후 다시 고젹을 늣기게 된 림쓰키는 柳惠順을 사모하는 마음이 일층 격열하여젓다

그는 맛침내 동경으로 혜순을 차저가랴고 결심하엿다

그는 산봉아리에 올나가서 압뒤의 連山[48]을 도라보며

『산들아! 나의 산들아 네게서 나서 네 품에서 자라난 나는 오늘날 너를 써나려 한다 이젼에는 내가 네게서 安息과 위로를 어덧지만은 엇지 된 일인지 오날은 네게서 젼 가튼 안위와 만족을 어들 수가 업다 그리서 나는 그것은 참으로 어엽분 처녀를 차저서 저— 해 쓰는 동해를 건너가려 한다 그러면 산들아 잘 잇거라』

하며 사람보고나 말하는 듯이 산들과 최후의 리별을 고하고 집으로 도라왓다

그는 궤를 열고 자긔 아버지가 露國 가는 려비하라고 준 遺産을 쓰집어 내엿다 유산이라야 빅 원이 못 되는 젹은 돈이엿다 그러나 그에게는 젼 재산이라고 하리만치 귀한 것이엿다 그리고 그는 미리 싸 노핫든 보통이를 엽헤 씨고 정는[49] 집을 버리고 산에서 나려갓다

그로부터 삼일 만에 림쓰키는 釜山行 列車 안에 한 자리를 차지하고 잇섯다 그 압헤는 角帽[50] 쓴 대학싱이 권연[51]을 피우고 잇섯다

그째에 뒤ㅅ문을 열고 차장이 드러서며 일본말로 머라고 하니까 싸라 드러온 朝鮮 驛員[52]이

---

**48** 연산(連山). 죽 잇대어 있는 산.
**49** 문맥상 '든'의 오류로 추정.
**50** 각모(角帽). 사각모자.
**51** 권연(卷煙). '궐련'의 원말. 얇은 종이로 가늘고 길게 말아 놓은 담배.
**52** 역원(驛員). 역무원.

『차표 조사하겟소』

하고 통역을 하엿다 그리고 그들은 씌테셔부터 표를 검사하여 왓다

그들은 림쓰키 압혜 왓다 림쓰키는 표를 내어뵈엿다 차쟝은 아무 말 업시 壓印[53]을 찍엇다 그째 압혜 안졋든 대학싱은 림쓰키의

東京驛行

이라는 차표를 보고

『동경 감니까?』

하고 물엇다

『네!』

『나도 동경까지 감니다 그런데 처음이세요』

『네! 첨일 쑨더러 이제 가면 말을 몰나 엇더케 할넌지 걱정이야요 로시아말을 가지고 통용할 수가 잇슬가요? 영어도 쉬운 말은 알지만 ——』

『안 됩니다 일본말을 해야 합니다 그런데 그곳에 아시는 사람은 잇서요?』

『네! 실상은 엇던 사람을 차져감니다』

『그러면 제가 그 차져가시는 데까지 다려다 드리지요』

『아— 당신이? 고맙습니다』

림쓰키는 의외의 후원자를 만나 크게 깃버하엿다

멧 날 후에 림쓰키는 東京驛에 다엇다

림쓰키는 대학싱을 싸라 츌찰구[54]로 나왓다 그는 큰 건물들을 보고 놀

---

53  압인(壓印). 찍힌 부분이 도드라져 나오거나 들어가도록 만든 도장.
54  츌찰구(出札口). 차나 배에서 내린 손님이 표를 내고 나가거나 나오는 곳.

나며 대학싱과 함께 전차에 올낫다

　이윽고 둘은 大和舘이라는 下宿屋 압헤 니르럿다 문 우에 連名板[55]에는 柳惠順이라는 일홈이 씨혀 잇섯다

　현관에서 대학싱은

　『고멘나사이[56]』

　하고 불넛다 안으로부터 하녀가 나와서 공손히 례하고[57]

　『뉘심니가?』

　하엿다

　『류 씨 게심니가?』

　대학싱은 다시 이럿케 무럿다

　『네 게심니다 뉘시라고 할가요』

　『니코라이 림쓰키』

　『네 잠간만 기다리서요』

　하고 하녀는 안으로 드러갓다 대학싱은 림쓰키를 보고 우수며

　『이제 하녀가 나오기까지 이곳셔 기다리세요 나는 고만 가겟슴니다』

　하고 명함 한 쟝을 쥬며

　『여긔 내 주소도 잇고 전화번호까지 잇슴니다 무슨 일이 잇스면 차져 오시던지 어데서 전화를 하시던지 하세요』

　하엿다 림쓰키는 그의 손을 잡으며

　『감사함니다 이 은혜는 닛지 못하겟슴니다[58]

　하엿다 대학싱은 도라갓다

---

55　연명판(連名板). 두 사람 이상의 이름을 한곳에 죽 잇따라 쓴 문패.
56　고멘나사이(ごめんなさい). 다른 집을 방문하거나 나올 때 하는 인사말.
57　예(禮)하다. 경의를 표하기 위하여 말이나 인사를 하다.
58　'」' 누락.

원문 누락

## 【九】

포푸만은 아침이 되여도 림쓰키가 침실에서 나오지를 안는 고로 나짜샤를 그 방에 보내스다 나짜샤는 그 방문을 두어 번 두드려 보앗스나 소리가 업는 고로 문을 열고 드러갓다

방안에 림쓰키는 업고 침대 우에 한 죠희 조각과 돈 오 원이 노혀 잇섯다

> 『이것은 졔가 쓰고 남은 돈이올습니다
>
> 저는 저녁째쯤 도라오겟습니다』

나짜샤는 그것을 가지고 아버지에게로 갓다 포푸만은 림쓰키의 쯧을 대강 짐작하얏스나 그는 나짜샤와 함께 종일 걱정하얏다

시게가 오후 다섯 시를 보하얏다

工場 休業鐘 소리가 낫다

림쓰키는 기름 뭇은 옷을 입고 공쟝에서 나와 바로 집으로 도라왓다

포푸만과 나짜샤는 져녁을 만드러 노코 그를 기다리고 잇섯다

그째 문이 열니며 림쓰키가 드러섯다 나짜샤는 나가 그를 안고 키쓰하얏다 포푸만도 깃버서 엇절 줄을 몰낫다

림쓰키는 유쾌히 우슈며 쥬머니에서 돈 一圓三十錢을 싀집어내여 탁자 우에 노앗다 그것은 그의 로동한 임금이얏다 포푸만은 목이 메이는 소리로

『미안하다 림쓰키! 릭일부터는 그만두어라 내 엇더케든지 셰 사람 싱

활비는 만들 것이다』

하며 림쓰키 등을 어루만젓다

림쓰키는 우수며

『안이야요 도리혀 운동이 되고 죠와요 져— 어서 져녁이나 먹읍시다』

하고 의자에 안젓다

셋은 즐겁게 식사를 하고 난 후 림쓰키는

『선싱님! 나에게 바이올인을 가라처 주세요』

하고 악긔 잇는 편으로 갓다

『곤하지 안으냐?』

포푸만은 종일 일하고 온 그의 피곤할 것을 싱각하고 이럿케 말하엇다

『안이요 밤마다 져는 배울 터이예요』

하고 그는 아무럿치 안은 듯이 우섯다 포푸만도 그의 렬심에 감복[59]하고 바이올린을 들고 친졀히 가라쳐 쥬엇다

> 잇흔날

시게가 열두 시를 보하얏다

림쓰키가 공장에서 일하는 곳에 나짜샤가 무엇을 싸들고 와서 큰 소리로

> 『졈심을 가저왓서요!』

하고 그것을 압헤 노왓다 림쓰키는

『고맙다』

하고 그것을 바다 들엇다 다른 직공들이 구경낫다고 모혀들엇다

나짜샤는 놀나 밧그로 쮜여나갓다

---

**59** 감복(感服). 감동하여 충심으로 탄복함.

세월은 여류하야[60] 림쓰키가 동경 와서 이 년은 다시 지나갓다

황혼[61]에 그는 졈심 그릇을 들고 공쟝에서 도라온다

그쌔 그의 압프로 자동차 한 채가 지나갓다 그 안에는 한 녀자가 타고 잇섯다 그는 림쓰키를 보고 운전수에게 운전을 멈츄라고 명령하엿다 녀자는 지나가는 림쓰키를 불넛다 림쓰키는 도라셔서 누구인지 몰나 자동차 아프로 갓다 그리고 그는 그 녀자를 보고 쌈작 놀낫다 그것은 류혜순이엿다

혜순은 오늘밤 공회당에 열니는 음악회에 가는 길이엿다 재조 잇는 그는 음악학교를 나온 뒤로 악단에 상당한 일흠을 어덧섯다

림쓰키는 녯일을 니저버린 듯이 혜순을 보고 반가운 우슴을 지엇다 그러나 그는 가엽슨 듯이 림쓰키를 나려다 보며

『당신은 도동을 하십시다 그쌔 제 말을 웨 안이 드르섯습니가』

하엿다 림쓰키는 절망한 듯이 고개를 숙엿다 혜순은 손가방을 열고 十圓 지폐 다섯 쟝을 끄내서 림쓰키를 쥬며

『이졔 도라가세요 여긔 려비를 드리는 것이니』

하엿다 림쓰키는 더할 수 업는 치욕을 늑기엿다

『안이요 나는 도라가지[62] 안으렴니다』

하고 그것을 밧지 안코 도라서서 집으로 갓다 혜[63]순은 불안한 얼골로

---

60  여류(如流)하다. 물의 흐름과 같다는 뜻으로, 세월이 매우 빠름을 비유적으로 이르는 말.
61  황혼(黃昏). 해가 지고 어스름해질 때. 또는 그때의 어스름한 빛.
62  원문에는 '지'의 글자 방향 오식.
63  '혜'의 오류. 이 작품에서 '혜순'의 이름이 '혜슌', '혜순', '혀순' 등으로 쓰임. 이후 오류 표시하지 않음.

그 뒤를 바라보왓다

집으로 도라온 림쓰키는 나 — 싸샤의 키쓰를 밧드며 의자에 안젓다 그
는 포푸만이 업는 것을 보고

『선싱님은?』

하고 무럿다 나 — 싸샤는 근심의 빗을 낫에 보히며

『앗가 나가섯는데 안 드러 오세요』

하고 대답하엿다

그럴 째에 포푸만은 도라왓다

나 — 싸샤는 나가 안젓다 포푸만은 오날은 특별히 깃버하며

『너희들 깃버하여라 나는 오날 내의 宿望하든 T음악학교 敎授로 채용
이 되엿다』

하며 림쓰키를 보고

『리일부터 너는 로동은 그만두고 집에서 음악만 공부하여야 한다』

하엿다 림쓰키와 나 — 싸샤는 날아갈 듯이 깃버하엿다

### 【十】

잇혼날

포푸만은 음악학교에 가고 림쓰키는 집에셔 바이올린을 련습하고 잇
섯다 나 — 싸샤는 차를 들고 드러와

『이것 좀 마시고 공부하시지요 림쓰키 —』

하엿다 림쓰키는 바이올린을 놋코 나 — 싸샤가 안진 『쏘파』에 안젓다

나 — 싸샤는 림쓰키 여프로 밧삭 다거안지며

『글셰 림쓰키 내 말을 드러요 당신은 늘 나를 어리다고 하엿지만 나
도 오날은 열여들 살이야요 나와 약혼해 주시지 안으실 테야요?』

하고 림쓰키의 귀에 속은거렷다

림쓰키는 우스며

『아직 너는 그런 것을 싱각할 나히가 안이다』

하고 이러나서 바이올린을 들고 앗가 련습하든 것을 다시 게속하엿다

사 년은 다시 지나갓다

언제던지 화긔[64]가 가득한 포푸만의 가정이 그날은 애수에 잠겨 잇섯다

나 — 싸샤의 병실에서 의사는 나왓다 포푸만과 림쓰키는 그 아프로
가서

『선싱님 — 엇덧습니가』

하고 물엇다 의사는 근심 말나는 듯이 손을 져엇다

나 — 싸샤는 流行性 毒感에 걸엿섯다

나 — 싸샤는 병상에 자는 듯이 누어 잇섯다 그곳에 림쓰키가 드러와 엽
헤 안졋다

『나싸 — 샤!』

하고 그는 불넛다 나 — 싸샤는 눈을 반즘 쓰고 젹은 소리로

---

**64** 화기(和氣). 온화한 기색. 또는 화목한 분위기.

> 『오! 림쓰키 당신은 늘 나를 어리다고 하얏지만 나는 벌서 수물두 살이야요[65]

하엿다 림쓰키는 미안하기 싹이 업섯다 柳惠順을 사랑하는 그는 늘『너는 나히 어리다』는 말노 무사긔한[66] 나—쌰샤를 속혀 왓다 그는 썰니는 손으로 나—쌰샤의 쓰거운 손목을 잡고

> 『나—쌰샤 그런 말 하지 말고 어서 나요 병이 낫기만 하면 내 당신을 사랑해 쥬마— 그리고 우리 두리『스테—지』에 셜 싱각을 하여 보아요』

하며 위로하얏다

---

65  『』누락.
66  무사기(無邪氣)하다. 조금도 간사한 기가 없다.

림쓰키의 하는 말이 나 ― 싸샤의 눈에 현실갓치 전개되엿다

그는 둘이 팔을 겨르고 쟝엄한 奏樂 소리를 싸라 결혼식쟝에 드러가 목사 압헤서 밍셰하는 것을 보앗다

쏘 다음은 음악회의 『스테 ― 지』에 올나서 림쓰키와 함쎄 연주하는 것을 보앗다 그리고 그는 방텽석에서 니러나는 박수 소리를 드럿다

나 ― 싸샤는 입을 버리고 고요히 우섯다

> 그날 밤 나 ― 싸샤의 병은 더욱 중태에 쌧겻다

의사는 쥬사까지 노앗스나 별노 효력은 업고 그의 눈은 무거워지며 호흡은 점々 곤난해젓다

포푸만은 의사의 말니는 것도 듯지 안코

『나 ― 싸샤~~~~ 내 쌀 나 ― 싸샤야!』

하고 밋친 듯이 부르지졋다 그의 눈에는 눈물이 하엽업시 흘넛다 림쓰키는 포푸만을 위로하면서도 참지 못하고 눈물을 흘엿다

이윽고 나 ― 싸샤는 겨우 눈을 쓰고

> 『아부지!』

> 『림쓰키!』

하고 두 마대를 찻고 눈을 감엇다 포푸만과 림쓰키는

『왜! 나 ― 싸샤!』

하고 부르지졋스나 길게 잠든 그가 대답할 리는 업섯다

나―싸샤를 쟝사 지난 뒤 늙은 포푸만의 건강은 날노 쇠하엿것다

포푸만은 침상에 누어서 림쓰키를 보고

『몃 날 젼에 문병 왓는 J음악학교 동료에게 네 일을 부탁하엿스니 그 리 아러라』

하고 말하엿다 림쓰키는 이상한 듯이

『무엇을요? 선싱님!』

하고 물엇다

『네 음악 소개를』

『그것은 선싱님이 쾌차하신 뒤에야 할 것을 미리 부탁하실 것이 잇슴 니가』

『안이다 나는 다시 니러나지 못하고 죽을 것 갓다』

림쓰키의 귀에는 이 말이 더할 수 업시 처량히 들엿다

사흘 뒤

포푸만도 나―싸샤를 치료하는 의사의 손에서 그만 세상을 써낫다 림 쓰키는 그 엽헤셔 소리처 울엇다 의사는 그를 닐으켜 다른 방으로 다리고 가며 여러 가지로 위로도 하고 쥬의도 식엿다

## 【十一】

나―싸샤와 은사를 일흔 림쓰키는 매일 수심[67] 가운데 잇섯다

---

67  수심(愁心). 매우 근심함. 또는 그런 마음.

오날도 그는 日比谷公園[68] 쎈치에 안저서 고개를 숙이고 애수[69]에 잠겨 잇섯다

그째 그 아프로 지나가든 한 사람의 신사가 그를 흣깃 보고 거름을 멈 츄엇다 그리고 그는 림쓰키를 아릭 위로 한참 보다가 비로소 우슴을 씌우고 다라[70]와서

『당신은 림쓰키 씨가 안임니가?』

하엿다 그 소릭에 림쓰키는 정신을 채리고 신사를 처다보고 크게 놀낫다 그것은 륙 년 전에 산중에서 헤여진 『피아니스트』 마츈식이엇다

『아! 당신은 마츈식 씨!』

하며 림쓰키는 쒸여 이러나 그를 붓들고 엇절 줄을 모르고 깃버하엿다 그리고 두 사람은 쎈치[71]에 안저서 지나간 넛[72]이약이에 취하엿다

멧 날 후에 공히[73]당에서 림쓰키는 마츈식의 반쥬로 화려한 무대에 올낫다

두 사람이 등단하엿다 사방에셔 박수 소릭가 일어낫다

최초의 一弓은 가쟝 고혼 旋律을 가지고 쟝내에 넛다

소란하든 청즁석은 사막갓치 고요해젓다

그리고 연주가 진힝됨을 싸라 흘너나오는 쟝엄하고 미묘한 선률은 청 즁을 황홀경에 놀게 하엿다

---

68  히비야공원(ひびやこうえん, 日比谷公園). 긴자와 신주쿠를 연결하는 지역에 있는 도심 속 공원.
69  애수(哀愁). 마음을 서글프게 하는 슬픈 시름.
70  문맥상 '가'의 오류로 추정.
71  벤치(bench). 여럿이 한꺼번에 앉을 수 있도록 길게 만든 의자.
72  문맥상 '넷'의 오류로 추정.
73  문맥상 '회'의 오류로 추정.

맛츰내 연주는 밋는 曲을 奏하고 쑥— 긋첫다 장내는 아직 고요하다 림쓰키는 이번 연쥬가 실패인 것을 직각[74]하고 실신할 것갓치 되엿다

그러나 안이다 맛츰내 청중석에서 우뢰 갓튼 박슈 소릭가 일어낫다 위대한 림쓰키의 바이올린 소릭에 취하엿든 청중은 별안간 박장[75]할 것가지 이젓는 모양이다 각 신문 사진반의 『막네슘』 소릭는 이곳져곳에서 요란히 일어낫다

두 사람은 희싴[76]이 만면[77]하야 악실[78]로 드러갓다 민첩한 신문긔자들을[79] 벌서 그곳에 모혀 잇다가 림쓰키를 돌나쌋다

다음에는 만혼 음악가의 습격을 당힛다 그들은 림쓰키의 묘기는 『엘만[80]』이나 『하이훼핏츠[81]』보다 낫다고도 하고 대등하다고도 하며 긋업시 칭찬하엿다

두 사람은 『호텔』 한 방에 드러 잇섯다 그들은 지금 세계지도를 압헤 놋코 무엇을 상의하고 잇다

두 사람은 세계 일쥬 음악 려힝을 계획하는 것이엿다

『내 려힝권 수속할 것을 알어오마 —』

츈식은 이러케 말하고 이러셔서 밧그로 나갓다

---

74 직각(直覺). 보거나 듣는 즉시 곧바로 깨달음.
75 박장(拍掌). 두 손바닥을 마주 침.
76 희색(喜色). 기뻐하는 얼굴빛.
77 만면(滿面). 온 얼굴.
78 악실(樂室). 음악실.
79 문맥상 '은'의 오류로 추정.
80 미샤 엘만(Mischa Elman, 1891~1967). 러시아 태생의 바이올린 연주자. 4세 때 바이올린을 시작하여 유럽의 대표적인 바이올린 연주자가 됨. 1923년 이후 미국 시민이 됨.
81 야샤 하이페츠(Jascha Heifetz, 1899~1987). 러시아 태생의 바이올린 연주자. 20세기 바이올린의 황제, 바이올린의 전설 등으로 불림.

한참만에 문을 『녹』하는 소리가 들엿다 림쓰키는

『드러으[82]시요』

하엿다 문이 열니며 한 녀자가 곳을 들고 들어왓다 그것은 류혜순이엿다 림쓰키는 과연 슌진한 인간이엿다 그는 녯일을 모다 이진 것갓치 우스며 혜순을 마젓다

『이번 성공을 축하합니다』

하고 혜순은 곳을 탁자 우에 노앗다

『고맙습니다 혜순 씨』

하고 림쓰키는 그것을 들어 그곳에 노혀 잇는 화병에 쏘졋다

혜순은 과거의 자긔의 경솔한 힝위를 붉그리는[83] 듯이 고개를 푹― 숙이고 잇섯다

『혜순 씨― 이것이 얼마 만입니가?』

림쓰키는 우스며 이럿케 말하얏다 혜순은 겨오 얼골을 들고 림쓰키를 처다보며

『림쓰키 씨는 저를 엇더케 싱각하시는지요 져는 오날 차져보기도 붉그려왓셔요』

하얏다

『무엇을 당신은 말슴하심니가 져는 녯날이나 오날이나 맛찬가지로 당신을 싱각함니다』

하고 림쓰키는 쾌활히 말하얏다 혜순은 적이 안심한 듯이 림쓰키의 얼골을 보앗스나 그는 무슨 말을 할 듯~~ 하다가 입을 담으럿다 그것을 본

---

82  문맥상 '오'의 오류로 추정.
83  부끄리다. 부끄러워하다.

림쓰키는

『무슨? 졔게 할 말이 잇스면 하시지요 헤슌 씨 ―』

하고 졍답게 무럿다 그졔야 헤슌은 입을 열고

『저 ― 음악 려힝을 쩌나신다지요?』

하고 물엇다

『네[84]

『변ゝ치 못한 저이지만 더리고 가 쥬실 수 업슬가요』

『그것은 졔가 도로혀 바라는 바임니다[85]

하고 림쓰키는 쾌히 승락하엿다 헤슌은 깃븜을 참지 못하야

『졍말이애요! 아이그 죠와』

하엿다 림쓰키는 헤슌의 손을 잡어 흔들며

『졍말이구 말고요 우리 아푸로 힝동을 가치하여 봅시다 헤슌 씨 ―』

하엿다

---

84 '』' 누락.
85 '』' 누락.

## 【十二】

두 사람은 오릭동안 서로 우스며 쓸대업는 니야기로 시간을 보닛다 이 윽고 혜순은 이러서며

『그러면 오늘은 그만 실례하고 릭일 쏘 오겟슴니다』

하엿다 림쓰키는

『쏙 릭일 오세요』

하며 현관까지 싸라 나갓다

『안녕히 게세요 림쓰키 씨』

하고 혜순이는 인사하고 밧그로 나갓다 림쓰키는 그 뒤를 바라보며

『안녕히 가십소』

하고 안으로 드러갓다

혜순은 대문에서 도라오는 츈식과 마쥬쳣다 츈식은 힐긋 처다보고 아 모 말 업시 안으로 드러갓다 츈식은 방에 드러섯다

『우리 일힝이 한 사람 더 늘엇네』

림쓰키는 츈식을 보고 깃거하며[86] 이러케 말하얏다

『나는 다 아네 나의 일신상[87] 사정으로 이번 려힝을 그만두려네』

림쓰키는 놀나며

---

86　기꺼하다. 마음속으로 은근히 기뻐하다.
87　일신상(一身上). 한 개인의 형편.

『그만두다니 될 말인가 무슨 일인지 말을 해야 안 하나』

하엿다 츈식은 그 말에 대답도 업시

『그러면 잘 단녀오기를 바라네[88]

하고 밧그로 나갓다

림쓰키와 혜순은 『모스코』『레닝그라드』『쌜팅』을 것처 □서울 파리에서 졔일회 연주를 한 잇튼날이엿다

두 사람은 호텔에서 신문을 보고 잇섯다 각 신문은 닷토아서 작야[89]의 연쥬 긔사를 내엿섯다

그째 문을 두다리는 소리가 나더니 쏜이가 『싸트』한 쟝을 들고 들어왓다 혜순은 쏜이에게 돈을 쥬고 그것을 바다서 펴 보앗다

『이것 보세요 어졔밤 음악회에셔 본 존손 卿이 야회에 오라는 초대쟝이야요』

혜순은 우수며 이럿케 말하얏다 림쓰키는 반갑지 안은 듯이

『그리요』

하고는 다시 신문을 보앗다 혜순은 다정하게 림쓰키 겻드로 오더니

『가시지요— 네— 』

하고 매우 가고 십푼 듯이 말하엿다

『나는 가고 시푼 싱각도 업슴니다만은 혜순 씨가 원하시면 갓치 갑시다』

하고 림쓰키는 우셧다 혜순은 종달새갓치 쒸며 조와하얏다

밤은 되엿다

---

88 ',' 누락.
89 작야(昨夜). 어젯밤.

화려한 죤손 卿邸의 廣間에는 연미복을 입은 사치한 남자와 진쥬 목도리를 두룬 요염한 녀자들이 모혓다

그곳에 림쓰키가 혜순이를 다리고 드러왓다 쥬인공 죤손 경은 희식[90]이 만면하야[91] 두 사람을 마젓다 그는 혜순의 손에 키쓰를 하얏다

만흔 사람의 시션은 이 텬재 提琴家[92]와 그 동반한 동양 미인에게로 집중하얏다

일동은 슌란한[93] 식당으로 드러가서 정한 자리에 착석하얏다

죤손 경은 니러서서 일장의 인사를 여셜구[94]조로 하얏다 그는 말하는 가운대 특별히 림쓰키와 혜순의 참석한 것을 무한 영광으로 싱각한다고 하엿다

급사[95]들은 분쥬히 음식을 날너드렷다

죤손 경은 다시 니러나

> 『우리는 텬재 음악가 림쓰키 씨와 류혜순 씨를 위하야서 칸쌔이[96]를 함니다』

하고 컵을 드럿다 모든 사람도 싸라서 축배를 올엇다

식사가 긋난 뒤에 일동은 다시 광간으로 나와 일류 관현악대 악주하는 음악을 맛추어 무도를 하엿다 죤손 경은 혜순을 다리고 가서 안고 쌘쓰하엿다 림쓰키는 불쾌한 맘을 금할 수 업섯다 그쌔 한 녀자가 림쓰키에게

---

90  희색(喜色). 기뻐하는 얼굴빛. 원문에는 '싁'의 글자 방향 오식.
91  만면(滿面)하다. 얼굴에 가득하게 드러나 있다.
92  제금가(提琴家). 바이올린을 전문적으로 연주하는 사람.
93  순란(純爛)하다. 아주 찬란하다.
94  어셜구. 무당들의 은어로, '부모'를 이르는 말.
95  급사(給仕). 관청이나 회사, 가게 따위에서 잔심부름을 시키기 위하여 부리는 사람.
96  칸빠이(かんぱい, 乾杯). 건배.

쌘쓰하기를 청하엿다 그는 부득이하야 그 녀자를 안고 쌘쓰를 하면서도 홀깃홀깃 존손 경과 혜순이만 쥬의하여 보왓다

그째 존손 경은 혜순이 귀에 입을 대고 무어라고 속살거럿다 혜순이는 좀 붉그러운 듯이 얼골을 붉이엿다 존손 경은 다시 무엇인가 혜순에게 간청하는 것 갓텃다 혜순은 고개를 쯔덕하엿다

그것을 본 림쓰키의 얼골에는 말할 수 업는 고통의 빗이 나타낫다

음악은 긋낫다 춤츄고 난 남녀들의 이약이 소릭는 한층 놉하젓다

림쓰키는 혜순을 차젓스나 보이지 안엇다

림쓰키는 밧그로 나왓다 그는 棕梠竹葉 새이로 존손 경과 혜순이가 서로 씨고 웃는 것을 보왓다 그는 경악과 절망의 몸을 부르ᄼ 썰면서

『혜순 씨!』

하고 부르지젓다 두 사람은 쌈짝 놀나며 그를 보왓다 혜순은 붉그려운 듯이 고개를 숙엿다 그러나 쌘□[97]한 존손 경은 우스며 림쓰키 아푸로 와서

> 『혜순 씨는 나와 약혼을 하여 주섯담니』다[98]

하얏다 이것이야말노 쳥턴에 벽력이엿다 림쓰키는 그곳에서 쒸여 나왓다

### 【十三】

호텔노 도라온 림쓰키는 두 손으로 머리를 잡고 오릭 싱각하는 것 갓드니 맛침내 무슨 결심을 한 듯이 얼골을 들엇다 두 눈에는 눈물이 가득히 고엿섯다 그는 수건으로 눈물을 씨고는 가방을 열고 물건을 집어너헛다

그째 방문이 열니며 혜순이가 드러왓다 림쓰키는 가방을 들고 니러서며

---

**97** 원문에는 빈 칸 처리가 되어 있으나, 문맥상 'ᄼ'의 누락으로 추정.
**98** '다』'의 글자 배열 오류.

『저는 감니다 안녕히 게세요』

하엿다 혜순은 썰니는 소리로

『림쓰키 씨 어대로?』

하고 물엇다

『山으로?』

하고 그는 대답하엿다 혜순은 놀나며

『음악 려힝은 엇더케 하시고?』

하엿다 림쓰키는 쓴 우슴을 우수며

『음악 려힝— 그런 것이 내게 무슨 상관이 잇슬가?』

하며 밧그로 나갓다 혜순은 그 뒤를 쓸々히 바라보왓다

림쓰키가 파리를 써난 지 반 개월은 지낫다

캄캄한 밤 P山麓[99]의 비엿는 림쓰키의 소옥[100]에는 다시 불이 반짝어렷다 그리고 그게서는 四絃琴[101]의 슬픈 소리가 흘너나왓다

그로부터 다시 이 년이 지난 가을이엿다

그날은 바람이 몹시 부는 날이엿[102]

소옥 안에 림쓰키는 『셀로[103]』를 키고 잇섯다 그의 형상은 아라보기 어려우리만치 변하얏섯다 그는 창빅한 얼골에 이상히 눈만 반짝거리며 정

---

**99** 산록(山麓). 산기슭.
**100** 소옥(小屋). 규모가 작은 집.
**101** 사현금(四絃琴). 바이올린.
**102** 문맥상 '다'의 누락으로 추정.
**103** 첼로(cello). 바이올린 계통의 대형 저음 현악기.

신 업시 셀로를 키고 잇섯다 셀로는 운다 바람은 소리친다 —— 쉬지 안코 윙 — 윙 — 부는 바람 소리는 단조한 셀로 소리와 어데인가 공동되는 졈이 잇섯다

그째에 문이 열니며 모진 바람이 락엽을 몰고 쏘는 듯이 집안으로 몰여 드러 왓다 림쓰키는 셀로를 멈추고 그곳을 보왓다

그것은 허름한 양복을 입은 한 녀자가 서 잇섯다 그것은 다른 사람이 안이라 파리에서 헤여진 류혜순이엿다

그것을 본 림쓰키는 얼골을 다른편으로 둘[104]엿다 혜순은 문을 닷고 긔운 업시 거러셔 림쓰키 압헤 가서 안젓다

『림쓰키 씨 — 안녕하심니가』

그는 젹은 소리로 이러케 인사하얏다 림쓰키는 말업시 가만 잇섯다 혜순은 다시 썰니는 소리로

림쓰키 씨 져를 『[105]용셔하여 쥬셰요!』

하얏다 그의 눈에는 눈물이 소사 여윈 두 쌤 위로 하염업시 흘넛다

림쓰키는 비로소 얼골을 들고 당신은 웨 『[106]죠션으로 오섯슴니가?』

하고 물었다

『져는 죤손 경과 리혼하고 왓서요』

하고 혜순은 힘업는 소리로 대답하엿다

---

104 문맥상 '돌'의 오류로 추정.
105 '『'의 위치 오류. 문장의 맨 앞에 있어야 함.
106 '『'의 위치 오류. '당신은' 앞에 있어야 함.

『리혼— 그러나 이 山에 오실 일은 업지 안슴니가』

『저는 그러나 림쓰키 씨의 용서를 밧으려고 왓서요』

『용서! 무슨 용석[107]! 나는 죠금도 당신을 용서할 것도 업거니와 당신이 나에게 용서바들 죄를 지은 일도 업지 안슴니가?』

『아니애요 저는 림쓰키 씨에게 죽을 죄를 지엇슴니다 실상을 말하면 저는 처음부터 당신을 사랑하엿슴니다 그러나 이 셰상 허욕이 져의 눈을 가리워 주엇슴니다』

하고 혜순은 두 손으로 낫을 가리고 흙々 우럿다 그러나 림쓰키의 눈에는 한 방울의 눈물도 업섯다 그는 어데까지던지 냉정하기 긋이 업섯다

『혜순 씨 당신은 그런 참히[108]를 하실 필요는 업슴니다 져는 당신을 원망하지 안슴니다 다만 산을 버리고 인간 사회로 나갓든 내가 어리석은 놈이지요 나는 산에서는 남자임니다 산은 나의 어머니요 애인이올시다 내가 도라온 째 산을[109] 조금도 나물하지 안코 짜뜻이 나를 안어 쥬엇슴나[110] 인간 사회에서 상하고 도라온 나를 위로하여 쥬엇슴니다[111]

하고 림쓰키는 혼자 하는 말갓치 중얼거렷다 혜순은 얼골에서 손을 쎄이고 림쓰키를 처다보며[112]

---

107 문맥상 '서'의 오류로 추정.
108 문맥상 '회'의 오류로 추정.
109 문맥상 '은'의 오류로 추정.
110 문맥상 '쥬엇슴니다'의 오류로 추정.
111 '』' 누락.
112 원문에는 '며'의 글자 방향 오식.

『그럿타고 하면 져는 림쓰키 씨를 깨끗한 산에셔 더러운 인간 사회로 잇글어 내인 악마임니다』

하며 우름 석겨 말하엿다 그는 다시 의자에서 니러나 림쓰키의 발샅리에 쓸어안지며

『용서하여 쥬세요 — 네 — 림쓰키氏 용서한다고 한마대만……네 —』

하며 애걸하엿다

림쓰키는 대답 업시 엽헤 노앗든 셀로를 안고 키기 시작하엿다 혀슌은 그곳에 안져서 한참 울다가 니러나 긔운 업시 거러셔 밧그로 나갓다

셀로만 키든 림쓰키의 머리에는 이상한 그 무슨 싱각이 번쯕엿다

그는 션노를 집어던지고 니러나 문을 열고 먼 곳을 바라보앗다

그째 그는 먼 — 언덕 우에 서 잇는 혜슌을 보앗다 그는 놀나 쒸여 나그[113]며

『혜슌 씨 ——』

하고 큰 소릭로 불넛다 그러나 그 소릭가 들니기는 너무나 거리가 멀엇다 그러나 그는 다시 소릭를 다하야

『혜슌 씨 — 위험함니다 —』

하고 부루지졋스나 벌셔 그째 혜슌의 형상은 언덕 우에셔 살아졋섯다

림쓰키는 놀나 언덕 아릭로 쒸여갓다

그는 혜슌의 시톄를 안고 슬피 우럿다　　(쯧)

---

**113** 문맥상 '가'의 오류로 추정.

영화소설映畫小說

# 해빙기 解氷期

최금동崔琴桐 作

묵로墨鷺 畵

# 解 氷 期 (1)

## 머리ㅅ말

우리는 『팡크[1]』박사의 작품을 접할 째마다 느껴지는 것은 그 장엄 무비한[2] 산악(山岳)의 수법(手法)에만 긋치지 안코, 대자연과 인간과의 처참한 투쟁에만 긋치지 안는다. 거기에서 비저진, —— 자연을 초월하고 싸쯧이 흐르는, 인간미(人間味)! 그것에 미치지 안코는 견데지 못한다.

졸작 『해빙기』는 솔직하게 고백한다면 그러한 흉내를 내보고 십흔 충동에서 공부해 본 것일 쑨이다.


### 째

現代……(어느 해 겨울로부터 봄에 이르기까지……)

### 곳

豆滿江 上流……(어느 山麓)

---

1  아르놀트 팡크(Arnold Fanck). 1889년 3월 6일 ~ 1974년 9월 28일. 독일의 영화감독 겸 지리학자. 1920년의 데뷔작 〈스노우슈의 기적(Das Wunder des Schneeschuhs)〉을 비롯해, 〈하얀 예술(Die weiβe Kunst)〉(1924), 〈운명의 산(Der Berg des Schicksals)〉(1924), 〈성스러운 산(Der heilige Berg)〉(1926), 〈위대한 도약(Der groβe Sprung)〉(1927), 〈피츠 팔루의 하얀 지옥(Die weiβe Hölle vom Piz Palü)〉(1929), 〈몽블랑의 폭풍(Stürme über dem Mont Blanc)〉(1930), 〈위기의 빙산(S.O.S. Eisberg, S.O.S.)〉(1933) 등 주로 스키와 산악 모험을 주제로 한 다큐멘터리 및 극영화를 통해 독일 '산악영화(mountain film)'의 창시자로 불린다.
2  무비(無比)하다. 아주 뛰어나서 비길 데가 없다.

×

## 人物

곰바우…………(二十四)

順이…………(十七)

趙東善…(都會에서 온 靑年)…(二十三)

方서방…(順이 아버지)…(六十二)


○

溶明[3]

> 부러오는 바람결에도 사람 사는 세상의 이야기 하나 들여올까 십지 안
> 는 그러한 나라엿다. 봄이면은 —— 숩도, 짐생도, 풀도, 새도, 모다 걱정
> 업시 배부르게 잘 살엇다. 이 나라를 차저 세상에서 흘너온 순박한 종족
> (種族)의 한 가족이 잇다. 그러나 이곳 쏘한 해와 달이 잇는 고장임에 그
> 들의 력사는 고독과 동경(憧憬)에 타오르는 속색임만이 아니라 대자연
> (大自然)과의 참혹한 투쟁의 게속이엿다

(二重轉換)


…………

산(山) ——

산 ——

산 ——

---

3   용명(溶明). 영화나 텔레비전에서, 화면이 처음에 어둡다가 점차 밝아지는 일. 페이드인
(fade-in).

..........

이랑~~ 밀여오는 물ㅅ결처럼 긋업시 쌧처 잇는 은령(銀嶺)[4]의 바다——
——마치 거대한 마(魔)의 시체(屍體)와도 갓치 외—ㄴ 산맥은 지금 말업시
잠들엇다.

○

다만 산맥과 산맥의 골작을 파고들고 기여오르는 눈보라가 흡사 고요
한 저녁 안개인 양 구름을 몰아 굼실거리고——.

와—와—웨치는 바람 소리가 달밤— 먼 바다의 파도ㅅ소리처럼 은々
이 들여올 쑨!

시베리야 황야를 달여온 눈보라는 송화강(松花江)의 모래알까지 휩쓰러
다 삽시간에 산맥을 갈기면 그것은 곳 새파아란 발악을 남긴 채 그 자리
에 어러 붓드고——다음은 다시 임종(臨終)과 갓튼 침묵으로 도라온다.

○

휘——ㅅ
우——ㅇ
우——ㅇ
휘——ㅅ

............

은령이 운다. 목을 노코—. 이 산도, 저 산도. ………… 차디 찬 가슴에
안엇든 눈타래를 발 아래로[5]— 발 아래로— 굴려버리면, 이 산도 저 산도
서로서로 지지 안코 호풍(豪風)을 쑵내서 눈타래를 굴여——.

---

4    은령(銀嶺). 눈이 하얗게 덮인 산이나 재.
5    원문에는 '로'의 글자 방향 오식.

　　　　　○

　그것이 바람을 차고 구름을 쭐코 천길 지심(地心)으로 내려질여 빙암(氷
巖)에 부디치고 장렬한 함성을 지르며 눈 연기를 피울 째 설악의 유히는
잠싼 숨을 돌린다.

　　　　　○

　그것은 산과 산의 아무러치도 안혼 심심푸리의 작난과도 갓것만 지금,
여기에 눈보라 속에 석기여 실로 하찬은 인간의 찟는 듯한 비명이 펄넉어
린다.

　　　　　○

　천지를 가리엿든 눈 연기가 차차 거두어짐에 싸라 아싸부터의 그 비명
은 점점 륜곽을 드러내기 시작한다[6].
　　『아부……아부……지——』
　　『아부…으…으…아부지—』
　　　…………………

────────
6　원문에는 '다'의 글자 방향 오식.

映畵小說

# 解 氷 期 (2)

1938년 5월 8일

○

곰바우는 사시나무 썰듯 발발거리며 불ㅅ덩이처럼 다라서 우는 순이에게 웃옷을 버서서 둘너주고는 손 쌔르게 칙넝쿨로 허리를 동여메고 그 한 긋츨 나무 등컬에다 굿게 빗ㅅ그랜[7] 다음 순이의 손에서 횃불을 쌔아서 든 순간 그 바우썽이와 갓튼 몸은 날새[8]처럼 쑤루루 언덕 아래로 매여달엿다.

○

그러고는

『아부…… 아부… 웅…』

하고 이제는 목이 자저 배ㅅ속에서만 슬는 소리로 부르짓고 잇는 순이를 힐끗 처다보고는

『울지 마!』

하고 툭명스럽게 웨첫다.

○

그러나 드럿는지 마럿는지 여전하게 갓난애처럼 자드러지게[9] 보채는 순이의 발버둥을 언덕에 남긴 채 ——

그는 골자구니로— 골자구니로— 기여나린다.

○

『아저씨 ——』

---

7　비끄러매다. 줄이나 끈 따위로 서로 떨어지지 못하게 붙잡아 매다.
8　날새. 날아다니는 새. 이북 방언.
9　자지러지다. 어떠한 정도가 아주 심한 상태에 있음을 나타낸다.

곰바우의 웨치는 소리가 무슨 김생[10]의 우름처럼 처량하게 퍼진다.
그의 코와 입에서 풍기는 김이 횃불에 서리엇다가는 사라지군 한다.

○

골은 자꼬 자꼬 깁퍼간다.

○

낫인지 밤인지 분간키 어려운 혼논한 재ㅅ빗 노을 속에서 왼 천지는 잠
시를 쉬지 안코 흐장을 다토는 아우성 속에 싸늘하게 조라든다.

○

식컴은 구름ㅅ장이 굼실굼실 나려온다.

○

골ㅅ작을 기여들엇다가 다시 다른 산허리로 달여간다.

○

비수[11]ㅅ날 갓치 모진 바람은 쉰힘업시 눈보라를 모라 달여들면 하늘
이라도 문허지는 듯한 눈타래가 쏜살갓치 고함을 지르며 곤두박질로 내
려질린다.

○

눈타래[12]는 순이의 등 뒤를 한 자를 남기고 골자구니로 써러지자 ──
순이는 나무ㅅ뿌리를 붓들고 나둥구러진다.

---

10　김생. 짐승.
11　비수(匕首). 날이 예리하고 짧은 칼.
12　타래. 사리어 뭉쳐 놓은 실이나 노끈 따위의 뭉치. 또는 그런 모양으로 된 것.

○

와루루룽 ──

와루루룽 ──

·················

곰바우는 힐끗 이마 우를 처다본 찰나, 앗! 위기일발! 그는 번개가티 몸을 날여 바우 밋트로 달나붓는다.

○

눈타래는 공교롭게 곰바우의 마즌편 바우에 부듸치고 산산이 쌔여저 부 ── 연 연기로 소사올낫다가 다시 폭포처럼 쏘다저 나린다.

○

곰바우는 쏘 몸을 날린다.

골자구니는 나려갈스록 좁아만 든다.

천길 저 ── 아래서는 그 무엇을 씹어 삼키는 듯한 처장한 바람소리가 안개를 몰아다 발아래를 가린다.

○

『아저씨 ──』

곰바우는 소리ㅅ것 불너보고는 귀를 긔우리곤 한다.

그러나 그 소리는 빙벽을 치고는 다시 제 귀로 도라올 쑨 ──.

○

그는 다시 아래로 아래로 눈안개를 해치면서 나려간다.

○

쏘 어느 놈이 쌔여지는 바로 뒤통수에서 쾅그로々 —— 함성이 이러나
자 눈압흔 폭포에 덥피고 만다.

○

허리가 신허지는 것 갓다. 턱이 시러 쌔지는 것 갓다. 배창자가 구더온
다. 숨길이 탁々 막힌다.

그래도 그는 그럴스록 눈을 부릅쓴다. 니를 악문다. 배에 힘을 준다.

○

멧십 길이나 나려왓는지 —— ?

그러나 둘너보아야 싹거세운 듯한 빙벽에 썸벅이는 햇ㅅ불이 빗취여
그 무슨 악령(惡靈)의 눈초리처럼 그를 노릴 쌘 ——.

○

『아저씨 ——』

그는 잇는 힘을 다 주어 쏘 한번 불너본다.

그러고는 버릇이나처럼 귀를 긔우릴 째 —— 그의 얼골에는 갑작이 비
상한 긴장이 써오른다. 순간 ——

○

그는 몸을 날녀 바우 아래로 써러진다.

분명코 제 소리의 울림이 아닌 —— 바람 소리가 아닌 다른 소리가 저
—아래로부터 들여온 것만 갓텃기 째문이다.

映畵小說

# 解 氷 期 (3)

1938년 5월 9일

　　　　　　○

　그는 바우애 나려스자 쏘 한번 불러본다.

『아저씨!』

　그리고는 쏘 귀를 기우리자 그의 두 눈은 좀더 홰ㅅ불처럼 밝어지는 찰나 그의 몸은 날새처럼 안개 속으로 사라진다.

　　　　　　○

　그의 홰ㅅ불은 기어코 화살에 마저 퍼득거리는 늙은 독수리처럼 눈에 뭉치여 쑤무럭거리는 방 서방을 빗추어 내고야 말엇다.

　　　　　　○

『아저씨!』

　그는 넘어지듯 달려드러 방 서방의 상체를 일으켜 안엇다.

　　　　　　○

『으으으음……』

　방 서방은 팔을 들려 하엿다.

　곰바우는 방 서방의 손을 꼭 잡어주며

『아저씨』

　하고 몸을 흔든다.

『수…… 수 순아……』

　방 서방은 겨우 딸 순이를 찾는다.

『순이는, 저 우에 잇서유 ―』

　　　　　　○

『……………』

곰바우에 말에 무에라곤지 말을 할여고 하나 초를 다토아 어려오는 혀ㅅ귿츤 그의 쯧을 잘 드러주지 안는다.

그는 자꾸만 사러저 가는 숨ㅅ결을 모으고 모아 길게 내쉼은 다음 ―

『고…… 고…… 곰바우야 ―[13]』

하고 불넛다.

　　　　　　○

곰바우는 좀 더 횃불을 방 서방의 낫 가까히 빗추엇다.

『……나…… 나는 언[14]제는 그만이다.…… 고향에도 긔어이 못 가보고…… 이 눈속에 파뭇치다니…… 저승애 가서 조상들은 무… 무슨 낫츠로 대할꼬 ――』

말소리는 고드럼처럼 쭉쭉 귿어진다.

[15]고…… 곰바우야…… 순이를 네게 맛기니…… 에미도 업시 자라난 그것을 부――부듸 불상이 역이고 서로 의지하고 사러라………… 그리고………… 그리고 너이들도 저 세상에는 아예 나갈 생각을낭 마러라… 이 산을 너이들의 집처럼 아끼고 정을 부처 비들기처럼 살면은 고향이 되느니라…… 거친…… 세상에 나간들 별 무슨 락이 잇겟느냐?………… 이…… 산을 다시 업는 선경인 양 생각하고 살다가 나처럼 깨끗이 눈 속에 뭇치여라…… 후―』

---

**13**　원문에는 '―'의 부호 방향 오식.
**14**　문맥상 '인'의 오류로 추정.
**15**　'『' 누락.

그의 두 눈에서는 빗 업는 눈물이 줄음ㅅ살을 타고 흘너나린다.

○

숨소리는 한칭 더 가느러진다.

○

그는 극도로 초조한 듯이 아까부터 한 손에 꼭 쥐고 잇든 주머니를 간신히 곰바우의 품에 써러트린다.

○

주머니 속에서는 탁한 동전소리가 쓸쓸이 이러난다.

○

『……도…… 동전 수무 닙…… 봄이 오거든…… 장에 가서…… 비…… 비녀라도 사다 두엇다가…… 순이란 년 댕기 푸러 줄 째…… 신자 주어라…… 내…… 내가…… 살…… 살어 생전에…… 너이들을…… 작수……성례[16]라도…… 식히려든 것이……[17] 고…… 고…… 곰바우…야… 수…… 수…… 순이…를…… 부… 부…듸…』
그러나 다음은 목 속에서 어러붓터 버린 채 ——

○

곰바우가 숙엿든 고개를 번ㅅ적 드럿슬 째는 방 서방의 눈은 반만 감긴 대로 힘업시 머리를 써러트리고 마럿섯다

---

16  작수성례(酌水成禮). 물 한 그릇만 떠 놓고 혼례를 치른다는 뜻으로, 가난한 집안의 혼례를 이르는 말.
17  원문에는 '…'의 부호 방향 오식.

     ○

곰바우는

『아저씨 ─』

이러케 한마듸 웨치고는 방 서방의 싸늘한 가슴에 어린애처럼 얼골을
파무드며 이미 쌧쌧이 구든 시체를 흔들 쑨이엿다.

(천천이 絞閉)

산속에도 세월은 흘넛다.

# 解 氷 期 (4)

(溶明)

사나운 눈바람에 몃칠이고 나려 덥혀 천지가 왼통 어러 써는 그런 날보다도 오늘처럼 눈ㅅ발이 잠싼 숨을 죽이고 사방이 콱 정막해지는 날──

쌧나무 숩을 채 넘지도 못하고 풀어저 버릴 피ㅅ덩이 가튼 저녁 해가 이산 저 산 할 것 업시 눈 덥힌 곳이라면 그저 보라빗으로 물드려 놋는 이런 황혼이면은 순이는 더 한층 이미 가신 지 二년 하고도 달을 헤이는 아버지 생각에 못 살겟다고 지금도 저러케 창ㅅ가에 넉 업시 부터서서 머ㄴ산만 내다보고 잇는 것이다.

하기야 순이쑨이랴?

평생을 두고 사람의 그림자라고는 도무지 구경도 못 하고 사러가는 이 창고한[18] 산속에서 오직 밋고 싸르든 방 서방 아저씨가 눈타래에 치여 불귀[19]의 객이 되고 보니 아모리 장성한 곰바우란들 한동안 눈압히 캄캄함을 어찌하지 못하엿다.

우렁찬 눈바람도 하늘을 씨른 숩도, 흥이 내키지 안헛다. 그리고 여호, 노루, 사슴, 토끼, 또 접동새 우름이나 부형새 소리도 도시[20] 귀치안흔 것만 가텃다

그대로 이싸진 놈의 산을 버리고 쒸여 버릴싸도 생각하기도 여러 차례 되푸리해 본 일이엿다.

○

그러나 순이!

그러치! 저것 하나만 잇다면야 무엇이 실흐랴? 무엇이 괴로우랴?

---

18  창고(蒼枯)하다. 오래되어 예스럽고 칙칙하다.
19  불귀(不歸). 사람의 죽음을 비유적으로 이르는 말.
20  도시(都是). 아무리 해도.

방 서방 아저씨 말맛다나 한평생을 이 산속에서 늙기로서니 정말 눈쌉 만치도 섭섭할 것 갓지는 안타. 외로울 리도 업고 두려울 것도 업다.

아니, 그것이 오히려 저 부글부글 쓸는 산 아랫세상보다 얼마나 안전(安全)한 행복이랴? 이 산은 순이와 살기는 다시업는 보금자리요 천국이 아니냐?

순이! 순이도 올봄은 피여서 열일곱 —— 콧매라든지 멀구알처럼 샛깜안 눈이라든지 토실토실한 볼이라던지 —어데 하나 강아랫색씨들보담 쌔질 것은 업다. 산에서 나서 산에서 자라난 순이다. 토끼와 갓치 쌍중거리고 산새처럼 재즐대고 사슴처럼, 량순한 가시네 —— 저것이라면 무슨 일을 못 하랴?

○

그러치! 더구나 아저씨가 마주막 숨을 거둘 째 내 귀에 남기고 가시는 말 —— 오냐! 가엽슨 순이만은 어써케 해서라도 마음 편히 해주어야 하느니라고 —이러케 돌장 갓튼 가슴속에서 골백번도 더 다짐을 하는 곰바우엿다.

○

조고만 손등이 멧 번이고 순이의 눈메에서 왓다갓다 한 다음에야 곰바우는 화ㅅ토불가를 이러나 순이의 등 뒤로 간다.

○

순이는 곰바우의 손이 억게에 노히는 것을 쌔닷자 흘적어리기만 하든 우름은 기어코 복밧처올나 그는 그 자리에 펄ㅅ석 주저안저 잉잉— 우러버린다.

○

곰바우는 늘 격그는 버릇이라 더 어찌하려고도 하지 안코 ——

○

독기를 차저 들고 박그로 나와 ——

○

통장작을 패기 시작한다.

○

탕!
탕!
독기가 머리 우에서 웡ㅅ 울 쩨마다 통나무는 두 쪽으로 싹ㅅ 째게진다.

○

구름ㅅ장이 머리우로 흘러간다.

○

곰바우는 잠깐 허리를 펴고 하늘을 처다본다.

이런 날이 간 다음에는 반듯이 몃칠을 두고 모진 눈보라가 사정 업시 나려치고야 만다.

산이 문허지고 바우가 굴너 째여지고 아름드리 나무가 씰어지고 ——

그러나 곰바우는 그런 날이래야만 기운이 난다 오늘 갓튼 날만 줄장 게속한다면야 싱겁기만 하지 사러볼 맛이 업다.

# 解 氷 期 (5)

○

이제는 저녁 해도 완전히 살어저 버리고 그 남은 잔조$^{21}$조차 거두어 간 지 오래다.

○

곰바우는 어슬넝 어슬넝 막으로 드러간다.

○

막속은 이미 어두어 화토불만 기운 좃케 타오른다.

○

그는 살창ㅅ가로 닥어스자 빙그레 우슴이 써오름을 숨기지 못한다.

○

어느새 순이는 벽애 기덴 채 잠이 든 것이다.

아무것도 모르고 철도 업시 그저 귀엽게만 구는 순이 ──

그는 이러케 생각하면서 어미 사자가 새끼를 품듯 두 팔을 벌여서 순이 를 안는다.

○

그리고 방문을 열고는 나무썹질을 ㅼ라 노흔 아릇묵에다 가만이 눕히엿다.

○

그리고는 곰바우도 통목을 서너개 불 우애 던진 후에 아궁이 압 제자리 로 와서 드러눕는다.

───────

21  잔조(殘照). 낙조(落照). 저녁에 지는 햇빛.

(천천이 絞閉)

### 3

(싸르게 溶明[22]

방 안에서는 송등불이 스스름을 피우며 썸벅어린다.

○

밤이 저윽이 깁허서야 순이는 눈을 썻다.

그는 우선 아까의 기분과는 짠판으로 배ㅅ속 편케 기지게를 켠 다음, 방 안을 한박휘 둘너보다가 그의 시선이 창가에 머무르자 그는 무엇을 깜쌕 이젓든 듯이나 눈을 크게 쓴다.

○

창ㅅ살 틈으로 무엇인지 하—얀 것이 새여 드는 것이다.

○

순이는 짱충 이러나 창ㅅ가로 달나븟는다.

○

오— 분명 달빗치다.

달은 지금 압숩을 막 기여올나 외로히 이 밤을 흘러간다.

○

정말이지 일 년을 가도 달밤이라고는 여간 보기 드문 것이 아니엿다.

구시월부터 바람이 불고 눈깨비가 닥치기 시작하면 이듬해 사오월경

---

22 ')' 누락.

에나 가야 겨우 강물이 풀리기 시작한다.

그러나 외—ㄴ 사이 식컴엇케 나무닙피 퍼질 무렵에는 얄밉게도 줄곳 장마가 지곤 하는 것이 이 북국의 버릇이라 달밤을 맛난다는 것은 커다란 행운이 아닐 수 업다.

○

순이는 무척 달밤이 조왓다. 해도 역²³ 조와햇다. 그러나 각금 맛나는 달보다야 정을 덜²⁴ 주고 십헛다.

그는 달밤을 그리워햇다. 언제서부터 이러케 달밤이 기다려지는지는 해아릴 수 업는 일이나 —— 밤낫으로 들니느니 바람 소리, 보이느니 눈 천지인 이 산속의 겨울날 —— 달이 으젓이 써오를 째 그 어찌 반갑지 안흐랴?

사실상 —— 아무리 기달여야 차저 줄 것 하나 업는 이 산속에서 해와 달이 숨에서 나서 서으로 질 째 순이는 무한이 신기스럽고, 고맙고 거룩한 것이라고 생각한다.

그리고 해와 달은 이 산의 주인이라고도 생각한다. 그러기 째문에 귀여운 사슴도 노루도 토끼도, 무서운 호랭이나, 곰도 그리고 나무나 풀닙도 해와 달이 키워주는 것이라고 생각한다.

해와 달이 업스면 범도, 사슴도, 새도, 나무도 사러 갈 수 업는 일이요 아무리 기운 센 곰바우도 해와 달의 덕분으로 사러 가는 이상, 생길 수 업는 노릇이라 생각하니 언젠가 곰바우가 말하던 해가 줄쌍 빗추고, 달이 밤마다 써오르는 강아랫세상이 금시에 그리워진다.

---

**23**  역(亦). 또한.
**24**  원문에는 '덜'의 글자 방향 오식.

映畵小說

# 解 氷 期 (6)

1938년 5월 13일

한국 근대 영화소설 자료집－매일신보편 上

○

그는 당황스리 창ㅅ가를 써나 괴[25](箱) 아프로 닥어안젓다.

그리고는 조고마한 손거울과 얼내빗[26]을 써내여서 머리를 빗기 시작한다.

○

이 거울과 빗이래야 어느 해 여름엔가 곰바우가 장에 갓다가 사 가지고 온 것으로 지금은 거울은 뒤에 칠이 베써저서 제대로 보이지도 안코, 빗 역시 니가 듬성듬성 싸진 것이로되 —— 그러나 순이에게는 그 언젠가 아버지가 사다 주신 쇠까 치마저고리와 함께 다시 업는 소중한 보물이엿다.

사실 그는 슴직히도 이것들을 아끼고 위하엿다. 그 중에도 겨[27]울과 옷은 더욱 그러하엿다.

처음 겨[28]울을 내하엿슬 새 어찌나 놀낫던지 당초에 긔가 막혀서 왼 심판인지를 몰낫다.

그리고 쏘 옷을 입어 봣슬 쌔 날느고라도 십흐리만치 신기하고 황홀햇섯다.

그래도, 빗이나 거울은 적은 것이니싸 혹 그것이 쌔여진다거나 못쓰게 되는 경우에는 쏘 장에 가서 사 오문 되지만 —— 옷이야 어태 못입게 된단들, 그리 쉽사리 못 구할 것 갓텃고 구한다 해도 꼭 이처럼 찬난한 것은 다시는 업슬 것이라 해서 잘 써내 입지도 안코 각금 써내엿다가도 몸에 대여 보기나, 쏘는 이[29]루만저 보기나 할 싸름이엿다.

---

25  궤(櫃). 물건을 넣도록 나무로 네모나게 만든 그릇.
26  얼레빗. 빗살이 굵고 성긴 큰 빗.
27  문맥상 '거'의 오류로 추정.
28  문맥상 '거'의 오류로 추정.
29  문맥상 '어'의 오류로 추정.

○

그는 머리를 다 빗고 털가죽을 머리에 두른 다음 방문을 열엇다.

○

화ㅅ토불은 여전히 활々 타오르는데 아궁이 압페서는 곰바우가 드르릉
~~~~ 코를 곤다.

○

그는 물끄럼이 곰바우의 상판을 드려다본다.

눈바람에 끄슬여서 깜우죽죽한 데다 왼통 털 투성이다. 숨을 쉴 쩨마다
벌눙거리는 코쑤멍은 순이의 엄지손까락이라도 마음 노코 드나들 만하다.

가슴에 노힌 손은 곰 발바닥처럼 볼 수 업는 쐴이란 —— 아무래도 그
이름 그대로 곰의 사촌에 가까웁다고 생각하니

「후々々……」

하고 갑작이 터지려는 것을 손으로 싹 막고는 삽분~~ 막을 나선다.

○

박근 이미 차고 찬 달빗에 덥혀 왼통 막々한 힌 빗 쑌이다.

○

순이는 머—ㄹ리 눈을 드러 산 넘어 하늘ㅅ가를 우르러본다.

순이의 아버지는 늘 말슴하엿겟다.

저 하늘 아래는 선녀강이 흐르고 동백쐴이라던가 하는 마을이 잇다
고…… 거기에는 강 아래 장처럼 해와 달이 줄쌍 빗추고 배옷 입은 사람
들도 만이 산다고 ——

그러치만 우리네처럼 사철 털가죽에 싸여서 숫을 굽고 풀싹리나 조밥에 산나물을 먹고 이런 통목집에서 사는지?…… 아니야 산도 숩도 드무다니까 숫도 굽지 안흘 것이요, 고사리나 곰취 가튼 산나물도 업슬 것이야…… 그러믄 대체 무엇을 먹고 사나?…… 아버지가 늘 가곱파 하든 것을 보아 여기보다는 살 맛이 픽은 조흔가 보지?…… 그런데 왜 아버지는 애당초 거기서 살 일이지 이런 데로 왓슬까?

엄마는 순이가 갓 나서 도라갓스니까 잘 몰나두 아버지는 밤낫으로 그곳을 못 가서 한숨만 쉬지 안헛든가……

아, 순이도 그, 사람 만이 사는 곳 —— 해와 달이 줄쌍 빗추는 곳 —— 그리로 가서 사러본다면 무슨 원이 쏘 잇스랴?

저 곰갓치 둔하기 짝이 업는 곰바우는 해마나[30] 봄이 되면 장에라두 데리고 가 준다고는 하면서두 정작 갈 째는『너는 아직 어려 —』이따위 수작이나 하고는 저 혼자만 다녀오지 안나?

순이는 그것이 몹시 야속하엿다. 그럴 째마다 아버지를 더 찻고 더 울군 하엿다.

그러나 이번 도라오는 봄에야 죽기로써니 안 싸라가리— 순이는 기어이 싸라간다. 머리도 더 곱게 빗고, 그째야말로 싀까옷도 써내 입고 —— 그래도 안 대리고 간다면……… 그째는 곰바우가 도라올 째까지라두 강가에 안저서 을[31]며 밥도 먹지 말고 쎄를 부리지…………

그는 이러두른케[32]거려[33] 본다.

---

30 문맥상 '다'의 오류로 추정.
31 문맥상 '울'의 오류로 추정.
32 '이러두른케'는 '이러케 두른'의 글자 배열 오류.
33 두른거리다. '남이 알아듣기 어려울 정도의 낮은 목소리로 자꾸 불평을 하다'는 뜻의 '두덜거리다'의 방언(경북).

# 解 氷 期 (7)

○

달은 좀 더 서편 마루에 가까워젓다.

그제야 또 순이는 마음이 조급해진다.

이 밤을 이대로 새이다니……

밝으면 내일은 또 눈보라 ─. 그까진 잠이야 나중에 잔들 어쩌랴? 이런 밤은 이러케 쓴눈으로 밝혀도 손톱만치도 아수울 것이라고는 업슬 것 갓다.

더구나 ── 바람도 별도 산도 그리고 토끼도 사슴도 모다 잠자는 어 엄청난 정막 속에 순이만 쌔여 잇구나 생각하니 그는 갑작이 외로워진다. 울고 십다. 무엇인지 가슴이 쌔근하도록 그리워진다.

어데든지 쮜여가고 십다. 저 산 하나만 넘으면 그리운 그 무엇이 순이를 기다리고 잇슬 것만 갓다.

지금 곳 가고 십다. 저 달이 사라지기 전…………

○

그는 마침내 휘청~~ 거러본다. 더 쌜니~~ 거러본다. 언덕을 내릴 째는 쮜염박질로 변해 버린다.

고개 한나를 넘을 째는 숨이 갑싹다.

○

그러나 식컴은 숨이 가까워 오자 그의 다름질은 점々 느리여진다.

정작 하늘을 찌른 숨이 탁 압홀 막어스자 그는 거름을 멈추어 버린다.

『순아!』

하고 금시에 숨속에서 무엇인지 쮜여 덤빌 것갓치 무섬증이 난다.

○

그는 몟 거름 뒤로 물너서다가

『앗』

하고 되도라서 오든 길로 쌩손이를 친다.

금방 금방 무엇인지 발뒤쑴치를 덥퍼 할퀼 것만 갓터 연방

『곰… 곰… 곰바우야…』

소리~~ 지르며 언덕을 치다른다.

산은 잠소대나처럼 순이의 소리를 되씹어 본다.

○

고개를 올나채니 불빗이 쌔 ― ㄴ이 기다리고 잇다.

　저것이 순이네 집이지 저것이 곰바우와 두리서 사는 집이지… 그는 이러케 가슴속에서 몟 번이고 뇌이며 마주막 고개를 올나설 쌔 그의 겨[34]름은 별안간 우쭉 서버리고 그는 어쩔 줄을 몰나 씽々거리다가

○

『순아』

하고 곰바우의 부드럽게 부르는 소리에 왈칵 쒸여드러 낫을 파뭇고 엉々 우러버린다.

○

『순아……』

곰바우는 얼마 후 쏘 한 번 나즉이 불넛다. 순이도 이제는 우름을 삼켜

---

**34** '거'의 오류.

야 한다.

○

『……저 올봄에는 나허구 쎄ㅅ목을 타고 장에 가련?』

『실혀! 실혀! 쏘 겨<sup>35</sup>짓말』

순이는 몸을 도리~~ 흔드럿다.

『아니야 이번에는 정말로 강물이 풀리면 나 짜라서 장에 가자구……』

『정말?』

순이는 얼골을 번적 드러 곰바우의 턱을 처다본다.

『정말이고 말고 ── 숫을 팔고 곰가죽을 파라서 네 옷도 사구 거울도 빗도 바느실도 왼통 사가지고 와서…』

곰바우는 겨<sup>36</sup>기서 더 말을 못 한다, 웬일인지 가슴이 확근거린다.

방 서방 아자씨의 소원대로 물 한 그릇을 떠 노코라도 순이의 댕기를 풀어주고 지난 봄에 사다가 쏙々 감추어 둔 비녀를 꼬자주어야 하느니라고는 몃 번이고 생각하나 그것을 영々 입 박그로 내노치는 못할 것 갓다.

○

『그래가지구 와서……?』

『…………』

순이는 아무리 대답을 기다려야 곰바우는 말을 이저버렷다.

그리고 쑤러저라 하고 순이 얼골만 쏘아본다. 요즘 와서 몃 번<sup>37</sup>이고 깨닷는 일이지만 말이 정<sup>38</sup>럴 째처럼 곰바우의 눈이 불덩이처럼 쓰겁게

---

35  ‘거’의 오류.
36  ‘거’의 오류.
37  원문에는 ‘번’의 글자 방향 오식.
38  문맥상 ‘저’의 오류로 추정.

느쩌지는 째는 업다.

　순이는 그 눈을 피하듯 다시 억세게 들먹거리는 곰바우의 가슴에 비둘기처럼 스르르 낫을 가린다.

　그러나 곰바우는 바우덩이처럼 움직이지 안흐련다.

○

『후, 후, 후, 후,』

　순이는 갑작이 우슴이 복밧처 얼골을 번적 들고는

『바보 바보… 바보…』

　하고 주먹으로 힘ㅅ것 맘ㅅ것 암만이든 곰바우의 가슴을 째리는 것이엿다.

○

　얼마 후 두 사람의 그림자는 기우는 달빛과 함께 고개를 나려온다.

『봄은 언제 오니?』

　순이의 가만한 소리 ―

『이제도 두 달은 잇서야지… 저 강에서 어름짱 째지는 소리가 들닐 째 ―』

　곰바우의 나즉한 소리 ―

○

『어데서 오니?』

『…………』

　곰바우는 잠잠이 손을 드러 머―ㄴ 산을 가르친다.

　한동안 두 사람의 눈 밝는 소리가 개고리 우름처럼 고요이 파문을 그린다.

　　　　　　○

『그쌔 쏙 나두 데리고 가 응?』

『응!』

『가서 별것 다 사지?』

『응―』

『옷두 빗두 거울두 지금 것보둠 더 조흔 것 ― 응?』

『응―』　　　　　(徐々히 溶暗[39])

――――――
**39**　용암(溶暗). 영화나 텔레비전에서, 화면이 처음에 밝았다가 점차 어두워지는 일. 페이드아웃.

# 解 氷 期 (8)

1938년 5월 15일

(急速히 溶明)

이튿날부터 이 소문 업는 산막은 쏘 눈보라의 습격을 어찌하지 못한다 그리하야 이런 날에 몃칠이고 계속되는 것이다

오늘도——싹거 세운 듯한 산빗탈에서는 어름드리[40] 통목이 밋쓰름을 타듯 쏜살갓치 나려온다

쏘 다른 통목이 수업시 행열을 지여 그 뒤를 쏫는다

○

우우우…………

!!!!![41]!!

마침내 통목은 천길 낭써러지로 솟구처 퍼붓는다

○

눈 연기로 압피 자욱하다 바람 소리에 귀가 멍멍하다

○

『하, 하, 하, 하, …』

곰바우는 이럴 째만이 커다란 너털우슴이 저절로 나온다. 배ㅅ속까지라도 경쾌함을 이기지 못하는 것이다.

○

『에헤 — 에헤 — 에헤 — ○야 』

짐생 갓튼 소리를 콧느래랍시고 웅얼거리며 그는 쏘 통목을 밀어다 언덕에 늘어 놋는다.

————
40  아름드리. 둘레가 한 아름이 넘는 것을 나타내는 말.
41  원문에는 '!'의 부호 방향 오식.

『에헤 ― 에헤 ― 에헤 ― ○야』

그는 느러논 통목을 다시 빗탈로 하나식~~~~ 굴려버린다.

휘 ― ㅅ

구름이 발아래를 달녀간다.

○

멀리 싯업시 보이느니 굼실거리는 운해(雲海)뿐이다.

(二重露出[42])

○

곰바우가 산에 나간 사이면 순이는 더한칭 외로워진다.

텅 뷔인 막 속에서 진종일 곰바우를 기다리며 별 재롱을 다해 봐도 도무지 시언치 안타.

그는 우선 피[43]ㅅ속에서 소중하기 바이업는[44] 싀까옷을 쩌내여 쌤에다 대여 보고 손으로 어루만저 보다가는 무슨 몬지라도 끼엇슬새라 흘々 불어서 다시 집어넛는다.

○

그는 쏘 하노니 겨울하고의 작난이다.

그는 삼단 갓튼 머리를 푸러헤치고 고이~~ 빗질을 하다가 문듯 손을 멈추드니 팔목을 거더올여 한 손으로 쏵 쥐여브[45]고는 방긋 우서버린다.

얼마 전까지도 한 손에 들고도 남든 팔목이 어느새인지 이러케 포동~

---

**42** 이중노출(二重露出, double-exposure). 한 화면 위에 다른 화면이 겹쳐져서 이루어진 합성화면.
**43** 피(皮). 물건을 담거나 싸는 가마니, 마대, 상자 따위를 통틀어 이르는 말.
**44** 바이없다. 비할 데 없다.
**45** 문맥상 '보'의 오류로 추정.

~ 넘처 오른다.

○

그는 또다시 손까락으로 볼그레한 두 볼을 꼭 찔넛다는 살싹 노하버린다.
볼 역시 이지음 와서는 더 히고 고와진 것 갓다.
순이는 그것이 펙은 신기스러웟스나 윈 영문인지 도무지 모른다.

○

가슴애 손을 포개고 눈을 스르르 감고 생각해 봐도 모르겟다
고[46]연스리 가슴만 두근거리고 귀밋이 확근거리는 것 갓터 그는 다시
새로운 놀냄애 눈을 크게 뜬다.

○

그러고는 그 얼골 그대로 거울로 가져간다.
『후, 후, 후, 후, ……』
그는 대굴~~~ 아무런 싸닥도 저조차 모르고 우서버린다.

○

그러나 순이는 우슴 뒤에 더한칭 숨 갑쌘 괴로움이 나려눌ㅅ는다. 그는
사실 내력[47]도 업시 싸증이 생겨 발버등을 치면서 씽ㅅ거리다가 벽쪽으
로 도라안저 아조 설게[48] 우러버린다.
이러노라면 산속에 하로 해도 덧업시 저무러 곰바우도 도라오고 강낭
이, 풀샌리도 맛이 잇고 쓰더 말닌 산나물에도, 정이 붓는.다[49]

───────

46  문맥상 '공'의 오류로 추정.
47  내력(來歷). 일정한 과정을 거치면서 이루어진 까닭.
48  설다. 서럽다.
49  '다.'의 글자 배열 오류.

아— 그러나— 이날 밤, 이 산막 이들의 행복을 노리는 것은 그 무슨 악착한 그림자엿드냐?

# 解 氷 期 (9)

1938년 5월 17일

○

눈보라 속에서 밤이 깁헛다.

외로운 산막—하물거리는[50] 송등불은 쌔—근 쌔—근 천진한 순이의 잠든 얼골을 고이 직히고 아궁이 압헤서는 곰바우의 코고는 소리가 갈스록 무심스럽게도 놉파만 간다.

(카메라—山幕이 불빗 아득하게 흐려질 쌔까지 後退하다가 다시 急히 前進하야 順이의 房)

**5**

순이는 눈을 벗ㅅ적 썻다.

그리고 귀를 창켠으로 긔우려 본다.

그는 무슨 소리엔지 어지간이 깁헛든 잠이 쌔인 것이다.

그러나 박근 씬힘업는 눈보라가 미처 달닐 쌘——.

○

그는 제 귀를 의심하면서 다시 눈을 감으렬 쌔—쏘 들여오는 소리——
그의 눈에는 이미 잠은 쌩손이[51]를 처버렷다.

『곰……』

하고 그는 입속에서보다도 그의 크게 써진 채 움지기지 안는 눈이 이러케 단정을 해 본다.

○

『저… 저거……』

---

50 하물거리다. 매우 말랑말랑한 것이 힘을 받아 하늘거리며 흔들리다.
51 뺑소니. 몸을 빼쳐서 급히 몰래 달아나는 짓.

그는 별수 업시 벌ㅅ덕 일어나 안저 본다. 전신에 셋쌈안 소름이 짜르르 흐른다.

　　　　○

그는 마침내 썰니는 손으로 방문을 가장 조심이 열고는 삽분 나려슨다.

　　　　○

그러나 무심한 곰바우는 코만 벌능거리며 고랏슬 짜름이지 순이의 이런 절박한 사정을 알 리 만무다.

　　　　○

순이는 부들~~ 썰니는 다리를 가까수로 옴기여 곰바우의 엽프로 닥어섯다.
그리고
『곰바우야—』
하고 나즉이 부른다.

　　　　○

『……』
곰바우는 영 막무가내이다.

　　　　○

『곰바우야—』
하고 순이의 부르는 소리가 다시 한 번 애타게 썰닐 째 문박게의 소리는 좀더 어지럽게 들닌다.

　　　　　○

　순이는 더 불너볼 용기가 나지 안허 이번부터는 그저 곰바우의 가슴을
쇠집어 흔드르니 그제야

『으으음……』

하고 잠소대 비슷이 눈을 부빈다.

『이애— 이애 곰이 왓서야— 곰이……』

『뭐?』

순간! 곰바우도 벌썩 몸을 일으켯다.

　　　　　○

『저…… 저 봐…』

순이는 곰바우의 가슴을 파고들며 문켠을 바라본다.

　　　　　○

　과연 쏘다시 들녀오는 문 흔드는 소리에 곰바우의 미간이 억세게 골을
파자 그는 잠잠이 이러섯다.

　　　　　○

　그리고 헛깐 벽으로 가서 독기를 집어 들엇다.

　　　　　○

　한 거름, 두 거름…… 바우ㅅ덩이 갓튼 몸이 말 업시 문켠으로 가까워
진다.

　　　　　○

　순이는 간도 콩만해저서 조고마케 웅그리고 곰바우의 등 뒤에 숨어 붓

헛다.

○

문 압패 이르르자 곰바우의 두 눈은 파아란 불꽃이라도 튕기리만치 다라올느고 —— 그의 한 손이 문 빗쌍을 잡을 째는 그도 순이도 일순간 숨이 탁 막혀 버린다.

○

흉험처참하게 피비릿내를 흘니고 씨러저라 하고 번쩍 시퍼어런 독기날이 허공에 솟앗슬 째

○

그러나 처들엇든 독기는 저만침 팽게처 버리고 홍수와 갓혼 눈보라에 싸여 그들의 압페 왓ㅅ작 넘어지는 것 ——

『앗』

순이는 그만 비명을 지르면[52] 곰바우의 등에 낫을 파무더 버린다.

---

# 解 氷 期 (10)

○

곰바우도 잠시 넉을 노코 멍하니 입을 버린 채 어찌할 바를 모른 다음에야 황급히 달여드러 그 씨러진 사나이를 안어다 제자리에 누펴엇다.

○

곰바우는 우선 그 사나이의 가슴을 헤치고 손을 너어 보드니 무슨 히망이라도 어든 듯이

『물 좀 스려! 물 좀……』

하고 소리첫다.

○

순이는 그제야 그것이 곰도 김생도 아니요, 생전 쑴에도 볼 수 업든 사람이라는 것을 쌔닷자 다소간 백짓장가티 말나 버린 입설에 피ㅅ기가 도라오긴 하나 쏘 다른 새로운 놀냄에 그는 솟테 물을 스리면서도 몇 번이그[53] 죽은고[54] 듯이 누어 잇는 아지 못할 사람으로부터 시선을 쎄지 안는다.

○

곰바우는 쏘 곰바우대로 이마, 팔 무릅 할 것 업시 피가 베여 쌧々이 어러붓튼 그 사나이의 옷을 풀어 헤치느니 쏘 화ㅅ토불을 달구느니 하노라고 제법 부사―ㄴ하게 서둘넛다.

○

그러나 두리는 갑작이 벙어리라도 된 듯이 아무런 말 한마디 하지 안

---

53  문맥상 '고'의 오류로 추정.
54  문맥상 '고'는 오식으로 추정.

는다.

○

다만 잠잠이 놀리는 손과 날카롭게 번쩍이는 눈만이 전에 업든 이상한 흥분과 경이를 주고 밧는 듯——.

○

더욱이 순이는 저 곰바우의 날카로워진 눈이 조곰만이라도 부드러워지기만 하면
곳 무러볼 말이 샘솟듯 하는 것을 차국차국 눌너 둔다.

○

처음으로 구경할 수 잇게 된 이『사람』이라고 하는 것이 —
곰바우에게 가깝지 안코 아무래도 순이 편에 가까울 히안한 얼골이라든지 도무지 알어맛칠 수 업는 입은 옷이라든지 그리고 모자며 신이며 왼통 신기할 쑨이다.
그러면 도대채 어데메를 이 산중에를 더구나 이 눈바람 속에 무슨 일로 왓슬싸?…………
저러케 히안하게 생긴 사람이니까 필경
그 해와 달이 줄쌍 비추고 사람 만히 산다는 곳에서 왓는지도 누가 아러……?……

○

순이는 다 쓰린 물을 곰바우에게 퍼 주엇다.

○

곰바우는 우선 그 물을 사나이의 입에 써 너어 주고는 그의 팔과 다리를 씻츠면서 주물넛다.

○

순이도 곰바우의 하는 대로 알 수 업는 그 사람의 몸을 주무른다.

○

그러나 두 사람은 부처님처럼 여전하게 입을 봉햇다.

○

박게는 아직도 매운 눈보라만 사러서 발악을 쓴다.

○

『널낭 이젠 자려무나』
곰바우는 얼마 후 이러케 나즉이 일느며 순이를 처다본다.

○

『⋯⋯⋯⋯⋯⋯』
순이는 말쑹~~한 두 눈을 쌘싹어리며 고개를 도리도리 흔든다.

○

『너 낼두 산에 가니?⋯』
쏘 얼마 후 순이는 곰바우를 처다보앗다.

○

『⋯⋯⋯⋯⋯⋯』

곰바우는 잠잠이 눈으로만 대답한다.

○

두리는 다시 화ㅅ토불 가로 나가 안저서 무서운 새벽이 가싸워 오는 줄도 이즌 듯이 우두커니 그 사나이를 직히고 잇다.

○

그러나 사나이는 아조 곤한 사람처럼 포군한 잠에서 쌔일 줄을 모른다.

(溶暗)

# 解 氷 期 (11)

## 6

(溶明)

밤이 새여도 눈보라는 쉬지 안헛다.

사나이는 새벽녁이나 되여서야 잠깐 눈을 쩟든 것이나 이내 도루 깁픈 잠에 싸지고 마럿섯다.

○

『굴죽이나 좀 쑤어 두엇나[55] 쌔이거든 주어라 ─』

하고 곰바우는 순이에게 사나이의 간호를 신신당부[56]하면서 괭이를 메고 막[57]을 나섯다.

사나이를 위하여 약초를 캐려 가는 것이다.

○

순이는 곰바우의 말대로 굴죽을 쑤어 노코는 제 세상이라도 맛난 듯이 왼갓 작난[58]을 막 부리엿다.

○

사나이의 입고 왓든 의복을 몃 번이고 만젓다 노핫다 하엿스며, 구두나 모자도 썻다 버섯다 하면서 맵시를 보앗스나 어찌 된 셈인지 어색만 하여서 팽게처 버리고 사나이의 겻테 도스리고[59] 안저 잠이 어서 쌔이기를 안타깝게 기다려 마지안는다.

---

55　문맥상 '다'의 오류로 추정.
56　신신당부(申申當付). 거듭하여 간곡히 하는 당부.
57　막(幕). 겨우 비바람을 막을 정도로 임시로 지은 집.
58　작난. 장난.
59　도사리다. 어떤 곳에 자리 잡고서 기회를 엿보며 꼼짝 않고 있다.

○

『아이 속사[60]해! 무슨 잠을 대낮쩌지 자고 잇담! 막, 써드러 깨워줄까부다…』

그는 제 풀에 샐쭉해저서[61] 두른거리다가[62] 문듯, 사나이가 깨인다면 무슨 말을 어쩌케 해야 하나? 하는 걱정에 이르르자 그의 미간은 잠시 흐리여진다.

○

『그까짓 거 아모 말도 말고……… 웃지도 마러야지…… 아조 얌전스러 고개를 숙이고……』

하다가 그의 눈이 무심이 사나이의 손에 머무르자 저도 모르게 그 손을 만저 본다.

○

곰바우는 백 번 죽엇다 깨여도 이러케 부드러운 손 하나 못 갓고 태일 상십프리만치 맘에드는 손이다.

○

순이는 다시 사나이의 손까락을 하나씩~~~~ 만저 가다가 갑작이 손을 당황히 미러 버리며 뒤로 멈ㅅ짓 물너안젓다.

---

60  문맥상 '상'의 오류로 추정.
61  샐쭉하다. 마음에 차지 아니하여서 약간 고까워하는 태도가 드러나다.
62  두른거리다. '남이 알아듣기 어려울 정도의 낮은 목소리로 자꾸 불평을 하다'는 뜻의 '두덜거리다'의 방언(경북).

○

사나이가 가만이 눈을 쓴 것이다.

○

순이는 무슨 죄나 지여 들킨 것처럼 가슴이 안타깝게 두근거린다

○

사나이는 힘업시 순이만 처다본다.

○

얄구진[63] 침묵이 이대로 얼마 동안 흐른 다음에야

『후후후……』

하는 순이의 웃음 소리가 먼저 굴너 버렷다.

○

그러나 웃음이 가 버린 뒤는 한층 더 싱거운 정적에 짓눌리는 것이 순이는 짜증이 나것만 웃어 버린 것이 후회막급[64] —— 그는 처음으로 안어 볼 수 잇는 이상한 감정에 사나이의 눈을 피하듯 모로 슬쩍 도라안젓다.

○

그러고도 얼마 후에야

『나 물 좀 주오……』

하고 목이 자즌 소리로 사나이는 겨우 말하엿다.

---

63  얄궂다. 야릇하고 짓궂다.
64  후회막급(後悔莫及). 이미 잘못된 뒤에 아무리 후회하여도 다시 어찌할 수가 없음.

　　　　　　◯

　순이는 그제야 막혓든 가슴이 틔인 듯이나 쌍충 이러나 더운 물을 가저
다 청년의 손에 잡피엇다.

　　　　　　◯

　청년은 가싸수로 고개를 드러 물을 마신 다음
『후──』
하고 길게 한숨을 내쑴엇다

　　　　　　◯

　그러고는
『여기가 어데요?』
하고 순이를 쏘 처다본다.

　　　　　　◯

『우리집인데 머……』
하고 순이는 모로 도라안진 채 대답하엿다
『그럼 이곳도 역시 산속이든가요?』
『아조 산박게 업다든데 머……』
청년은 두어 번 눈을 쌈박어리며 무엇을 생각하는 듯하드니
『내가 언제 이리로 왓소?』
하고 무럿다.
『어젯밤에 왓스면서………』
『어젯밤?』
청년의 얼골은 갑작이 흐리여진다.

# 解 氷 期 (12)

1938년 5월 20일

○

『그러면…… 내가……』

그는 혼자ㅅ말처럼 두른거리드니

『이곳에는 집이라곤 이 집박게 업소?』

『…………』

순이는 고개를 쯔덕이엿다.

○

<sup>65</sup>그럼, 당신 혼자 사오?』

『…………』

순이는 고개를 내저엇다.

『그럼……?』

『우리 곰바우하구요』

『곰바우?』

『그럼요, 우리 곰바우는 어써케나 기운이 센지요 범<sup>66</sup>도 곰도 안 무서

한데요………』

하고 저도 모를 사이에 순이는 청년에게로 바로 도라안젓다.

○

『그런데 그 사람은 어데 갓소?』

『약초를 캐려 갓서요』

『이러케 눈이 오시는데…?』

---

65  '『' 누락.
66  범. 호랑이.

『그럼요. 우리 곰바우는요 이러케 눈바람이 사나운 날이래야만 조화하는걸요.』

『허 ──』

사나이는 잠시 동안 순이의 천진스런 이야기에 몸의 쓰라림도 이즌 듯이 감탄하드니

『당신 이름은 머요?』

『저…… 저…… 순이……』

『순이?…… 순이?』

그는 이러케 입속에서 두어 번 외여 보다가

『여기서 산 지 오래 되요?』

『나는 여기서 낫데요. 우리 곰바우는 어렷슬 적에 우리 아버지랑 엄마를 싸라서 왓데요…… 엄마는 나 갓 나서 죽구…… 아버지는……』

그는 금시에 아버지 생각에 서러워저서 고개를 숙인다.

○

청연[67]도 잠시 말을 싣헛다가

『멀 해먹구 사루?…』

『화전[68]을 치고, 숫을 굽고 해서요… 숫은 장에 가서 판데요……』

『장이 어덴데요?』

『나두 몰나요…… 곰바우는 쎗목을 타고 해마다 봄에는 다녀오지만……』

『그럼, 강은 가깝소?』[69]

---

67  문맥상 '넌'의 오류로 추정.
68  화전(火田). 주로 산간 지대에서 풀과 나무를 불살라 버리고 그 자리를 파 일구어 농사를 짓는 밭.

『바로 이 아래예요……』

하고는

『참, 아저씨도 동백ㅅ골서 왓서요? 우리 아버지랑은 동백ㅅ골서 왓섯
데요』

『허허… 아니 나는 서울서 왓소』

『서울?』

순이는 눈을 쌈박어리다가

『그럼, 아저씨는 멋허러 이런[70] 산중에 더구나 눈 속에 왓서요?』

하고 무럿슬 째 청년은 이마를 씽기며[71] 어데가 압퍼 오는지 몹시 괴로
워하엿다.

○

『어데가 압프세요 제가 주물너 드릴쎄요……』

순이는 근심 가득이 청년의 얼골을 드려다 보다가

『조곰만 참으세요…… 우리 곰바우가 약을 캐러 갓스니쎄요… 』

『…………』

청년은 눈을 감드니 무슨 생각에 깁피 잠겻슴인지 대답이 업다.

순이는 청년의 다리를 주물느기 시작한다

○

사나이 ── 조동선 ── 은 백두산 탐험을 가노라고 단신으로 써나간
친우 상철(相哲) 군을 차저서 주을(朱乙)에 오니 안내인도 업시 청년 한 사

---

69 『의 오류.
70 문맥상 '런'의 오류로 추정.
71 찡기다. 팽팽하게 켕기지 못하고 구겨서 쭈글쭈글하게 되다. 또는 그렇게 하다.

람이 써낫다는 말을 려관집 주인에게서 드른 즉시로 이 산속에서 헤매인 지 밤낮 잇틀이 지냇섯다.

그러나 불행이도 친우의 행방은 암연한[72] 채 동선은 어젯밤 —— 맛당이 설마[73]의 제물이 되엿서야 할 것이 기적으로 이 산막[74]의 구원을 밧게 되엿스니 야릇한 운명이 아닐 수 업다.

『사는 것이 이다지도 괴로운 것인가?』

그는 다시금 생의 지긋~~함을 씹어 본다.

차라리 친우 상철 군을 구하지 못할진데 아니 상철 군의 피매친 가슴을 —— 그리고 자기의쓰라린 추억을 평생 두고 잇지 못할진데 자기도 깨끗이 이 설령[75]속에 사라저 버림이 당연하겨[76]든 신의 작난은 어데까지 가야만 만족하려는가?

---

72 암연(闇然)하다. 어렴풋하고 애매하다.
73 설마(雪魔). 눈 덮인 산을 비유적으로 이른 말. 1회에서 눈 덮인 산맥의 모습을 '거대한 마(魔)의 시체(屍體)'로 비유한 것과 연결됨.
74 산막(山幕). 사냥꾼이나 숯쟁이 및 약초를 캐는 사람이 임시로 쓰려고 산속에 간단히 지은 집.
75 설령(雪嶺). 눈으로 덮인 산봉우리.
76 문맥상 '거'의 오류로 추정.

# 解 氷 期 (13)

〇

『상철 군!』

『상철 군!』

불느고 불느고 목이 자지도록 불넛스며

『상철 군 도라와 주게! 그리고 지냇날은 서로 깨긋이 이저버리고 나와

함께 새로운 출발을 하세나!』

하고 그는 실신한 사람처럼 말업는 산악을 바라보며 몃 번이나 웨치고

울엇든가?

〇

동선의 감은 눈에서 두 줄기 눈물이 주루루 흘너나렷다

『왜 울어요?』

하는 순이의 소리에 동선은 그제야 깁픈 쑴에서 깨인 듯이나 눈을 썻다

〇

『왜 울어요?』

『…………』

『내가 실혀서 울어요?』

『아니…』

동선은 쓸쓸이 웃섯다.

〇

『그럼 압퍼서요?』

『…………』

동선은 고개를 쯔덕이엿다.

『그래도 울지 마러요. 우리 곰바우가 오면은 약 발너 줄 테니요……』

순이는 왠 영문인지 불안스러워 저도 따라 울고 십퍼지는 것이엿스나 불연듯──

『아니 참. 깜박 이젓네…… 죽을 쑤어 노코도……』

하고 그제야 생각난 듯이 쌍충 이러섯다.

(溶暗)

○

어언간 반 달이나 흘너갓다.

그사이 순이와 곰바우의 지성스러운 간호는 동선의 몸을 날로 새로 희[77] 복식히여 주엇다.

○

그리고 더욱이 순이의 친절한 재롱은 마음의 상처까지를 어루만짓듯 하여 세상이 그리워질 째도 난히(蘭姬)의 비극으로 마친 마주막 모습도 그로 말며[78] 암아 행방을 감추고 만 상철 군을 생각할 째마다 써오르는 괴로움[79]도 잠시 이저버리게 되는 것이 저욱이 기쌧다.

그리고 저도 아지 못할 사이에 순이의 천진스런 감정과 곰바우의 산악과 갓티 미덤스럽고 순박한 온정에 마음이 쏠여 익숙치 못하든 그들의 생활에까지 이제는 정이 드럿다.

순이는 실상 동선의 겻틀 잠시도 써러지려 하지 안헛다.

그리고 가진 재롱을 막 부린다.

---

77 '회'의 오류.
78 문맥상 '미'의 오류로 추정.
79 '움'의 오류.

동선의 손을 만지고 얼골을 만지고 옷을 입어보고, 신을 신어보고······ 모든 것에 거침이 업서젓다.

그만치 순이논[80] 동선을 짜르고 조화햇다.

○

그러나 동선은 그것이 왼통 위안만은 아니엿다. 그로 말미암아 한째는 모—든 시름을 잇는다 하드라도 그것이 가저오는 새로운 괴로움과 고적[81]은 또한 막어낼 재간이 업섯다.

나이 찬 처녀의 향그러움이 동선의 고적을 가저가는 것은 못되엿다. 한 가닥의 허무함과 서글픔을 더 가저다 줄 쑨이엿다.

○

더구나 도회에서 지금쩟 보와 오든 뭇 녀성들의 그 무지게가티 쑤민 만코, 구름 가튼 공상에서 시드러 썩어 가는 왼갓 것에 비할 쌔 아무것도 모르고 그저 제대로 자라서 제대로 피여난 이 백합송이 가튼 순이는 그 향그러움이 천사의 도가티 거룩하게 느끼여젓다.

한째는 동선이도 이대로 이 산속에서 모든 시름을 부려버리고 일생을 저 순이와 짝이 되여 마치게 된다면?··········하는 공상도 가저보앗스나 그런 생각부터가 부질업고 쌔긋지 못한 생각이라고 슬퍼까지 하엿섯다.

○

그쑨만 아니라 생각하면 그의 첫시[82]랑을 밧치고도 그 력사가 길지 못하엿든 난히라는 여자를 불너볼 째 애당초 인간의 애정이 무상하엿고 짜

---

80  '는'의 오류.
81  고적(孤寂). 외롭고 쓸쓸함.
82  '사'의 오류.

라서 인간이라는 것이 얼마나 영원의 고독한 나그네인가를 스스로 위로
할 수 업스리만치 서글프게 느씨여지는 것이엿다.

# 解 氷 期 (14)

1938년 5월 22일

**83**여 버린 듯한 무서움이 찬바람처럼 이러난다

『아, 어서 몸이나 회복되엿스면……』

그는 몸만 회복된다면 내일이라도 곳 이 산막을 써나리라 다짐을 한다. 그리고, 새로운 생활**84**에로의 씩ㅅ한 출발을 하겟노라고 설게도를 그리여 본다.

○

『그러타 나는 이 산막을 어서 써나야 한다.』

그는 길게 한숨을 쉬며 눈을 감으렬 째

○

『아저씨』

하고 순이의 방이 열리며 분홍치마에 노랑저고리를 입고 머리에는 동선의 모자를 쎄쑤름이 쓴 순이의 방실거리는 얼골이 나타낫다.

○

동선도 지금까지의 우울한 생각을 날여버리는 것처럼 빙그레 웃으며 처음으로 구경하게 되는 순이의 화려한 맵시를 마지하엿다

○

순이는 제 맵시를 두루~~~ 도라보며

『엡쑤지?…… 웅』

하고 웃엇다.

---

83  16회(5월 24일 자) 말미에 "訂正 제十四회분 생단 첫재 줄부터 동삿트로부터 열넷재 줄까지는 하단 맨 스트로 가야 할 것이옵기 이에 정정함"이라는 문구가 있음.
84  '활'의 오류.

『호— 여간 안닌데…… 순이도 이런 옷 잇섯뎃나? 누가 사다 주엇뎃지?』

『아버지가!』

『호— , 자, 이리로 안즈라고 —』

하고 동선은 순이의 손을 이끄러 겻테 안치려 하엿스나

『난 여기 안줄썰…… 그리로 안즈면 옷 더럽피게 머……』

하고 순이는 구지 동선의 무릅에 안젓다.

○

그러나 그들은 달빗을 등지고 도라오는 곰바우의 검은 그림자가 지금 살창 박게 가까윗슴을 알 리가 업써라.

○

곰바우는 날마다 독기나 괭이를 메고 산으로 나가 살엇다

그러면 순이와 동선은 다시 꿈 갓튼 이야기가 거미줄처럼 암만이든 싯이 업섯다.

○

순이는 동선에게서 퍽이나 재미나고 신기한 이야기를 만히 듯고 만히 배웟다.

그리고 비로소 저 세상 유득이 서울이라는 곳이 얼마나 찰난하고 황홀한 곳인지도 짐작하여 보앗스며 순이도 한번 가보앗스면 하는 안타까운 동경의 싹도 트기 시작하엿다.

○

순이는 날이 갈수록 까닭 모를 짜증이 동선의 압헤서도 곳잘 나왓고, 또 제 가슴에 엉킨 그 무슨 사연을 말하고 알듯~~ 하면서도 몰나 은근이

속상하는 째가 한두 번은 아니엿다.

혹 그것이 곰바우에게 주는 마음과 동선에게 주는 마음이 달너 오는 것인지도 모른다. 곰바우가 집에 잇슬 째는 행결 동선에게 건늬는 작난이 주러버리는 것인지도 모론다.

　　　　○

그러나 동선은 순이의 모든 아름다움이 아무런 격의 업시 정말 저[85]성ㅅ것 대해주는 곰바우의 낫을 보기에 미안하게 하엿고, 일종의 죄악심을 느끼게까지 하엿다.

　　　　○

난히와의 상처가 아직도 가슴에 력ㅅ한 지금, 얼마 안 잇서 쏘 한 막의 무서운 비극이 터질것만 갓티 동선은 한시가 불안스리윗다.

## 7

(溶明)

오늘도 산막은 새기가 바쁘게 저물엇다. 그러나 이상하게 눈보라도 잠자고 사방은 고요하엿섯다.

그리고 그 귀하고 다정한 달이 구름 속에서 나왓다. 이런 날세[86]라 해서 그랫든지 오늘짜라 곰바우는 도라오는 것이 느젓섯다.

　　　　○

달빗은 그들의 산막에도 드리윗것만 순이는 방에서 쏘 무슨 작난을 쑤미고 잇는지 그리도 조화하든 달밤까지 이저버렷다.

────────

85　'정'의 오류.
86　날세. '날씨'의 방언(평남, 함경).

　　　　　○

　동선은 혼자서 화ㅅ토불가에 안저 팔장을 끼고 살창으로 새여드는 달
줄기를 바드면서 언제나 다름업는 생각에 잠겨 잇다.

　그는 무엇보다도 애당초 이 산막을 차저온 것이 잘못이라 하엿다.

　이미 두 사람의 행본[87]을 짓밟버 노핫스면 그만이지…… 이제 쏘다시
곰바우와 순이의 락원까지 망처주게 된다면?…… 하고 생각하니 그는 이
세상 어느 곳에든지 하잘것업는 존재가 되[88]


---

87　'복'의 오류.
88　원문에는 '되'의 글자 방향 오식.

○

『아저씨… 나는요 이걸 입구 우리 곰바우하구요 장에 간데요……』

순이는 소매를 칫쳐보이며 동선을 도라본다.

○

『언제?』

『어름이 풀닐 째래요…』

『…………』

『그째요 쎗목을 타고 우리 곰바우랑 장에 가서요 이보듐 더 조흔 옷두

사구요, 거울두 빗두 별것 다 산데요.』

『…………』

『근데 봄은 왜 안 와요?』

순이는 짜증 비슷이 짓거리다가 별안간

『아저씨』

하고 힘업시 불넛다.

『…………』

『아저씬 서울 안 가우』

『가야지……』

『언제요?』

하고 순이의 소리는 좀 더 어두어진다.

『몸이 다 나으면……』

○

『그럼 아저씬 혼저 가우……?』

『················』

동선은 대답이 업다.

○

『아저씨!』

얼마 후 또 순이는 코 맥힌 소리로 차젓다.

『············』

『아저씨 가지 마러요 나허구 우리 곰바우허구 셋이서 여기서 사러

요················』

하는 순이의 음성은 어느새 우름이 속기여 잇섯다.

○

『난 아저씨 업스면 어써케 사러요? 난 실혀········· 나두······ 아저씨 싸

러서 서울로 갈 테예요·········』

순이는 흘ㅅ적~~ 울면서 아저씨를 졸는다.

지금까지 가슴속에서만 맴을 돌든 그 사연이라는 것이 지금 이것인 것

갓기도 하다.

○

『순이!』

지금까지 잠ㅅ하든 동선은 나즉이 불넛다. 순이는 량순하게[89] 눈물을

닥스며 동선을 도라다 본다.

『순인 곰바우가 더 좃나? 내가 더 좃나?······』

동선의 소리는 좀 더 나즉이 썰리엇다.

---

89  량순하다. '양순(良順)하다(어질고 순하다)'의 이북 방언.

그 말에는 순이도 잠시 말을 이즌 채 동선의 얼골만 처다보다가

『난 몰나요, 난 몰나요…』

하고 머리를 흔드럿다.

○

그러자 아저씨의 눈이 불가티 쓰거워 온다. 마치 각금 곰바우에게서 보든 그 눈처럼 ──.

○

『순이』

아저씨는 쏘 이러케 부르드니 순이를 으스러저라 하고 쎠안는다.

『응?』

그러나 아저씨는 입을 통한 채 얼골이 점々 커진다. 쓰거운 숨ㅅ결이 가까이 끼친다. 순이를 안은 아저씨 팔이 점々 오무라 든다.

○

그럴수록 순이는 숨이 갑브다. 얼골이 다라오른다.

○

곰바우는 창살 틈으로 듸려다 보이는 두 개의 그림자를 태워 버릴 듯이 나 노린 채 못바[90]허잇다.

○

그의 얼골 근육이 처참하게 경련을 일으킨다. 그의 두 눈에서는 불방울이 수천만 개의 가루가 되여 튀엿다.

───────

**90** '박'의 오류.

우아랫턱이 부서저라 하고 으드득 니가 갈인다.

「질투」─ 생전 처음으로 맛보는 감정 ── 도회[91]에서 온 한 사람의 청년으로 말미암아 비로소 배우게 된 이 감정 ──.

　　　　○

그는 한 손에 드럿든 독기자루를 으스러저라 하고 고처잡엇다.

　　　　○

그리고 바우샥리 갓흔 한 발을 앞프로 내드디엿다.

『음 저 연놈을 이 한ㅅ날에⋯⋯⋯⋯⋯?』

쏘 한 번 니를 쌔드득 간 일순간 ──

　　　　○

『앗, 곰바우야⋯⋯』

하며 쓰러저 퍼득거리는 순이 ──.

아무 반항도 업시 피ㅅ투성이가 되여 쇠쑤라저 버린 동선이 ─.

그의 머리에 참극[92]의 환영이 번개 치듯 달여간다.

---

91　도회(都會). 사람이 많이 살고 상공업이 발달한 지역.
92　참극(慘劇). 슬프고 끔찍한 사건을 비유적으로 이르는 말.

# 解 氷 期 (16)

1938년 5월 24일

〈원문에 삽화 없음〉

○

그러나 다음 순간 곰바우의 고막을 터저라 하고 싸리고 지내가는 음향
―――

『곰바우야……… 순이를 네게 마낀다. 에미도 업시 자라난 순이를 부
듸 불상이 역이고 서로 의지하고 사러라…………』

그러타. 곰바우는 아직도 방 서방 아저씨의 마주막[93] 그 애원을 잇지
안헛다.

○

곰바우의 팔에 차々 맥시 풀리고 어름갓티 차듸찬 피가 전신을 흐른다.

○

그는 웃니로 아랫입을 사정업시 깨무럿다.

그리고 눈을 씨―르신 감고 숨을 힘ㅅ긋 드러마시며 한 발을 두로 굴
으는 찰나―

윙―

달빗에 독기날이 번ㅅ적 울엇다.

○

그러나 다음 순간 곰바우의 그림자는 이미 거긔에는 업섯다.

○

쏘 동선과 순이의 압페도 잇지 안헛다.

---

**93** 마주막. '마지막'의 이북 방언.

○

벌서 미친 짐생처럼 내닷는 곰바우의 그림자는 언덕을 치다르고 잇섯다.

○

그는 산비탈을 도랏다.

○

다시 고개를 차고 내려쮜엿다.

○

그는 숩속에 쮜여들자마자
써르릉
써르릉
…………

모 —든 분한[94]을 숩을 향하야 갑프랴는 듯 —— 이 나무 저 나무 막우
찍어 눕피엿다.

○

설마진[95] 맷돼지처럼 날쮜는 곰바우의 독기날이 허공에 솟을 째마다
수업는 나무가 눈연기를 피우며 쓰러진다.
써르릉……
써르릉……

………… (溶暗)

---

**94** 분한(憤恨). 분하고 한스러움. 또는 그런 원한.
**95** 설맞다. 총알이나 화살 따위가 급소에 바로 맞지 아니하다.

## 8

그날이 잇슨 후부터는 곰바우의 그날~~~은 침통 바로 그것이엿다.

그는 전연[96] 사러볼 매[97]을 이저버리고 마럿다.

무엇을 의지하고 무엇을 낙이라 밋고 사러갈지 도무지 암담만 하엿다.

○

우렁찬 눈보라도 하늘을 찌른 숩도 싲엇시 쌔친 산맥도 모두가 귀치안헛다.

그리고 순이와 두리서 쎄ㅅ목을 타고 장에 가자든 그 닙 피고 새 우는 봄도 기다리고 십지 안헛다.

날이 날마다 싯컴은 구름썽[98]은 답답한 그의 가슴을 나려 덥핀 채 개일 줄을 몰은다.

○

그는 아무런 볼일도 업는 사람처럼 내력 업시 아침부터 산속을 헤메는 것이엿다.

○

이 나무 저 나무 괜시리 찍어도 본다.

○

그는 쏘 산으로 ~~~~ 올나도 본다.

---

96  전연(全然). 전혀.
97  문맥상 '맥'의 오류로 추정.
98  구름장(張). 넓게 퍼진 두꺼운 구름 덩이.

　　　　○

　안하(眼下)<sup>99</sup>에는 산맥인지 구름인지 쏘는 안개인지 분간키 어려운 막
막한 것이 바다처럼 씃업시 쌀여 잇다.

　세찬 바람이 귀가 멍멍하게 부러온다.

　　　　○

　곰바우는 그대로 저 바다 가튼 운해<sup>100</sup>속으로 쒸여드러 사라저 버리고
십픈 충동을 느씬다.

　그는 세상이 괴로웁다는 것을 비로소 쌔다른 것이다.

　　　　○

　그는 길게 한숨을 내쑴고는 머 ― ㄹ리 머 ― ㄹ리 웨처 본다.

　『어 ―― 이 ―― 』

　『어 ―― 이 ―― 』

　그의 부르지즘은 소우름처럼 처량하게 흘너간다.

　　　　○

　그래도 그의 마음은 시원치 안허 자꼬 자꼬 소리처 본다. 더 크게 ――
더 놉피 ――.

　『어 ―― 이 ―― 』

　『어 ―― 이 ―― 』

　　　　　　　　………… (二重露出)

────────────────

**99**　안하(眼下). 눈 아래라는 뜻으로, 내려다보이는 곳을 이르는 말.
**100**　운해(雲海). 산꼭대기나 비행기에서 내려다보았을 때 바다처럼 널리 깔린 구름.

訂正 제十四회분 생단 첫재 줄부터 동짓트로부터 열넷재 줄까지는 하단 맨 스트로 가야 할 것이옵기 이에 정정함

# 解 氷 期 (17)

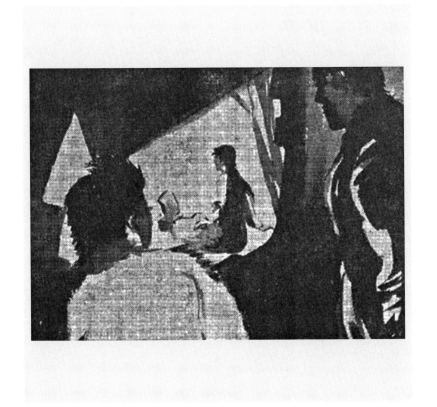

　　　　　○

그야 동선이라고 곰바우의 요지음 심사[101]를 모를 리 업다.

전에 업시 일즉 나가고 쏘 밤이 되어야만 도라오기가 일수인 곰바우의 심정을 헤아려 볼 째 동선은 가슴이 터지는 듯한 느낌을 어찌하지 못한다.

　　　　　○

자연 그러고 보니 순이의 모든 귀여움이 곳 마음 압픈 가시가 아닐 수 업섯다. 순이가 짜르면 짜를스록, 쏘 동선의 마음이 그의 향기에 취하면 취할스록 이곳을 어서 써나야 하느니라는 생각은 불가티 타올낫다.

　　　　　○

어느 날 아침 그는 마침내 천 번도 더 다지고 별으든 그의 결심을 곰바우에게 말하고 마럿다.

　　　　　○

그날도 여전하게 산으로 나갈 채비를 마치고는 문을 나서려 하는 것을
『곰바우』
하고 조심이 동선은 불넛다.

　　　　　○

『……』
곰바우는 나가려든 거름을 멈추고 잠잠이 고개만 돌리엿다.

---

101 심사(心事). 마음속으로 생각하는 일. 또는 그 생각.

○

『저… 진즉 말슴드릴 것을…』

그는 주저주저하면서 잠싼 곰바우의 낫을 살핀 후

『저… 이젠 두 분의 덕분으로 몸도 거이 회복되엿고 날ㅅ새[102]도 그다지 심한 편은 아닌 고로 내일쯤은 이곳을 써나고 십소…』

하고 쏘 한 번 곰바우의 눈을 처다본다.

○

그러나 곰바우는 그 말이 씃나기도 전에 그의 낫빗은 갑작이 어두어젓다.

○

『실상 발서 말슴듸렷서□[103] 할 것이…… 몸도 몸이려니와 두 분의 애정도 간절해서…… 참아……』

동선은 한 번 더 기어히 써나야 할 쯧을 보이엿다.

○

곰바우도 잠시는 동선의 괴로운 감정을 짐작하는 듯이나 그대로 움직이지 안타가 이런 말을 극히 나즉하게 말할 싸름이엿다.

『몸도 아직 성치 못한데다 날ㅅ새까지 이런데 그대로 써나신다면 우리도 마음이 안 노힐 것이니 이왕 게시는 김에 한 두어 달 더 고생하시지요.…… 그때는 쎄ㅅ배[104]를 타시고 써나도록 해듸릴 터이니……』

곰바우는 말을 마치고 다시 몸을 돌녀 문쓰리를 잡드니

---

**102** 날새. '날씨'의 방언(경북).
**103** 문맥상 '야'로 추정.
**104** 떼배. '뗏목'의 방언(강원, 경남).

○

『아무것도 해듸리는 것은 업습니다만은…… 순이만은 여간 서울양반

을 싸르든 것이 아닌 터인데…… 적〻한 살님에 당신까지 써나 버린다

면 첫재 어린 순이가 가엽슬 줄노 생각하오…………』

하고 부억켠을 바라본다.

순이를 찻는 것이다.

○

그러나 순이는 방 안에 잇섯고 머리를 빗다 말고 두 사람의 대화를

낫〻히 드러 버렷다.

처음, 동선이가 써나겟다는 말을 써내엿슬 적에는 손에 맥이 탁 풀니드

니 곰바우의 고집을 드럿슬 적에, 더욱이 순이를 위한 마음에서의 고집을

드럿슬 적에 저도 모르게 가슴이 쓰씀하고 눈물이 핑 도랏다.

○

동선이도 무엇인지 모르게 가슴을 씨르는 바 잇서 고개가 숙여진 탓으

로 곰바우의 나가는 것조차 쌔닷지 못하엿다.

(溶暗)

○

동선은 그 후 영 그 말을 써내여 보리라는 용기까지도 일코 마럿든 것

이엿다.

○

오직 어서 봄이 와서 눈와[105] 녹고 어름이 풀리고 그래서 강물이 철〻

흘너갈 그날만을 일각[106]도 지루한 느낌으로 기다려 볼 도리박게는 아무런 할 바를 발견치 못하엿다.

그러는 사이에 아무래도 쌔른 것은 세월이라 구름은 흘너흘너 한 달이 달여가 버리엿다.

---

**105** '이'의 오류.
**106** 일각(一刻). 아주 짧은 시간.

映畵小說

# 解 氷 期 (18)

1938년 5월 26일

한 달이 지내면서부터는 순이는 늘 울고만 십헛지 그 전에 곳 잘나오든 재롱은 쌈박 이저버린 듯이 얌전해젓다.

○

하로 하로가 흐르는 것이 그에게는 어덴지 모르게 안타까운 야속함이 잇섯다.

지금의 그에게는 아무런 그리운 것도 업고 부러운 것도 업고 재미나는 것도 업다.

싸라서 아무것도 기다리는 것조차 그에게는 업섯다.

『어름이 풀이면 두리서 쎄[107]를 타고 장에 가자고…』

하든 곰바우의 말도 그의 기억에서는 꿈이엿든 양 날어가 버리고 마럿다.

아니 —— 도리혀 그 봄이라는 것이 한거름, 한거름 가갓워[108] 오면 올 스록 그것은 바로 순이의 간장을 한 치 두 치 말여 드러가는 것이 되고 마럿다.

○

무엇 째문에 봄이 오는 것이 실혀지는가를 그는 잘 알고 잇다.

쎄를 타고 장에 가자든 그 기쁨보다 동선과의 갈님이 보담 큰 슬픔이엿든 것이다.

○

이러한 요사이의 순이에게 게절(季節)의 약속은 어김업이 차저드럿다.

---

107 쎄. 나무나 대나무 따위의 일정한 토막을 엮어 물에 띄워서 타고 다니는 것.
108 '갓가워'의 글자 배열 오류.

○

우선 그리도 사나웁든 눈ㅅ발이 쓰기 시작하엿고 ——

날카로웁든 바람ㅅ이 행결 풀이 죽어젓고 ——

칩ㄱ하든 하늘이 보담 맑어 뵈인다.

○

사흘 나흘 가도 보통이나 된 듯십피 눈은 안 오고. 곳잘 푸군하기만 하는 날이 만해지드니 그것은 곳 일해 여드래씩이라도 마음노코 느려 볏치 쏘이고, 째로는 진눈깨비가 휘날닌댓자 이내 보슬비가 되여 쑤리군 하엿다.

○

순이는 이 밤도 창ㅅ가에 기데여 별빗치 총ㄱ한 밤하늘을 처랑스럽게 내다보고 잇섯다.

곰바우와 동선은 불ㅅ가에 안저 모다[109] 벙어리나 된 듯이 침묵을 직히며 쇤[110]을 쓰고 잇섯다.

○

바로 그째엿다. 그리고 머—ㄹ 니서가 아니라 바로 산막 아래서엿다.

썽 ——

하는 한 소리의 총소리보다는 좀 요란치 안혼 음향이 산울님을 타고 유□하게 흘너온 것이다.

---

**109** 모다. '모두'의 옛말.
**110** 쇤. 땅이나 종이 위에 말밭을 그려 놓고 두 편으로 나누어 말을 많이 따거나 말 길을 막는 것을 다투는 놀이.

○

　그 소리의 쇠리가 미처 사라지기도 전에 창ㅅ가에 서잇든 순이는 별안간 쒸다십피 놀내여 눈을 크게 썻다.

　　썽 —썽 —썽 —……

　그 소리는 씌염~~, 그러나 갈스록 크고 우렁차게 울여왓다.

　그럴 쌔마다 정막하든 산과 산은 몸이라도 옴으라트리는 듯이 쌈작~~ 산울님을 질넛다.

○

　순이는 가슴이 덜컥 나려안젓다.

○

　다음 순간 —— 그는 쑤루루 곰바우에게로 쒸여와서 그의 억게를 잡어 흔들며 웨첫다.

　『저게……저게 무슨 소리지 응?』

　『………………』

　순이의 조급한 성미에는 아조 쌴판으로 눈섭 하나 움지기지 안코 쇤만 쓰는 곰바우는

　『응? 저게……무슨 소리지?』

　하고 좀 더 심하게 족치는 데에는 하는 수 업서 그러나 눈은 쇤판에 둔 채

　『어름ㅅ장 쌔지는 소릴 테지……』

　하엿다.

○

　그러나 순이는 그 말이 채 씃나기도 전에 극도로 실망에 찬 얼골을 동

선에게로 돌니며 애원하엿다.

『저게 무슨 소리지 응? 저 저 소리말야…… 아무레도 그 소리는 아니지 응?』

그러나 동선도 여전히 쓴을 쓰면서

『봄이 오는 소린가보지』

할 싸름──

순이는 그것이 무슨 소린지를 격거 와 잘 아는 터이다. 그러나 행여나 다른 소리가 되어 주엇스면 하는 애틋한 생각에 무러보앗든 것이 아! 두 사나이의 대답은 얼마나 차가웁고 매정스러우냐

밋고 십지 안타. 거짓말이다. 그러타. 곰바우나 동선은 순이에게 함부로 거짓말을 한 것이다

○

그는 잠시 넉슬노코 우두커니 선 채 어씨할 바를 모르드니 그만 두 손으로 얼골을 가리자 그대로 제 방으로 쒸여드러와 안타까워서 너머나 안타까워서 울어 버린다.

○

그러나 기─ㄴ 시일올 두고 구속바덧든 봄의 폭발성은 머─ㄴ 꿈나라의 달콤한 속삭임과도 가타 아조 은々스럽게─ 혹은 우렁차게 흘너오기만 하는 것이엿다. (溶暗)

# 解氷期 (19)

1938년 5월 27일

(溶明)

북국을 차저오는 봄의 수레박퀴는 그 속력이 눈이 부시도록 쌔르고 쏘한 요란스럽다.

썽 —— 썽 ——

강변에서 어름ㅅ장 쎄지는 소리가 나는가 하면

◯

와루루루……

콸 콸 콸……

골ㅅ작이에서는 막혓든 눈ㅅ뎀이가 녹아서 터진다.

외—ㄴ 천지는 한동안 이 장엄하고 소란스러운 봄의 전주곡(前奏曲)에 숨을 죽인다.

◯

이 골ㅅ작이에서도… 저 골ㅅ작이에서도 폭발하는 봄의 장쾌한[111] 함성은 폭포가 되여 나무 섁리를 파헤치고 바우썽이를 굴리면서 아래로~~ 쏘쑤처 나려 퍼부으면 —

◯

그것은 곳 홍수를 이루어 썩은 나무토막, 어러 죽은 날짐생, 늙고 병드러 쓰러진 산짐생들을 어름장과 함께 씌우고 굉장한 위력으로 대행진을 한다.

---

[111] 장쾌(壯快)하다. 가슴이 벅차도록 장하고 통쾌하다.

　　　　　　　○

　봄은 먼저 이러케 간 겨울이 어지러 노혼 날근 동산을 말씀하게 청결을
한 다음 —— 가랑비를 싹리고 입김가튼 바람을 가저다 푸르고 싱々한 새
로운 천지를 창조(創造)하는 것이다

　　　　　　　(二重露出)

　　　　　　　○

　오늘도 곰바우는 바위 우에 서서 이 봄의 행진을 바라보고만 잇다.

　　　　　　　○

　여느 째 가트면 그는 발서 봄의 준비(準備)를 마첫슬 것이요, 이 위대한
해방(解放)의 봄을 마지하기에 바쌧슬 것이다.

　　　　　　　○

　골작이로, 강변으로 유쾌하게 쒸여다니는 곰바우의 숨결은 무던이 가
쌧슬 것이요, 숫굴[112]을 단속하고, 통목[113]을 저 날느고, 화전[114]을 파헤
치고, 쎄ㅅ배[115]를 역그는 등…… 산사나이의 가슴은 저 우렁찬 함성과
함께 장히 날쒸엿슬 것이다.

　　　　　　　○

　그러나 이 봄의 곰바우는 산송장처럼 그저 멍하니 해빙기를 맛는둥 마
는둥 하엿슬 쑨이엿다.

---

**112** 숫굴. '숯가마'의 방언(제주). 숯을 굽기 위하여 굴처럼 만든 가마의 일종.
**113** 통목(木). 통나무.
**114** 화전(火田). 주로 산간 지대에서 풀과 나무를 불살라 버리고 그 자리를 파 일구어 농사를 짓
　는 밭.
**115** 떼배. 뗏목처럼 통나무를 엮어 만든 배.

그러는 사이에 봄철은 어느듯 그 가경(佳境)[116]에 파고드러⋯⋯⋯⋯
(溶轉[117])

○

나무~~ 닙이 피고, 포기~~ 속닙 돗다 ── 왼 산은 푸른빗에 싸여 가지마다 산새는 재즐대고, 짐생들은 짝을 불너 배부른 봄의 향연(饗宴)이 곳々에서 베푸는 째가 되고 마럿다.

○

곰바우는 나무 아래 황소처럼 두러누어서 들니는 것 보이는 것이 왼통 귀치안흔 듯이 눈을 쫙 감고 두 손으로 귀를 막는다.

○

그러다가 문듯 손을 허리춤으로 가저가드니 무엇인지 부시럭 부시럭 차저 쥐엿다.

○

그는 손을 조심이 펴본다. 그의 손에는 납통 비녀 하나가 노혀 잇는 것이다.

○

곰바우는 비녀를 물쯔럼이 듸려다 보다가 다시 허리춤에다 감추엇다.

---

116 가경(佳境). 한창 재미있는 판이나 고비.
117 용전(溶轉). 영화에서, 화면 전환 수법의 하나. 앞 화면이 사라지기 전에 다음 화면을 겹쳐서
    점점 나타나게 한다.

○

그는 별안간 나무가지를 휘여잡어 낙궈챈다.

○

와직끈……· 부러진 나무가지를 산새가 쓴힘업시 재즐대는 숩 우를
향하야 힘ㅅ것 팽게친다.

○

산새들은 불의의 습격에 더 한칭 재즐데며 허공으로 훗터진다.

○

그는 그대로 숩속을 달닌다.

(二重露出)

○

곰바우는 천인단애[118]의 절벽 우에 올나선다.

○

그러고 머―르리 눈을 드러 하늘 ㅅ까지 우르러본다. 고혼 하늘이다.
힌 구름송이가 ㅅ꼿피여나듯 오고 가는 사이로는 수업는 봉만(峰巒)[119]이 솟
아 잇다.
그러나 곰바우의 얼골비츤 한업시 우울하다 (二重轉換[120])

---

**118** 천인단애(千仞斷崖). 천 길이나 되는 높은 낭떠러지.
**119** 봉만(峰巒). 꼭대기가 뾰족뾰족하게 솟은 산봉우리.
**120** 이중전환(二重轉換, Over up). 장면이 전환할 때 전(前) 장면이 전부 사라지기 전에 그 위에
　　이중으로 다음 장면이 서서히 덥혀서 점차 전환됨. 이효석, 「씨나리오에 關한 重要한 術語」,
　　『동아일보』, 1931.2.25, 4면.

# 解 氷 期 (20)

구구구구······

셰셰셰셰··········

산새가 운다. 왼갓 산새가 가지에서 가지로 노래하며 춤춘다.

○

순이는 힘업는 거름으로 푸른 빗에 물드린 숩 속을 거닐고 잇다.

그리고 갂금 나츨 드러 산새가 우는 머리 우를 처다보곤 한다.

○

쏘 나무닙을 홀터서 휘날여도 본다.

여느 째 가트면──그는 벌서 맨발로 산을 헤메며, 나물을 캐고 토끼를 쫏고, 산새를 부르며 혹은 토라지고 혹은 쌀쌀대이고·················하렷만──

○

그는 처량한 생각에 잠겨 나무에 기대여 눈을 감으니 눈물은 하염업시 솟아난다.

○

얼마를 우럿는지 ──『여봐 순이』

하는 소리에 그는 눈매를 눌느며 고개를 드럿다.

○

동선이는 순이의 두 손을 이쓰러 나란히 바위 우에 안젓다.

○

『왜 순인 요새 와서 그러케 변햇나? 밥두 잘 안 먹구 — 말두 잘 안 허
구…… 울기만 하구…… 응? 순이……』

하고 동선은 억지로 웃으며 순이의 얼골을 듸려다본다.

○

『[121 …………』

순이는 고개만 썰내~~~ 흔들엇다.

○

『그럼…… 순인 아저씨가 실흔 게로군…… 괜이 대답두 안쿠……』

『………………』

순이는 그래도 고개만 흔드럿다.

○

어데서인지

　씽 — 씽 —……

하고 사슴이 운다. 그런가 하면

　비리비리비리비리……

하고 미라부리[122]가 울고 든다.

○

『여봐 순이…… 그러지 말고 아저씨가 싯츨 싸줄 테니 저리로 가자

---

121 '『'의 오류.
122 밀화(密話)부리. 되샛과의 새.

고……』

하고 동선은 순이의 손을 이끄럿다.

○

순이도 못 익이는 듯 동선의 뒤를 싸른다.

○

안즌뱅이 할미꼿 문들네 개나리 진달내…………
두 사람은 뜸성~~ 허리를 굽피고 보이는 대로 꼿츨 쌋다.

○

『이거 봐 요게 더 곱지?…』

하고 동선이 꼿츨 싸 들면

『아이 옙버 ── 힝 ── 고거 나 줘 ─』

하고 순이는 손을 내민다.

두 사람의 네 손에는 소복하게 을긋붉웃 꼿치 피엿다.

○

두 사람은 다시 바위에 안젓다.

○

그들의 머리 우에서는 쉴힘업시 산새가 지저귄다.

○

동선은 두 손에 가득한 꼿츨 순이의 옷섭과 머리에 쏘자준다.

○

순이는 연상 생글거리며 꽂을 코에서 쩨지 안는다.

○

어데서인지 곰바우의

『어―이―』

『어―이―』

『…………』

하고 웨치는 소리가 처량하게 울여온다.

○

순이와 동선은 잠시 눈을 크게 쓴 채 멍하니 그 소리의 나는 곳을 치여다본다.

○

그러자 순이는 품에 안엇든 소복한 꽂묵금을 사정업시 팽개처 버린다.

○

꽂은 아무런 원망도 업시 산산히 훗터저 버린다.

○

순이는 그대로 그만 동선의 무릅에 업드려 엉엉 우러버린다.

가벼운 바람이 그들의 머리칼을 어루만지고 사라진다.

(溶暗)

# 解 氷 期 (21)

○

(溶明)

기어이 밝으면 동선이 산막을 써난다는 그날 밤 ──.

달은 유난히도 밝엇다.

○

곰바우는 그날은 아침부터 강ㅅ가에 나가서 쎄ㅅ배를 역그느라고 달이 훨신 올나서야 도라왓다.

○

『짐은 다 쑤려 노핫소?』

하고 곰바우는 통나무에 걸터안즈며 무럿다.

『다 쑤리엿소 짐이레야 별것 잇소? 마음의 짐이 잇슬 쑨이요 허허……』

하고 동선은 쓸ㅅ이 웃엇다.

○

『하여튼 무던이 고생하엿소……』

하고 곰바우는 순이의 방문을 여러 보드니

『이 앤 어데 갓나요? 할 말이 좀 잇는데……』

하고 순이를 차젓다.

○

동선도 그재야 쌔다르니 순이가 보이지 안는다.

『내 가서 차저오지요……』

○

동선은 막[123]을 나섯다.

○

그는 우선 막을 한 박퀴 도라보앗스나 순이는 업다.

『어데로 숨엇나 쏘……』

그는 이러케 중얼거리며

○

언덕으로 올나서서

『순아——』

『순아——』

하고 불너 보앗다.

○

그러나 산울님이 흉내만 낼 쓴!

○

그는 좀 더 불안스러워 언덕을 내려오면서도 자꼬 순이를 불넛다.

○

그의 발길은 어느듯 숩속으[124] 드러섯다.

---

**123** 막(幕). 겨우 비바람을 막을 정도로 임시로 지은 집.
**124** 문맥상 '으로' 또는 '을'의 오류로 추정.

○

그러자 그는 문듯 거름을 멈추고 압풀 응시하엿다.

○

멋 거름 압 나무에 기데여 서 잇는 것은 달비체 보아도 분명 순이엿다.

○

『거 순인가?』

하고 부르지즈며 동선은 순이의 겨트로 쒸여갓다.

○

『⋯⋯⋯⋯』

순이는 두 손으로 나츨 가리고 나무에 업데여 울고 잇는 것이엿다.

○

바람은 쇄 — ㅅ 조수(潮水)[125]처럼 숨속을 밀여들고 밀여나고 유요한 신비를 을프는 듯 — .

○

동선은 갑작이 슬퍼젓다.

저도 가치 순이의 겨테 주저안저 어린애처럼 두 다리를 쌧[126]고 울고 십허젓다.

그 외에는 지금의 이 답ㅅ한 흉금[127]을 쌔처볼 아무런 변통성[128]이 업

---

125 조수(潮水). 아침에 밀려들었다가 나가는 바닷물.
126 문맥상 '쌧'의 오류로 추정.
127 흉금(胸琴). 심금.
128 변통성(變通性). 형편과 경우에 따라서 일을 융통성 있게 잘 처리할 수 있는 성질이나 능력.

슬 것 갓다.

○

『여봐 순이… 곰바우 할 말가이[129] 잇데…』

그는 순이의 겨트로 다거스자 순이를 달낸다느니보다 제 자신을 위로하듯 이러케 간절이 불럿다.

○

『············』

그러나 순이는 동선의 손이 그의 머리ㅅ채에 스치는 것을 깨닷자 파랑새처럼 후루루 그곳을 써나 다라난다.

○

『여봐 순이……』

『순이……』

동선도 그 뒤를 쪼츠며 안탁갑게 웨친다.

○

다라나는 순이 ——.

쪼처가는 동선이 ——.

나무 그늘 사이로 새여드는 창백한 달비츤 그들의 —— 비애와 초조와 절망 속에 함초롬이 저린 그림자를 번쯧번쯧 조롱하는 듯 비추엇다.

○

깃을 거둔 날새들이 푸드득~~ 쑴을 깨친다.

---

129 '곰바우가 할 말이'의 글자 배열 오류.

응응응응……

여호[130] 우는 소리가 나는가 하면

부헹 부헹……

부헹새 울음도 들니여 왔다.

---

# 解 氷 期 (22)

1938년 5월 31일

　　　　　○

순이는 강변에 이르러서야 바위 우에 쓰러지듯 업듸려 흙々 늑기엿다.

　　　　　○

동선은 순이의 겨테 걸터 안즈며

『순이……』

하고 애원하듯 불넛다.

『아저씨가 아조 가나 머? 순인 철이 안 나 그러치만 이제 곳 곰바우가

더 조화지거든………… 그러니 말야 곰바우허구 아주 재미나게 살고

잇스라구………… 그러면 아저씨가 또 오지 안나…………』

하고 동신은 달내듯 타일느듯 그의 머리를 쓰다듬는다.

　　　　　○

『………………』

그러나 순이는 그럴스록 더 서러워지는지 억세게 억게를 들먹거리

며[131] 몸을 흔드럿다.

　　　　　○

『허 ― 그러지 말내두 그래 응? 순이 ―』

『…………』

그래도 순이는 몸만 흔드럿다.

---

[131] 들먹거리다. 어깨나 엉덩이 따위가 자꾸 들렸다 놓였다 하다. 또는 그렇게 되게 하다.

○

『그럼 어써커라고?……』

『…………』

『그러지 말고 말을 드러요 아저씨가 이내 도루 온대두 그러네 괜이
……』

『…………』

그래도 순이는 몸만 내저엇지 우름은 안 쓰치런다.

○

강물은 만고의 전설을 속삭이듯 —— 달을 실코 유ㅅ이 흐르고 부드러
운 숩 사이 바람은 구슬가티 맑은 밤 새 우름을 가저온다.

○

동선은 눈을 감엇다. 일순간 그의 머리에는 이미 가버린 먼 날의 □[132]
억이 써오른다.

삼 년 전 그날 밤 —— 난히의 애원대로 북행열차의 손이 안 되엿드라
면, 난히는 완고한 무[133]모의 결혼 채[134]속을 안 바덧슬 것이요 그로 말미
암아 가난한 난히는 그해 봄, 동경 류학을 마치고 도라온, 부호 상철 군에
게로 행복을 차자 시집을 가지 안허도 조홧슬 쑨만 아니라, 상철 군과 동
선의 사이에 동지로써의 헤여짐이 업섯슬 것이고, —— 삼 년 후 동선이
해외에서 도라오든 날 — 생각지도 안흔 그 쯤직스러운 비극이 이러나지

---

**132** 문맥상 '추'로 추정.
**133** 문맥상 '부'의 오류로 추정.
**134** 문맥상 '재'의 오류로 추정.

안허도 조핫슬 것이다.

생각하면 모든 것이 오로지 솟치 지든 남산공원 ──그 갈님의 달밤이 꾸미여준 운명의 비극이엿다.

그러고 보니 오늘이란 이 밤이 무엇인지 모르게 간이 어이도록 씨르는 바가 잇고, 지금 눈 압페서 애처러이 늑기고 잇는 순이의 서름이 쎼가 저리도록 슴여드러 그의 두 눈에도 두 방울 빗나는 것을 감추지는 못하엿다.

○

동선은 주마등처럼 추억의 등불이 사라저 버리자 그는 고요이 눈을 드럿다.

○

바로 그 순간──그는 쌈작 놀내여 저도 모르게 벌덕 이러섯다.

○

그러나 그가 채 몸을 간우기도 전에

철ㅅ컥!

하는 불이 붓는 듯한 소리와 함께 동선은 그 자리에 쓰러저 버린다.

○

어느 새인지 곰바우가 나타난 것이다.

○

얼마 후 곰바우의 입은 무겁게 열니엿다.

『순이를 데리고 가주오. 순이가 불상하거든 데리고 가주오…』

그리고 웬 영문인지를 몰나 어리병병해서 입만 벌리고 잇는 순이의 압

프로 닥어스며

『순아…… 서울 아저씨를 따라서 가거라, 내 걱정을낭 하지 말고 가서
부듸 잘 살어라……』

하고 침통한 발길을 무겁게 돌리엿다.

○

순이는 너말나 실로 너머나 의외의 그 말에 꿈인가도 십퍼 쌍충거리며
곰바우의 압풀 막어 슨다. 그리고 조고만 두 손으로 벽작 가튼 곰바우의
가슴을 웅켜잡으며 참새처럼 기쁨에 넘처

『곰바우야―』

하고 오직 한 마듸 부르지젓다.

○

그러나 곰바우는 아무런 대꾸도 업시 한동안 역시 침통한 눈으로 순이
를 나려다보드니 가슴에 노힌 순이의 두 손을 가볍게 셰밀며 한 거름 두
거름…… 숩속으로 사라저 버리는 것이엿다.

○

머리 우에서는
　접동, 접동, 해오래비 집[135]동……
하고 접동새[136]가 구슬프게 울엇섯다

―― (溶暗) ――

---

**135** '접'의 오류.
**136** 접동새. '두견(두견과의 새)'의 방언(경남).

# 解 氷 期 (23)

1938년 6월 1일

(溶明)

이윽고 밤은 새고야 마럿다.

그날은 아침부터 가랑비가 쌕리는 둥 마는 둥 —— 참아 못 놋는 그들의 서름처럼 하늘은 흐리여 잇섯다.

○

실상, 동선이 이 산막에 머무른 지 석 달 동안 —— 그것이 결코 오랜 세월은 아니로되 이곳 어느 것 하나엔들 정이 안 간 것이 잇스랴?

○

비록 수염과 머리는 자랄 대로 자랏고, 얼골이나 몸은 파리해저서 익숙치 못하엿든 그들의 생활을 싸라가기에 피로하엿든 자최가 어느 곳에서나 곳 느낄 수 잇는 것이나 —— 이제 써나가는 이 마당에 잇서〃는 —— 이 산은 쑴보다도 행복스러운 『파라다이쓰』엿고, 아름다운 신화(神話)의 나라엿스며 모도가 시(詩)와 그림으로 장식한 유현경(幽玄境)[137]이 아닐 수 업다.

○

저 하늘 ——

○

저 숩 ——

---

[137] 유현경(幽玄境). 깊고 그윽하며 고요한 환경.

　　　　○

저 산악 ―

　　　　○

그리고 계곡의 폭포며

　　　　○

바람 소리나 산새 우름이 오늘이란 이 아침 ― 그의 심회를 좀 더 서럽게 하는 것만 갓다.

　　　　○

그러나 다시 ― 이곳에도 역시 『리별』이라는 것이 잇다는 것을 생각할 쌔 천애[138]의 일각[139] 어데메가 그리 탐탁스러운[140] 복지[141]가 잇겟는가?

　　　　○

솔직하게 말하자면 정말 동선은 순이를 남겨두고는 이 산막을 써날까 십지는 안헛다.

자기는 비록 순이에게 첫사랑을 준 것은 아니로되 순이를 남겨둔 채 동선이 홀노 써난다면은 그 상처가 난히에게서의 ― 보다 클 것 가터다.

허기야 사랑에 무슨 차이가 잇겟는가만은 나무열매를 싸먹고 풀쌕리를 캐여 먹고 커나온 이 원시족 가튼 처녀의 열정과 순정은 어느 진주보다도 모 ― 든 보물보다도 귀하고 또 아까운 것이엿다.

---

**138** 천애(天涯). 하늘의 끝. 까마득하게 멀리 떨어져 있는 곳을 비유적으로 이르는 말.
**139** 일각(一角). 한 귀퉁이. 또는 한 방향.
**140** 탐탁스럽다. 모양이나 태도, 또는 어떤 일 따위가 마음에 들어 만족스러운 듯하다.
**141** 복지(福地). 행복을 누리며 잘 살 수 있는 땅.

○

그러한 순이와 갈닐 일을 생각할 째 그도 요사이 밤에 잠을 못 이루군 하엿다.

『잠깐 갓다가 도라와 영원이 이곳에서 살으리라!』

하고도 생각해 보앗스나

『아니야! 아무래도 나라는 인간은 잇슬 수 업는 곳이야……』

하고 곰바우와 순이의 행복을 헤아려 볼 째 ── 그는 안도 서도 못하리 만치 초조하엿다.

○

그런데 어제ㅅ밤 곰바우의 말은 그 어데서 나온 말이냐?

그는 어제ㅅ밤도 쏩박 뜬 눈으로 박혓다.

○

막상, 순이를 데리고 가게 되엿다는 것을 생각할 째 가슴이 쌔근하도록 곰바우의 그 바우ㅅ성이 가튼 뱃속을 헤아려 볼 수가 업다.

동선은 기쌧다. 가슴이 쓸엇다.

○

그래 사랑하는 순이와 두리서 다시 새로운 처녀지[142]를 차저가 보금자 리를 쑤미리라 생각하니 더욱 피가 쮜엿다.

○

그러나 ── 이 정막한 산속에 혼자 나머 잇슬 곰바우를 눈압헤 그려볼

---

142 처녀지(處女地). 사람이 살거나 개간한 일이 없는 땅.

째, 동선이 그 자신이 얼마나 크고 무서운 죄인이며 악착한 악마이뇨?

○

곰바우의 청춘이, 그의 히망이 그의 열정이, 그리고 그의 모든 것이, 오로지 이 적은 순이라는 한 몸에 잇슬진데, 자기는 곰바우의 청춘과, 히망과, 열정과, 그리고 모 ─ 든 생명을, 쌔아서 가는 저승의 사자가 아니리요?

○

그것은 도저히 사람의 탈을 쓴 이상, 그리고, 량심이라는 맥박이 아조 끈치지 아<sup>143</sup>혼 이상, 그로써는 못할 노릇이라 하엿다.

○

그러나 어찌하랴? 곰바우는 어제ㅅ밤 이후 전에 업시 싱글거리며 동선을, 또, 순이를, 위로하고 그들의 가는 길이 무사해지이다고 빌며 덤비지 안나?

---

**143** 문맥상 '안'의 오류로 추정.

# 解 氷 期 (24)

곰바우의 하나서부터 백까지의 모——든 정성이 오로지 순이를 위하야서의 일편단심이건데 —— 어찌 이 사나이의 거룩한 뜻을 저바릴 것이며 죄 업는 순이에게 무단한 서름만을 안씰 것인가?

○

순이와 함께 쩌남으로써 —— 그리고 순이를 실로 동선의 모——든 것을 바처서라도 사랑하고 행복할 수 잇게 하는데 쏘한 곰바우의 안심이 잇고 그것이 다만 일넘(一念)[144]이라면⋯⋯ 동선은 그보다 더 크고 더 무서운 죄인이라도 되고 악마가 되리라!

○

순이는 새벽부터 이러나서 세수를 하고 머리도 곱게~~~ 짜 느리엿다.

○

그리고 쇠까옷[145]을 조심스럽게 입엇다. 그리고 나니 그의 가슴은 오직 저 봄하늘처럼 화——ㄴ하고저 노래하는 산새처럼 멋이 막우 나는 것이엿다.

○

곰바우는 곰바우 대로 —— 더욱 오늘싸라 엡버 보이는 순이의 맵시에서 몃 번이고 눈을 피하면서 짐을 쑤리엿다.

○

순이의 것이라면 모조리 싸주엇다.

---

144 일넘(一念). 한결같은 마음. 또는 오직 한 가지 생각.
145 고까옷. 어린아이의 말로, 알록달록하게 곱게 만든 아이의 옷을 이르는 말.

물논 그 거울과 빗도 더 집피 더 조심이 너어주엇스리라!

○

『자, 어서 나가봅시다. 순이도 넹큼 압을 서야지…』
하고 곰바우는 연신 벙글거린다.

○

동선은 곰바우의 벙글거리는 나츨 볼 째마다 그 벙글거림이 바로 곳 수천만 개의 바늘 긋 가튼 느낌을 가젓다.

○

세 사람은 막을 나섯다.
동선이 압을 섯고 가온데가 순이 그 뒤로 곰바우가 싸르고 잇섯다.
그들은 마주막[146] 고개에 올나섯다.
동선과 순이는 한동안 그곳에서 움직이지 안엇다.

○

『어서 갑시다 멀 볼 써 잇다구……』
곰바우는 역시 우스면서 길을 재촉하엿다.

○

동선은 눈을 찔금 감고 언덕을 쮜여내렷다.

○

그러나 순이는 홀노 좀 더 그곳에 못 박힌 체 산막[147]을 나려다보고 잇다.

---

146 마주막. '마지막'의 이북 방언.
147 산막(山幕). 사냥꾼이나 숯쟁이 및 약초를 캐는 사람이 임시로 쓰려고 산속에 간단히 지은 집.

○

『뭘 해! 쌜리~~~ 오지 안쿠』

동선과 곰바우는 벌서 저 아래서 손짓을 한다.

○

순이는 단념한 듯이 쌩 도라서ㅅ 언덕을 쒸여나리엿다. 그러나 그의 긴
속눈섭에는 맑은 이슬이 매처 잇섯다.

○

세 사람은 숩속으로 드러섯다.

○

『순아 —』

숩이 깁퍼서야 곰바우는 거름을 멈추고 순이를 불넛다.

○

순이도 잠ㅅ이 거름을 멈추고 곰바우를 도라다본다.

○

『엣다 이거 가지고 가거라……』

곰바우는 순이의 손에 무엇인지 꼭 잡피여 준다.

○

순이는 손을 가만이 피여 본다.

그것은 방 서방의 기렴이요, 쏘한 곰바우의 선물인 그 비녀엿다.

○

『그건 네 아버지가 도라가실 쌔 동전 수무 닙을 주시면[148] 비녀를 사다가 네 뎅기[149] 푸러줄 쌔 쇠자주라고 해서 사다 둔 거다. 가지고 가서 아저씨랑 살 쌔 머리에 쇠자라……』

곰바우는 순이의 머리ㅅ채를 한 번 만저주며 나즉이 말하엿다.

○

순이는 비녀를 손에 한 재[150] 한참이나 곰바우의 얼골을 쭈러저라하고 바라보드니

와 —

하고 곰바우에게로 쓰러지며 소리처 우러 버린다.

『아저씨랑 서울 가는 사람도 우나?』

곰바우는 순이의 눈물을 씨서 주면서

『어서 싯치고 거러야지!』

하고 순이의 흐늑이는 등을 미럿다.

(二重轉換)

---

148 문맥상 '주시면서'의 탈자 오류로 추정.
149 뎅기. 길게 땋은 머리끝에 드리는 장식용 헝겊이나 끈.
150 문맥상 '채'의 오류로 추정.

映畵小說

# 解 氷 期 (25)

1938년 6월 3일

○

강변에는 그들을 기다리는 듯 한 척의 쎄ㅅ배가 쓸々이 준비되여 잇섯다.

○

곰바우는 도모지 울고만 잇는 순이를 안어다 배 우에 안치고 쒸여내렷다.

○

동선도 짐을 옴긴 다음 쎄 우에서 살ㅅ대를 잡엇다.

○

그러고 한 손을 내미럿다.

『곰바우……』

그의 소리는 목 속에서 나즉이 쩔리엿다.

○

『……………』

곰바우는 빙그레 우스면서 커다란 손을 드러 동선의 손을 잡어 주엇다.
두 사나이의 손과 손은 한참 동안 그대로 쥐여 잇섯다.

○

동선의 살ㅅ대가 곰바우의 서 잇는 바우를 미러버리자 쎄는 천々이 가
를 써러젓다.

○

쎄는 세 사람의 슬픔을 실코 고요이 흘느기 시작한다.

○

쎄ㅅ배가 이윽고 강변 모퉁을 도라섯을 째 —— 그제야 비로소 홀노 우두커니 서 잇는 곰바우의 눈에서도 실로 평생에 처음으로 두 줄기 굵다란 눈물이 흘너나리여 머러지는 그들의 모습을 흐리게 하는 것이엿다.

(二重轉換)

## 12

순이도 울엇기 째문에 곰바우의 마주막 얼골을 보지 못한 채 ——

○

째[151]는 점점 거름을 쌜리 시언스럽게 흘너간다.

○

구々々々……

…………

순이는 그제야 무엇에 놀낸 듯이 번쩍 고개를 드럿다.

그러나 그는 산비들기 소리에 놀낸 것은 아니엿다.

○

그의 손에 쏙 쥐여진 비녀를 다시 한 번 만저볼 째…… 무엇인지 모르게 선뜻 창자를 비트는 것이 잇섯든 것이다.

○

압페서는 동선이 혼자서 분주하게 살ㅅ대를 놀리고 잇다.

---

151 문맥상 '째'의 오류로 추정.

○

순이는 눈물을 씻고 산비들기 우는 숩을 멍하니 바라본다

○

그는 갑작이 외로워진다. 울어도, 쒸여도, 발버둥처도, 가실까 십지 안는 정막[152]이 달여든다.

○

지금—— 그의 눈 압페는—— 곰바우와 두리서 다소곳이 사러오든 산막이 지내간다.

○

하늘을 씨른 울창한 숩——

○

눈에 덥핀 장엄한[153] 산악——

○

노루, 토끼가 조을고, 문들내 할미꼿, 쏘 소루쟁이[154]나 고비 도라지가 자라나는 잔듸——.

○

힘차게 타오르는 불길—— 그리고 씃업시 쌔더가는 숫굴[155]의 검은 연

---

**152** 적막(寂寞). 고요하고 쓸쓸함.
**153** 장엄(莊嚴)하다. 씩씩하고 웅장하며 위엄 있고 엄숙하다.
**154** 소루쟁이. 마디풀과의 여러해살이풀.
**155** 숫굴. 숯을 굽기 위하여 굴처럼 만든 가마의 일종.

기——

　　　○

써르릉—써르릉——

장쾌스럽게[156] 독기질을 하는 곰바우의 팔ㅅ둑 —— 그리고 함성을 지르며 쓰러지는 나무 —

　　　○

다시 곰바욱[157]의 쓸々한 모습 ——

　　　○

　그는 이러한 환영이 한바탕 홀너가 버리자 별안간 벌썩 몸을 일으켯다. 그리고 마치 쎄ㅅ배가 갓을 스처가는 것을 횡재로 그는 두말업시 훌쩍 쮜여내려 그저 달니엇다.

　고사리도 업고 곰취 가튼 나물도 업는 그런 서울 —— 산도 적고 숩도 업는 그런 서울 —— 접동새[158]나 멧비들기나 쏘 토끼나 사슴 가튼 짐생도 업는 그런 서울에 가서 무슨 맛으로 살 것인가? 더구나 사람들이 욱신욱신하고 산가티 큰 집들이 웅성~~~하다든데 무슨 재미로 살 것인가? 그러타. 순이는 산처녀. 산에서 나서 산에서 자란 산처녀. 산을 버리고 어데 가서 산담 —— 더구나 곰바우도 가치 안 가는 그싸위 서울을 왜 순이는 가자 하엿든가? 나무 썹질 풀샏리를 파먹고 살드라도 곰바우와 두리라면 이 산, 이 숩, 이 강을 어이 버릴 것인가? 그러고 쏘 순이가 업스면

---

**156** 장쾌(壯快)하다. 가슴이 벅차도록 장하고 통쾌하다.
**157** '우'의 오류.
**158** 접동새. '두견'의 방언(경남).

곳[159]바우는 어써라고?…

○

『곰바우야—』
『곰바우야—』

순이는 그저 뒤도 안 도라보고 달리여 숩속으로 사라지고 그의 헐내벌
썩어리며 부르짓는 소리만이 맑게 개인 봄하늘에 파문을 그린다.

○

어데서인지 미라부리[160]가 한곡조 곱게 울며 나라간다.

비리~~ 비리~~……

……………(徐徐이 溶暗)

—— (긋) ——

---

159 '곰'의 오류.
160 밀화(密話)부리. 되샛과의 새.

영화소설映畫小說

# 광조곡狂燥曲

최금동崔琴桐

# 狂 燥 曲

황혼이 모라오는 인천 항구를 뒤로 두고 비단결가치 잔々한 바다 우로
써나가는 북양환(北洋丸)의 간판 우에 나이 五十에 가까워 보이는 한 사람의
신사가 스물을 고작 넘엇슬까 한 젊은 양장한[1] 녀자와 함께 난간에 기대여
서 머러저가는 항구를 바라보고 잇습니다 하늘과 바다는 락조[2]에 물드러
저 붉게 피여오르는데 몃 줄기 미풍이 그들의 머리칼과 옷깃을 어루만집
니다 노음악가 윤몽파(老音樂家 尹夢波)는 몃칠 전 해외(海外)로부터 도라왓습
니다 그러나 그가 이 쌍에 발을 드딘 지 단 일주일이 못 된 오늘 그는 다시
이러케 써나가는 것입니다 여러분은 十五년 전 그가 五년이란 철창생활을
마치고 나온 후 홀연이 쌍에서 그림자를 감추고 만 것을 히미하나마 기억
하시겟지요 웨냐하면 그는 누구나 다 아는『주림』이라는『쏘나타』의 작곡
가(作曲家)이요 동시에 강도(強盜)의 죄목을 입어 잠시 세상의 이목을 놀내
엿든 그엿스니까요 그런데 여러분은 이 몽파에게 혜연[3](蕙蓮)이라는 방년
二十세의 아릿다운 쌀이 잇섯다는 것을 혹 드르신 일이 잇는지요?

## 노 음 악 가

몽파는 얼마 전 이 귀여운 쌀 헤련을 다리고 고토[4]를 밟은 즉시 금강산 어
느 절간을 차젓습니다 그가 十五년 전 어린 쌀 헤련을 다리고 정처 업는
길손[5]이 되엿든 것은 저주바든 운명의 괴로움을 잠시나마 위로할까 생각
한 것이엿스나…… 세월의 흐름을 싸라 마음의 상처는 가실 바 업고 고국
의 그리움은 날로시로 강렬하야 마치 두고 온 연인이 기다리기라도 하는

---

1 양장(洋裝)하다. 옷차림이나 머리 모양을 서양식으로 꾸미다.
2 낙조(落照). 저녁에 지는 햇빛.
3 '련'의 오류.
4 고토(故土). 고향 땅.
5 길손. 먼 길을 가는 나그네.

듯이 회향[6]의 슬픈 정은 머―ㄴ 하늘가에서 그 얼마나 배회하얏든가? 확실히 그의 청춘을 짓밟고 모―든 것을 쌔아서 간 이 쌍이것만 무엇이 이쓰는 것처럼… 이쓸리다십히… 그러케 차저왓든 것이엿스며 쏘 허구만흔 승경(勝景)을 다 버리고 금강산에서도 가장 소문 업는 암자를 차저 여로를 풀려 하얏든 것이엿습니다 그것은 피서니 정양[7]이니 하고 이리쎄처럼 몰켜드러[8] 법석거리는 그런 곳에 가서는 十五년 만에 맛보려든 조선의 맛을 흐리고 십지 안헛고 쏘 도시 사람들을 실혀하는 노음악가의 일종 우울한 심경에서 고적한[9] 암자[10]를 선택한 것이엿습니다. 아―그러나 그 산속 그 암자 속에 쏘 하나 몸서리처지는 비극이 쑤구리고 안저 그를 기다리엿슬 줄이야? 그는 전연 쑴에도 생각지 못하엿든 것입니다

×

그래 그는 그 비극이 지시하는 대로 다시 행장[11]을 쑤려 쌀 헤련을 압세우고 이러케 정처 업시 써나가는 것입니다

『아버지 해가 저무럿서요 몸에 해로우신데 선실로 드러가서야조』

이 노음악가에게 잇서 오즉 하나의 길동무인 쌀의 약간 흐린 듯한 목소리에도 그는 이제 완연히 재빗 저녁 안개 속에

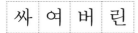

해면(海面)[12]을 바라보는 채 움직이지 안습니다

---

6  회향(懷鄉). 고향을 몹시 그리며 생각함.
7  정양(靜養). 몸과 마음을 안정하여 휴양함.
8  몰키다. '한곳에 빽빽하게 모이다'의 이북 방언.
9  고적(孤寂)하다. 외롭고 쓸쓸하다.
10  암자(庵子). 큰 절에 딸린 작은 절.
11  행장(行裝). 여행할 때 쓰는 물건과 차림.
12  해면(海面). 해수면.

『아버지 저거 보세요 어유 달이 써오르네…… 아이 어쩌믄 저러케 밝을까?』

하고 발을 굴느다십히 아버지의 억개를 흔듭니다

『응! 조선의 달― 그리고 조선의 달밤처럼 맑고 고요하고 청초한 곳이 세계에서도 드물 것이다. 자 · 혜련아 저 달이 잇는 여기서 한번 들려다 오? 내가 언제든지 조화하는 노래를!……』

갑작이 흥분에 쩌는 아버지의 가슴을 어루만지듯 가늘고 맑게 혜련의 노래가 시작됩니다

그러나 혜련의 부르는『멜로듸 ―』가 그가 가장 조화하는 노래이것만 몽파의 머릿속에는 어젯밤 암자에서 이러난 한 개의 영원이 잇지 못할 슬픈 사실에 어지러웁습니다

                    ×

그것은 바로 어젯밤 그 암자의 달이 넘어도 밝기에 쌀 혜련이 잠든 것을 그대로 두고 몽파는 물소리를 짜라 산골자구니로 거닐엇습니다 종소리는 은〻이 달줄기를 타고 산골에 울니고 염불에 마추어 쏘드락거리는 목탁 소리가 끗업시 유요합니다[13] 몽파가 달빗을 우르러보면서 개천가에 이르럿슬 쌔엿습니다

저 우에 숩길을 타고 한 녀승이 나려옵니다 장삼[14]을 입고 송낙[15]을 쓰고 바랑을 걸머진[16] 녀승의 한 손에는 염주가 결치고 쏘 한 손에는 가느다란 집팽이가 들니워 잇습니다

---

13  유요(遊邀)하다. 노닐며 찾아다니다.
14  장삼(長衫). 승려의 웃옷. 길이가 길고, 품과 소매를 넓게 만든다.
15  송낙. 예전에 여승이 주로 쓰던, 송라를 우산 모양으로 엮어 만든 모자.
16  걸머지다. 짐바에 걸거나 하여 등에 걸치어 들다.

녀승은 점々 가까워 옵니다 몽파는 무심히 녀승과 지내치려 하엿슬 째입니다 그째 바로 그째! 몽파는 옴겨 노려는 발이 탁 멈추어진 채 쌧々이 구더버렷습니다 동시에 몽파만 그런 것이 아니고 그 녀승까지 화석처럼 서버렷습니다

등에 찬쌈이 흐르도록 몸서리처지는 침묵이 흐릅니다 물소리도 염불소리도 종소리도 외—ㄴ 갓 것이 활동을 정지하여버린 듯한 침묵입니다

그러나 몽파가 앗씰하고 쓰려지려는 다리에 힘을 주엇슬 째는 그의 압헤 서잇든 녀승은 임이 저편

$$\boxed{숲\ 속\ 으\ 로}$$

타박~~ 사라저버린 뒤엿습니다 몽파는 그 타박~~ 소리가 사라진 숩컨에서 눈을 언제까지든 못막[17]힌 채 움지기지 안습니다

『그 여자다 분명 그 여자다』

그의 입속에서는 이러한 말이 사라집니다.

『련히! 그러타 정련히다.』그는 실신한 사람처럼 텅 뷔인 숩속에서 중얼거립니다『그런데 웨 중이 되엇나? 나 째문에? 나? 그러타 나 째문이다. 나는 련히의 청춘을 쌔앗슨 죄인이엿다 아 — 이 얼마나 무서운 작난이냐?』…하다가『련히 씨!』『련히 씨』하고 그는 그 자리에 쓰러저 버리엇습니다

『아이 아버지는? 련히 씨가 누구예요?』

이미 노래를 마춘 딸 혜련이가 자기 노래는 드른 척도 안코 무슨 생각에 잠기여『련히 씨』하고 중얼거리는 아버지에 짜증이 낫습니다

『아이 아버지…… 난 외국으론 가고 십지 안태두요…… 자긔만 아버

---

17  문맥상 '박'의 오류로 추정.

지는…… 왜 이런 조혼 조선을 써나시는 거예요 네? 오래갓만에 온 조

선을… 어머니도 아무도 반겨줄 사람도 기다리는 사람도 업는 조선이

여도 저는 조선이 얼마나 그리웟는지 몰나요? 아버지…』

헤련의 말소리는 어느듯 우름으로 변하엿습니다

『헤련아…』

아버지는 침통한 소리로 부릅니다

『그러케도 그리웁는 조선을 낸들 어찌 써나기를 조와하겟느냐? 진정

써나기 실타 그러나 헤련아…』

아 버 지 는

말을 잠시 쓴코 달빗에 은비늘처럼 번득어리는 바다를 굽어보드니 무엇

을 결심한 듯이

『써나지 안흐면 아니되는 리유 그리고 오랫동안 네가 궁금하여 오든

모든 나의 과거 그것을 오늘 밤 들녀주마 네 나이 이제는 수물이니 애

비가 하려는 이야기의 쯧을 알어주겟지』

하고 잠깐 한숨을 내쉬고는 빙々 밀여서 도라가는 달밤의 바다를 바라

보면서 다음과 가튼 이야기가 시작되는 것입니다

×

『이야기는 二十년을 더듬어 올나가야 한다 용광로처럼 펄々 슯튼 삼복

의 더위 하로해가 점으러 가로수 사이를 흐르고 잇는 열븐 바람이 아스팔

트의 더운 기운을 풍겨오는 七월 七석이엿다 갸륵한 오작교를 건너서 견

우직녀가 애달픈 쑴을 맷는다는 슬픈 전설을 가즌 이 밤에 종로청년회관

(鍾路靑年會館)에서는 정련히(鄭蓮姬)라는 그해 봄 동경고등음악학원을 마치

고 나온 신진 쏘푸라노의 독창회가 만도[18]의 인기를 차지하고 잇섯다

× 

물론 나도 그날 밤 더위를 잇고 손에 쌈을 쥐면서 장내의 한편 구석에 안저 잇섯다 나는 나의 기관차처럼 달니는 열정에 완전히 온 이틀이나 굴믄 것도 이저버리고 다만 먹을 것을 노리는 표범의 눈처럼 스테 — 지의 련히라는 한 점을 응시하고만 잇섯다 한 푸로~~~~가 진행함에 싸라 내 얼골의 표정은 비장! 아니 그보다 『무섬』이라는 말 이외에는 형언할 수 업스리만치 나는 완전히 자아(自我)를 일코 잇섯든 것이다 나는 전 푸로가 싯나고 막을 나린 것도 찌저질 듯이 긴장된 청중들이 수군들거리며 도라간 것도 그리고 장내가 텅 뷔인 것도 전혀 몰낫섯다 나는 쏘 아무리 생각하여 보아도 내가 어쩌케 해서 어느 째 무대 위로 쒸여드럿고 그리고 어둠컴ㄱ한 피아노 압페 안젓섯는지 알 수가 업섯다 그저 내 거미발 가튼 두 손이 하 — 얀 건반 우에서 요란스럽게 쒸고 잇섯다. 텅 뷔인 장내에…… 아니 싯업는 황야에 내 소낙비 가튼 선율만 울니는 것 갓다 하늘이 쌔개지는 듯한

### 뇌 성 소 리

와 가치 왼 천지를 흡쓰러 가는 도ㄱ한 홍수와 가치 하늘을 찌르는 듯한 성난 노도[19]와 가치 —— 다시 부설~~ 나리는 실비[20]와 가치 청명한 대공[21]과 가치 —— 오랫동안 가치엿든 나의 열정은 나의 분노는 나의 원한

---

18  만도(滿都). 온 장안.
19  노도(怒濤). 무섭게 밀려오는 큰 파도.
20  실비. 실같이 가늘게 내리는 비.
21  대공(大空). 높고 넓은 하늘.

은 그날 밤 이러케 터저 버리고 마럿든 것이엿다 실로 무서운 부르지즘이엿다 아니 그것은 나의 그 무엇에 대한 한 개의 복수의 화살이엿다. 그러한 내 태도를 예술가 안닌 다른 어썬 사람이 보앗드라면 쌩손이를 첫슬 것이다 나는 그만치 도취되고 잇섯든 것이엿기에 내 등 뒤에 사람들이 옷쑥이처럼 서 잇는 것도 쏘 그네들이 누구들이란 것도 전혀 몰낫섯다 나는 마침내 키를 안고 그 자리에 혼도하고[22] 마럿다 오래동안 굶은 것도 그러하엿지만 가치엿든 울분이 분류[23]처럼[24] 한꺼번에 쏘다저 버린 탓이엿슬 것이다 흡사 바람 쌔진 풍침[25]처럼……

×

내가 겨우 제정신으로 쌔여낫슬 쌔 나는 놀내지 안흘 수 업섯다 대채 언제 이런 병실로 올마왓는지 하얀 커 — 텐이 드리운 창으로 아침 햇볏치 함쏙 드러오는 쌔긋한 방이엿다 나는 눈을 다시 감고 어젯밤 일을 생각하여 보려 하엿스나 그보다 솜처럼 지처진 몸에 시장함을 느쎼엿다 그러자 창으로 부러든 바람이 그윽한 향내를 가저다 흐린 머리를 쌔워주는 것이 잇[26]다

나는 손을 벗처 이마맛틀 더드므니 이윽코 붉엉이와 흰 것을 석근 카 — 네숀이 손에 잡피엿다 내가 그것을 가저다 코미테 대엿슬 쌔

『아이 쌔섯군요……』

하는 여자의

---

22  혼도(昏倒)하다. 정신이 어지러워 쓰러지다.
23  분류(奔流). 내달리듯이 아주 빠르고 세차게 흐름. 또는 그런 물줄기.
24  '럼'의 오류.
25  풍침(風枕). 공기를 불어 넣어서 베는 베개.
26  문맥상 '엿'의 오류로 추정.

# 목 소 리 가

내 눈을 쌔아서 갓다. 나는 눈을 돌니자 두 번째 놀내고 마럿다. 내가 잠시 눈을 크게 쓰고 잇는 동안

　『무엇을 잡수서야죠 의사가 그런데 긔력이 부족하신 데다 너머나 흥분하신 탓이라구요…… 마음만 안정되시면 퇴원하서도 조타구요……』

　나는 그가 이미 정런히라는 것을 새삼스럽게 의심할 여지가 업는 것이 것만 멍하니 그를 응시할 쑌! 아무런 말도 못하얏든 것이다 정런히는 벨을 눌너서 간호부더러 조반을 가저오라 하고 내 압헤 가까이 안더니

　『선생님 어제 저녁 쏘나타를 무엇이라고 제목을 부칠까요…… 참으로 전 어제 저녁처럼 흥분해본 일이 업서요 저쌘만 아니라 거긔에 온 음악가들도 모도 그랫다구요 그리고 머지안허 그것을 발표할 긔회를 만들자구들 말하엿답니다…… 제목을 무엇이라고 붓처야 해요? 네?』

　나는 정런히의 얼골만 처다보고 잇다가 이윽코 입을 여럿다

　『주림!』

　『주림?』

　런히도 그대로 되바더 외여보고는 나를 쑤러저라 하고 바라본다 그러자 내 두 눈에서는 국다란 눈물이 흘너나럿다

　내 입으로 배앗든『주림』이라는 그 말이 너머도 슬펏기 째문이엿다 과연 나는 모든 것에 주리여 잇섯다 그쌔 너의 어머니 명주는 아현정(阿峴町)[27] 어느 토막집[28] 셋방[29] 구석에서 갓난 너를 안고 산후(産後)의 피로에

---

27　아현정(阿峴町). 현 마포구 아현동의 일제강점기 1936년 이후 명칭.
28　토막(土幕)집. 움막집.
29　셋방(貰房). 세를 내고 빌려 쓰는 방.

쓰러저 잇섯스며 나는 날마다 구직(求職)을 하려, 거리를 헤매고 잇섯든
째이엿스니까……

×

그날이 잇슨 후부터 정련히는 나를 자조 만나려 하엿다 그리고 자조 맛
날 긔회를 그는 스스로 만드러 주엇다 황혼의 가로수 그늘을 — 혹은 문허
진 성터[30]를 끼고 — 혹은 한강 강변을 — 나란이 거니는 째도 한두 번이
아니엿다 그러나

| 그 | 와 | 나 | 는 |
|---|---|---|---|

서로 거니면서도 별다른 말이 업섯다 그저 고개를 숙이고 잠잠이 거닐 쑨
이엿다 그것은 가을도 깁퍼 어느 날 황혼이엿다 그날도 둘이서 성터를 거
닐고 잇섯다

눈을 드러 아래를 굽어보니 벌서 거리에는 전등불이 찰난하게 반짝이
고 잇섯다 하늘가에 두어 마리 가마귀 우름까지 그지업시 황량한 저녁이
엿다. 그리고 싸리꼿, 도라지꼿들이, 듬성~~ 단풍 드러가는 잡초 사이
에 조용이 피여 잇고 풀벌내 소리조차 들여왔다

정련히는 문듯 고개를 드러 나를 홀깃 보면서

『선생님!』

하고 불넛다. 그리고 다시 고개를 숙인다

나는 잠々이 얼골을 돌닌다

『저— 저— 전 아주 전 말해버리고 십퍼요 이 이상…… 까닥 업시 제
 자신을 괴롭피고……』

---

**30**  성(城)터. 성(城)이 있었던 자리.

『련히 씨!』

나는 그의 말이 채 씃나기도 전에 나도 놀내리만치 큰 소리로 부르지젓다

『아무 말슴도 들여주지 마십시요 다 알고 잇스니까요 오직 침묵을 직히는 것이 우리에게는 행복일 것입니다』

『네?』

그는 내 말의 쯧을 몹시 의아해 하면서 거름을 멈춘다 나도 멈추엇다 그리고 두 사람은 한참이나 서로 바라보고 서 잇다

나는 내 숨결이 점々 거치러워옴을 느끼엿다 그것은 련히의 호심[31]가치 맑고 깁픈 두 눈에서 알 수 업는 서름! 아니 어쩌한 하소년을 보앗기 째문이엿다 그러는 사이에 련히의 두 볼도 점々 붉게 타오르고 잇젓[32]다 바로 그째엿다 나는 바른손을 드러 그의 홍조된 쌤을 사정업시 갈기엿다 그리고 설마진[33] 산돼지처럼 그곳에서 다라낫다 눈을 찔끈 감고 입을 악물고 그저 뒤[34]엿다

                 ×

나는 그 후 련히를 맛나지 안엇다 그러기에 거리에도 나가려하지 안엇다 입설[35]을 쌔물면서 참엇다 어느듯 겨을이 되엿다

너의 어머니 명주는 산후의 바람으로 전신이 부어오른 채 자리에서 움지기지도 못하고 젓이 부족한 너는

---

31  호심(湖心). 호수의 한가운데.
32  '섯'의 오류.
33  설맞다. 총알이나 화살 따위가 급소에 바로 맞지 아니하다.
34  문맥상 '쥐'의 오류로 추정.
35  입설. '입술'의 방언(경기, 전라, 충청).

야워서 보채엿다 나는 그날까지도 일자리를 못 구하엿섯스니까…… 그
것은 정신적 고통이 나를 악인처럼 만드러 버린 것이엿다

해가 저므러 집에 도라와도 어둠침ㅅ한 방 안에 찬 기운만 써돌고 너의
모녀가 송장처럼 누어 잇슬 쑨!

그동안이라도 사러온 것은 『주림』의 발표회(發表會)에서 어든 약간의 돈
의 덕택이엿다

너의 어머니의 옷가지나 세간[36]이라고는 모조리 전당포에서 신세를 지
니고 잇섯고 아궁이에 집필 나무 한 단조차 업는 그러한 궁극[37]에 막다르
고 마럿다

×

그날 밤은 아침부터 나리든 눈이 끈칠 줄을 모르고 매운 바람과 함께
쎄만 남은 들창[38]을 갈기고 잇섯다 어름장 가튼 방 안에 십 촉[39] 전등이
유령 가튼 세 생령[40]을 직히고 잇슬 쑨!

결내싹 가든[41] 이불을 뒤집어쓰고 쓰러저 잇는 너의 어머니는 이제는
소리를 내어 아를 기운도 업는지 죽은 듯시 창백하고 너는 아무리 쌔려야
나올 리 업는 젓쏙지에 매달려 쌔는 듯이 울다 지치고………… 나는 우
두커니 안저서 그것들을 바라보고…… 참으로 그쌔처럼 내 자신이 못나

---

36 세간. 집안 살림에 쓰는 온갖 물건.
37 궁극(窮極). 어떤 과정의 마지막이나 끝.
38 들창(窓). 들어서 여는 창.
39 촉(燭). 촉광(예전에, 빛의 세기를 나타내던 단위).
40 생령(生靈). 살아 있는 넋이라는 뜻으로, '생명'을 이르는 말.
41 '튼'의 오류.

뵈인 적은 업섯다

나는 두 손으로 낫츨 가려 버렷다 귀를 막엇다 그리고 입설을 지근~~ 깨무럿다 그러자 너의 어머니의 눈이 나를 바라보고 잇는 것에 정신이 들어!

『여보 명주……』

하고 소리처 불넛다

『여보세요 나는 아무래도…… 아, 아무래도 이러날 것 갓지 안허요…… 아— 정말 그러케 된다면…… 이 어린 것을…………』

너의 어머니의 두 뺨에는 싸늘한 눈물이 줄기~~ 흘너나렷다 나는 너의 어머니의 두 손을 덥석 잡으며

『명주…………』

그러나 다음은 목이 맥혀 더 나오지 안헛다 너는

| 새 | 파 | 라 | 케 |
|---|---|---|---|

질녀서 자지라지게 울고 잇섯다 나는 불현듯 너를 발노 거더차 버렷다 그러고 소리~~ 웨쳣다

『뒤저라…… 뒤저……』

그러나 다음 순간 나의 두 눈은 비수[42]가치 번쯕이엿다 그대로 천정을 쏘아본다 두 주먹을 부르르 썬 찰나 나는 벌썩 몸을 이르켜 방문을 박차고 박그로 내다럿다

미처 날쒸는 눈보라도 아무런 감각이 업다 들니지도 안는다 보이지도 안는다 그저 어덴지 모르게 쒸 샌이엿다

나는 언제 어써케 왓는지 어느 막다른 골목 돌문 압헤 나섯다 나는 서

42 비수(匕首). 날이 예리하고 짧은 칼.

슴지 안코 그 집 안으로 뛰여드럿다 그리고 어둑컴々한 처마 미틀 지나 집 안으로 드러서서 어느 한 방문을 닥치는 대로 여럿다 그러나 방 안은 텅 비엿섯다 나는 약깐 실망을 느끼며 다시 도라서렬 때 내 눈에 힐끗 띄이는 것 그것은 벽에 걸린 양복 윗저고리다 나는 와락 달여드러 양복 주머니를 뒤젓다

나는 마침내 그 속에서 두툼한 지전[43] 뭉치를 손에 너엇다 앗! 바로 그때엿다 박게서 자동차 소리가 들니고 잘— 잘— 스립퍼 끄는 소리가 들니여왓다 나의 전신의 피줄은 두 귀로 일순에 쏠니고 마럿다 나는 복도로 뛰여나와서 피할 길을 차젓다. 그때 아니 필경 그 전부터엿스리라 어데서 들여오는지 피아노 소리가 울여오지 안느냐? 나는 또 귀를 기우렷다

틀님업시 내 작곡인『주림』이엿다 아 —『주림』의 쏘나타엿다 나는 모—든 실로 모—든 것을 잇고 피아노 소리에 전 혼을 빼앗기고 마럿다 물론 뚜벅~~~ 무거운

| 발 | 소 | 리 | 가 |
|---|---|---|---|

가까워 옴도 알 깨달기 업섯다

『거 누구야!』

하고 웨치는 소리에 그제야 비로소 앗질하니 실노 나도 모를 사이에 『앗 —』 하는 비명을 남기고 달니엿다 그러고 닥치는 대로 어느 한 방문을 열고[44] 뛰여드럿다

아 그러나 내가 눈을 똑바로 뜨고 방 안을 살폇슬 때 건너편 푸른 커—텐이 드리운 창 피아노 압헤 안저 파쟈마ㅅ바람으로 몸을 돌닌 한 여자 오

43 지전(紙錢). 종이에 인쇄를 하여 만든 화폐.
44 원문에는 '고'의 글자 방향 오식.

정련히!

그러자 박게서는 요란스런 사람들의 발소리와 함께 써드러데는 소리가 야단이엿다

샛파라케 질닌 —— 정련히는 썰니는 거름으로 한 거름 두 거름 내 압흐로 닥어섯다

그리고 내 등 뒤로 도라가서 나를 안으로 가벼히 쩨밀고는 쏘아의 잠을 쇠를 쌀칵 하고 돌여버린다

그리고 그는 제 침대로 가서 업듸여 늑씨기 시작하엿다 박근 갈스록 더욱 소란스러워진다 련히는 오래 늑씨기를 싯치고 잠々이 창 압흐로 닥어서서 커—덴을 거두고 창문 고리를 벗기엿다 그리고 나를 처다보앗다 나는 그제야 련히의 가슴을 헤아릴 수 잇는 듯이 불혓[45]듯 창을 쮜여넘엇다 그리고 달니엿다 그러나 나는 경관들의 추격이 내 뒤에 짜르고 잇는 것을 몰낫섯다 허둥지둥 방 안에 쮜여든 나는 너의 어머니의 몸을 흔드럿다 그러나 아— 그러나 이 무슨 악착한[46] 신의 작난이리요 너의 어머니의 몸은 샛々이 구더저 버리지 안헛느냐? 눈을 반만 감은 채 ——마주막 숨을 거두는 그 순간까지 이 못난 남편을 얼마나 차젓슬 것이냐?

『여보! 명주! 나요…… 나를 몰나보겟소……』

그러나 내 통곡의 대답이나처럼 그째 박게서는 『문 열어라 —』하는

날 | 카 | 로 | 운

소리가 들여왓다

『명주…… 나를 용서해주…… 이 못난 남편을 고생만~~~~ 식힌 남편

---

**45** 문맥상 '현'의 오류로 추정.
**46** 악착(齷齪)하다. 잔인하고 끔찍스럽다.

을 용서해주…』

하고 몸을 힘업시 이르켯다 그리고 눈을 돌니니 너는 이제는 너머도 지첫든지 숨소리조차 가늘게— 죽은 어미의 젓곡지를 움켜쥔 채 잠드러 잇섯다 나는 포케트에 손을 너어서 아까 훔처 온 지전 뭉치를 써내여 —네 모녀의 머리 우에 쓸々이 던지엿다 아— 그러나 그것은 지전이 아니라 하—얀『지리가미[47]』엿든 것을……

그러나 그것이 설사 수천만 원의 지전이엿든들 이제 와서 무슨 소용이 잇겟느냐?

내 두 눈에서는 하염업는 눈물이 줄기~~ 쏘다저 나렷다 내 입설에서는 쑥々 피가 흘느고… 그래도 나는 지근~~ 입설을 깨물면서 내 등 뒤에 어느새 와서 잇는 경관의 압헤 두 손을 내밀엇든 것이엿다

                    ×

나는 법정에서 五년의 징역을 언도바덧다

나는 너도 내가 드러간 후에 죽엇스리라고 미덧기 째문에 두 번 다시 생각해보려 하지 안헛다

어언간 五년이 흘너 내가 조고마한 보통이[48] 하나를 들고 철문을 나서는 날 밤은 하필 七월 七석! 부실~~ 그 누구의 서름처럼 구슬비가 나리고 잇섯다 나는 눈을 드러 놉다라케 써친 불근 담을 쓸쓸이 도라보앗다 그리고 쓴 우슴을 흘니며 다시 도라서려 할 째 한 대의 자동차가 내 압헤서 잇슴을 깨다럿다. 그러자

| 한 | 여 | 자 | 가 |
|---|---|---|---|

---

**47** 지리가미(ちりがみ, 塵紙). 휴지. 일반적으로, 코 푸는 종이나 화장실용 종이를 가리킴.
**48** 보(褓)통이. 물건을 보에 싸서 꾸려 놓은 것.

六, 七세가량 되여 보이는 귀여운 소녀를 잇쓸고 내 압페 나타나드니 자동차 문을 여럿다 그리고 그 소녀를 안어다 쿳손에 안치고는 나를 도라다본다 순간 나의 전신의 피는 순환을 정지하고 새파라케 심장이 썰고 잇슴을 나는 느씌엿다, 그러나… 그 녀자는 고요한 미소를 씌우며 극히 평화스러운 눈으로 나를 바라보고 잇는 것이다 나는 자동차로 올나안젓다 그리고 그 여자를 도라보앗다 그러나 그 여자는 자동차 문을 가만히 다더주고는 운전수에게 목례를 하엿다 자동차가 가벼히 밋쓰러질 쌔

『엄마… 엄마 엄마는 안 타우… 웅 엄마…』

하고 소녀가 문을 쑤드리며 우럿스나 그 여자는 홀노 우두커니 서서 두 손으로 눈을 가리고 도라서 잇는 것이 머 ― 리리 사라젓섯다 오 년 동안 정련히는 갓난 너를 마터서 고이 길녀준 것이다………… 혜련아! 그 부슬비 나리든 형무소 압에 홀노 얼골을 가려[49]고 울고 섯든 그 여자는 너의 제이(第二)의 어머니엿다 후 ―』

노음악가 몽파의 이야기는 여기에서 잠깐 쉬엿습니다 그의 빗 업는 노안[50]에 흐르는 눈물이 달빗에 번적입니다

혜련도 창차[51]를 비트는 듯이 느끼고 잇습니다

멀니서 등대가 쌈박이고 어데서인지 밤새가 웁니다

배는 노음악가의 애달픈 주[52]억을 실코 지금 어느 섬을 지내는지 한 곡조 슬프게 쏘 뱃고동을 울님니다

---

49 문맥상 '리'의 오류로 추정.
50 노안(老顔). 노쇠한 얼굴. 또는 노인의 얼굴.
51 문맥상 '자'의 오류로 추정.
52 문맥상 '추'의 오류로 추정.

단편영화소설短篇映畫小說

# 향수鄕愁

최금동崔琴桐 作

윤희순尹喜淳 畫

短篇映畫小說

# 鄕　愁 (一)

1939년 9월 19일

## 序曲 (一)

### 1

해가 올나 거리를 쪼이려면 아직도 시간이 멀엇다

바람이 우수〃 지낼 째마다 마른 닙을 날니는 가로수 사이로 새이고 잇는 전등불도 나머지 빗을 다하야 각〃으로 열버저 가는 어둠을 직히고 잇다

그러나 하늘은 이미 쌍 우에 잇는 것이라고는 왼통 비추기라도 하리만치 속〃드리[1] 곱게 개엿다

◇

밤사이에 나린 서리ㅅ발이 저토록 허어여키도 금년들어서는 오늘 새벽이 처음이리라…… 전차가 달녀간 뒤의 선로를 바라보고 중×원참의(中×院參議) 서상호(徐相鎬) 씨는 그러케 생각하며 반백이나 된 머리를 어루만지는 사이에 자동차는 남대문의 『카 — 부[2]』를 가벼히 돌아선다

『오늘 새벽은 바루[3] 겨을날 갓군…』

서 참의는 가까워저가는 경성역을 바라보며 머리에서 손을 나려 팔장을 씰여고 하엿스나 뒤밋처 터지는 잿채기에 황겁히 주머니에서 손수건을 써내엿다

『감기 드섯군요… 음성이 다 변하시구…』

하고 운전수 겻테 안젓든 비서(秘書) 박삼도(朴三道)는 도수 놉흔 안경을

---

1 　속속들이. 깊은 속까지 샅샅이.
2 　커브(curve). 길이나 선 따위의 굽은 부분.
3 　바루. '자못(생각보다 매우)'의 방언(평북).

돌녀 참의를 바라보앗다

『원 그놈우 감기― 도무지 나가야지』

참의는 손수건으로 팽ゝ 소리를 내여 코를 풀고는

『날이 갑작이 추워저서그래』

하고 쏘 한바탕 재채기를 한다

『이러다가는 물도 얼겟네…』

운전수도『핸들』을 만지며 김[4]삼도에게 한마듸 건늬엿다

『김장도 하기 전에?… 추석을 지낸 지가 한 달도 채 못 되엿는데』

『그래도 올여름이 하도 더웟드랫스니까… 일즉 추워질거야』

### 2

경성역은 벌서부터 물쓸듯이 번거러웟다.[5]

一, 二등 대합실 압헤 쓴힘업시 다엇다 물너서는 자동차들 가운데 서 참의가 탄 차도 가만이 미끄러저 들엇다.

뒤ㅅ니어 운전수가 쒸여내려 참의의 문을 열고 허리를 굽히엿다.

참의는 그 쭝ゝ한 몸집을 밧치듯이 단장을 집흐며 마악 내려섯슬 째

『선생님까지 나오섯서요?』

하고 그의 압헤 모자를 벗고 머리를 숙이는 청년 신사를 보고는

『어… 오 군도…』

하고 변호사 오영일(吳英一)의 손을 잡어 흔들엇다.

『인숙이란 녀석만 온대두 안 나오겟데만은 마누라두 온대니까 할 수

---

4  '박'의 오류.
5  번거롭다. 조용하지 못하고 좀 수선스러운 데가 있다.

업시 나왓지… 허허허……』

참의는 너털우슴을 치고는

『시간이 어써케 되엿나?』

『아직도 한 十분 남엇군요』

그들은 대합실 안으로 사로젓다

### 3

포 — ㅁ[6]에는 어느듯 마중 나온 사람들로 그득찻다

이윽고 차ㅅ머리가 지축을 울니며 그들의 압헤 달녀들엇다

이등차 —— 서인숙(徐仁淑)은 차ㅅ창을 올니고 고개를 내밀어 넘치는 수만혼 얼골들 가운데로 시선을 던저서 헤메다가 참의를 발견해내자 저도 몰으게

『아버지 —』

하고 안타까운 듯이 소리첫다

그러나 다음 순간 두리번거리고 잇는 아버지의 겻테 나란이 선 박삼도와 그리고 오영일이 눈에 씌이자 그의 두 눈에는 잠깐 어두운 그림자가 깃드는 것이엿다

『저기 저 차ㅅ간입니다』

---

6   폼(platform). 플랫폼.

박삼도가 손짓을 하며 차를 짜라 쒸여가자 서 참의와 오명[7]일도 뒤를
쌀앗다.

차가 머무르자 쏘다저 나오는 승객들 가운데에 끼여 양장을 한 인숙이
가 어머니 김 씨(金氏)의 손을 이끌고 나려서며

『어머니 저기예요 저기』

하고 이편으로 닥어오는 아버지를 가르첫다.

---

7 '영'의 오류.

短篇映畫小說

# 鄉　愁（二）

1939년 9월 20일

# 序曲 (二)

『아버지!』

인숙은 울기라도 할 듯이 아버지에게 매여달녓다

『그래 해운대(海雲台) 맛이 어썻튼?』

『난 독창회(獨唱會)만 아니면 아조 거기서 살구 십헛세요……』

인숙은 이내 어리쌍을 피엿다

『흥! 인젠 애빈 일업단 말이로구나! 허허허』

『아이구 말두 마우 그 애허군 도무지 가티 못 댕기겟습듸다아, 제발 좀

그만 올나오자구 해두 들어줘야 말이지』

김 씨는 꾸겨진 치마를 펴고

『오 변호사도 나오섯군…』

하고 참의의 뒤에서 나서며 인사를 하는 영일을 처다본다

『그래두 전 좀 더 게시다 오실 줄 알엇지요』

영일은[8] 이러케 말하며 그제야 슬쩍 인숙이에게로 시선을 옴기엿다

그러나 인숙은 그것을 보지 못한 것처럼

『어서들 나가자구요……』

하고 아버지의 팔을 이끌엇다

영일은 은근이 치밀어 올으는 불쾌함을 짐짓 누르며

『아까보[9] —』

하고 박삼도가 불너도 조흘 것을 대신 불너 보는 것이엿다

---

8    문맥상 '은'의 오류로 추정.

9    아카보(あかぼう, 赤帽). 정거장에서 수화물을 나르는 짐꾼.

◇

　그날 아침 — 인숙이가 타고 온 갓튼 차의 삼등실로부터는 이상한 청년
한 명이 나리엿다

　청년은 날근 손가방을 두 손으로 조심스럽게 붓잡고 서서 몃 사람 남지
안흔 포 — ㅁ 안을 한 박퀴 도라보고는 쑤벅~~~ 출구로 올나간다

　퇴색한 『쓰메에리[10]』 학생양복에 『도리웃지[11]』를 푹 눌너 쓴 그 아래
에서 두 눈은 유난히도 날카롭게 번썩엿다

　　　　　　◇

　청년은 층々대[12]를 다 올나서서 거름을 멈추고 마악 가방을 바㎈어 들
려고 할 지음 무엇에 스치엿든지 가방의 손잽이룰[13] 노하버리고 말엇다

　다음 순간 가방이 쌍으로 썰어지며 그 속으로부터 감(柿)이 째그르르 서
너게 굴너 나왓다

　그리고 세수수건 봉투지[14] 비누 오선지(五線紙) 원고지 갓튼 것이 염체
업시 쏘다저 나왓다

　청년은 넘어나 의외읫 일에 얼골이 홱 붉어지드니 무엇 헤아릴 새도 업
시 당황히 허리를 굽히고 우선 굴너가는 감을 주어서 『포켓』 속에 집어너
흔 후 바람에 날니는 조희[15]를 움켜잡는다

---

10　쓰메에리(つめえり, 詰襟). 깃의 높이가 4cm쯤 되게 하여, 목을 둘러 바싹 여미게 지은 양복.
　　학생복으로 많이 지었다.
11　도리우치(とりうち, 鳥打). 사냥모자. 운두가 없고 둥글납작한 모자.
12　층층대(層層臺). 돌이나 나무 따위로 여러 층이 지게 단을 만들어서 높은 곳을 오르내릴 수
　　있게 만든 설비.
13　문맥상 '를'의 오류로 추정.
14　봉투지. '봉투'의 방언(경북).
15　조희. '종이'의 방언(경남, 충남).

그러케 한참 서두르는 판에 자기 혼저의 손만이 바쁘게 노는 것이 아니라 다른 쏘 한 사람의 손이 함께 움지기고 잇음을 쌔닷자 청년은 그제야 비로소 얼골을 들엇다

『미안합니다 용서하세요』

인숙은 귀밋까지 타오르는 민망함을 어찌하지 못하고 어색한 우슴을 씩 우며 쌔안히 드로오는 청년의 시선을 피하듯이 고개를 숙여 사과하엿다

『…………』

청년은 입을 담은 채 인숙을 바라보더니 다시 허리를 꾸부리고 나머지 것을 마저 주서 넛는다

『제 팔쑴치가 선생님의 팔을 스첫서요…』

인숙은 청년과 함께 다시 꾸부리고 오선지를 주서 너타가 한 장의 악보를 손에 잡엇다.

『아, 이 앤 뭧허구 잇서 어서 오지 안쿠』

참의는 출구까지 나가다 말고 되도라서서 인숙을 차조젓.[16]

『아—니, 저 말광냥이가, 쏘 남의 가방을 뒤집어 노핫군그래…』

김 씨는 발이라도 굴을 듯이 애가 타는 모양이다

『허— 거참…』

참의도 어이가 업는지 입맛만 다시엿다

그러나 인숙은 오선지에서 눈을 쩨지 안헛다

---

16  문맥상 '차젓다'의 오류로 추정.

```
┌─────────────────────────┐
│ 歸    蜀    途           │
│    沈    瑞    龍    曲   │
└─────────────────────────┘
```

◇

　인숙은 번쩍 고개를 돌녀 가방을 들고 도망가듯이 나가버리는 청년의
압가슴을 흘겨보앗다 녹은 쓰럿스되 ××음악학교의 단초라는 것은 □
알어낼 수 잇섯다

短篇映畵小說

# 鄕　愁（三）

1939년 9월 21일

# 鼓動 (一)

### 4

우수(雨水)[17]를 넘은 지도 보름 남짓하것만 아조 봄빗츤 아득한 양— 오늘도 아침부터 나리기 시작한 눈이 해 질 무렵에 가까워서는 서울은 완연[18] 북국처럼 쓸々한 빗에 덥히고 말엇다.

심서룡은 이 오로지 한 빗속에 싸인 거리를 『커—텐』 사이로 나려다보며 지금 안락의자에 비스틈이 파뭇처 여송연[19]을 피우고 잇는 한양무진회사(漢陽無盡會社)[20]의 전무(專務)라는 곽태순(郭泰淳) 씨의 쓰염~~ 울려나오는 말소리가 좀 더 간단히 짓나기를 기다리고 잇다

『……그리구 심 군은 음악을 전공햇다니까 어데 그런 적당한 곳을 차저보두룩 하지 허다못하면 어느 개인교수나 가정교삿자리라두…… 나두 힘써볼 테니까…… 첫 번부터 리상대루 바래질낭은 말구 우선 가까운 데서부터 구해보는 것이 조와… 더구나 음악쯤 공부해가지고는……』

『그럼 쏘 뵙지요』

서룡은 벌쩍 의자에서 일어섯다

---

17  우수(雨水). 이십사절기의 하나. 입춘(立春)과 경칩(驚蟄) 사이에 들며, 양력 2월 18일경이 된다. 태양의 황경(黃經)이 330도인 때에 해당한다.
18  완연(宛然)하다. 눈에 보이는 것처럼 아주 뚜렷하다.
19  여송연(呂宋煙). 필리핀의 루손섬에서 나는 엽궐련(담뱃잎을 썰지 아니하고 통째로 돌돌 말아서 만든 담배). 향기가 좋으며 독하다.
20  무진회사(無盡會社). 근대적 금융기관으로부터 소외되어 있는 도시 노동자 및 영세 상공업자 간의 자금 융통을 담당하였던 서민 금융기관.

『음, 그럼 쏘 들니라구… 여러 번 차저와서 안됏지만… 여러 번 차저와서 안됏지만…… 하로(河盧) 씨헌테도 그러케 전해주…』

전무는 잠깐 상반신을 일으켜 문을 열고 나가는 서룡을 바래주엇다

### 5

바람도 별로 업는 거리 우로 그저 한업시 쏘다지는 눈보라에 싸여 전차 자동차 쏘 사람들의 거름은 바쌧다

이러케 수업시 오고 가는 무리들의 발자욱들 가운데 그저 싯업시 거러가기만 할 사람처럼 서룡의 발길은 힘이 업섯다

모자도 쓰지 못하고 외투도 입지 못한 그는 다만 검정 목도리로 귀와 턱을 가리고 손은 양복 윗[21]주머니에 푸욱 찌른 채 쌍만 굽어보고 거러 간다

그의 머리와 억게에 함부로 눈송이가 나려안것만 그는 전연 쌔닷지 못한 듯이 털여고도 하지 안는다

그는 『광교[22]』 우에까지 이르러 거름을 멈추고 난간에 몸을 기데엿다

머리에서 녹아나리는 눈이 이마로 썀으로 줄々 흘너나리는 그대로 멀―리 시선을 들어 천변[23]을 바라본다

---

21  문맥상 '윗'의 오류로 추정.
22  광교(廣橋). 서울의 종로 네거리에서 을지로 사거리 방향으로 나가다가 청계로와 만나는 길목의 청계천을 건너다니던 조선시대 기원의 다리.
23  천변(川邊). 냇물의 주변.

어느 가개의 라듸오에선지『오늘의 직업소개』가 시작되엿다

『…경성부 사회과에서는 림시 고원[24]을 약간명 채용한다는데…』

◇

서룡은 얼골에 비우슴이라기보다 가벼운 경련을 일으키며 발샥리의
눈을 힘껏 거더찻다

## 6

어둠침ゝ한 하숙방에는 불씌[25]를 한 지가 오래된 모양인지 찬 기운이
배ㅅ속까지 슴여드는 것 갓다

그러나 서룡은 헤여진 이불자락을 머리까지 뒤집어쓰고 대낮이 넘도
록 낫잠이다

◇

『심 군 심 군』

박게서 찻는 소리가 난다

그래도 서룡은 움지기지를 안는다

◇

이윽고 문이 열리드니 ○○고등녀학교(高女)에 도화(圖畵)[26] 선생으로 잇
는 하로(河盧)가 들어서며

『원 이 사람이…… 여보게 심 군!』

---

24  고원(雇員). 관청에서 사무를 돕기 위하여 두는 임시 직원.
25  불기(氣). 불에서 나오는 뜨거운 기운.
26  도화(圖畵). 그림을 그리는 일. 또는 그려 놓은 그림.

하고 서룡을 혼들엇다

서룡은 그제야 잠자든 사람 갓지는 안케 부시시 일어나 안젓다

『이게 방이람, 불이나 좀 쎄라고 말 못허나?』

서룡은 그런 말은 토옹 귀에 드러오지 안는다는 듯이 제 생각에 잠기여 어두운 들창을 바라만 본다

『그래 곽태순 씨헌테는 쏘 가보앗섯나?』

『어제 오후에 다녀왓네』

『그래서?……』

『…………』

방 안은 다시 싸늘한 침묵이 흐른다

『하여튼 실망을낭 말게 어쩌케 되겟지…… 그리구 오늘 밤에 음악회 구경이나 가게…』

하로는 외투 주머니에서 입장권 한 장을 쩌내여 노코 일어선다

하로가 나간 후에도 서룡은 들창만 노려본 채, 우두커니 안저잇다

맛첨[27]내 서룡은 벌덕 이러서서 그대로 문을 열고 나간다

---

27  문맥상 '침'의 오류로 추정.

# 鄕　愁 (四)

# 鼓動 (二)

『京城府 職業紹介所[28]』

라고 금자로 색인 문을 열고 드러선 서룡은 창구로 닥어섯다

이미 오늘의 사무를 맛치고 석간을 펴들고 잇든 서기는 한참만에야 고개를 돌여

『뭐요?』

하고 툭명스럽게 물엇다

『일자리가 잇다고 해서…』

서룡의 소리는 약간 썰니는 것 갓텃다

『무슨 일자리란 말요?』

서기는 『스팀[29]』에 달어서 썰어케 된 얼골을 다시 신문으로 가저가며 다 알어들엇다는 표정이다

『어제 라듸오에서…』

『라지오에서요? 그 자린 바알서들 나갓는데요…』

『네!』

서룡은 제 자신이 얼마나 적어저 가고 잇는가를 느끼며 힘업시 도라섯슬 대[30] 서기는 무엇을 생각하엿슴인지

『여보!』

---

28  1939년 당시 경성에는 1922년 8월 1일에 개설된 직업소개소가 있었다. 직업소개소란 취직을 하려는 사람들에게는 적당한 일자리를 소개하고, 노동력을 필요로 하는 고용주에게는 사람을 소개하는 일을 하는 곳이다.
29  스팀(steam). 금속관에 더운물이나 뜨거운 김을 채워 열을 내는 난방 장치.
30  문맥상 '째'의 오류로 추정.

하고, 불넛다.

◇

서룡은 문을 밀다가 말고 돌아섯다.

『이왕 온 김이니 주소나 적어 노코 가구려!』

서기는 창구 박그로 잉크와 펜을 내여밀엇다,[31]

서룡은 펜을 들어 주소와 성명을 적어 내엿다.

서기는 그것을 드려다보고

『삼청정(三淸町) ✕✕번지, 삼청하수옥 심서룡…이라』

하고 읽어보드니

『그럼, 참고로…… 경력은 업소?』

『동경에서 음악 공부를 하다가 나온 후 몇 달 전까지도 시굴서 야학을 가르첫소』

『음악 공부요?』

『네』

『허— 그럼, 멧 년생인가요?』

『수물다섯』

『수물다섯』

서기는 되바더 외이며 펜을 들어 서룡의 이름 우에다 무엇이라고 적어 너코는

『그럼 어데 적당한 자리가 나면 통지하지요』

하고 펜을 놋는다.

---

31  문맥상 ‘.’의 오류로 추정.

『저! 여보세요』

서룡은 좀 망서리다가

『저… 적당한 자리가 아니라도 좃소 나는… 사실 석 달치나 밥갑이 밀

니엿소 잽힐거라고는 모조리 잽혀먹구 이젠 맨주먹쌴이요 아무거라도

자리만 잇다면 알려주시요 네?』

하고 저도 몰으는 사이에 흥분된 소리로 부르지젓다

『허허허… 글세 어데 봅시다…』

서기는 신문을 나려노흐며 소리내여 우섯다

소제[32]를 하고 잇든 급사[33]들도 짤아서 킥킥거리며 우서대엿다

서룡은 그들의 우슴소리를 뒤에 남기고 힘업시 문을 밀엇다

## 8

**獨唱會會場** ──

　　와ㄱ르ㄣㄣ……

완전이 무아경에 도취되여 버린 삼천 청중의 박수 소리는 쏘 한 번 더

폭풍이 되여 만당[34]을 휩쓸고 잇다

　　◇

하아야케 조선옷으로 차린 서인숙의 청초한 맵시가 색깜한 배경에 잘

---

**32**　소제(掃除). 청소.

**33**　급사(給仕). 관청이나 회사, 가게 따위에서 잔심부름을 시키기 위하여 부리는 사람.

**34**　만당(滿堂). 방이나 강당, 대청 따위에 가득함. 또는 가득한 사람들.

도 어울어 보엿다

어느듯 깁흔 줄 몰으게 밤은 깁허 독창회의 푸로<sup>35</sup>도 한 곡목을 남기고
막을 나리려 한다

흥분의 불등점<sup>36</sup>에 일으른 청중의 박수 소리가 쏘낙이 지내가듯 싸악
거친 뒤 머언 나라에서처럼 인숙의 멜로듸가 시작된다

『눈물 아롱 아롱

피리 불고 가신 님의

밟으신 길은

진달내 숯비 오는

서역(西域) 삼만 리

힌 옷깃 염여<sup>37</sup> 염여

가옵신 님의

다신 오진 못하실

파촉(巴蜀)<sup>38</sup> 삼만 리…』

노래가 잠깐 쉬엿슬 쌔 청중은 길게들 막혓든 숨을 내쉬고 침을 삼키
엿다

---

35  프로. 프로그램(program). 진행 계획이나 순서.
36  불등점. 불점(Boiling Point). 액체가 불등할 때의 온도를 말한다. 여기서는 '절정'의 비유적
    표현으로 쓰임.
37  여미다. 벌어진 옷깃이나 장막 따위를 바로 합쳐 단정하게 하다.
38  파촉(巴蜀). 쓰촨(四川) 지방의 옛 이름.

◇

　맨 아랫칭 구석에 자리를 잡은 서룡은 아까부터 눈섭 한 번 손가락 한
번 깟닥하지 안코 아무런 감각도 업는 듯이 안저 잇섯다

# 鄕　愁 (五)

# 鼓動 (三)

　푸로가 진행함에 싸라 서룡의 두 눈은 불ㅅ덩이처럼 다라오르기만 하고 주먹은 몃 번이고 부르르 썰니엇다.

　그러나 그는 지금까지 손벽 한 번 치지 안헛다. 다만 한곳 무대 편만 노리고 잇슬 쓘이다.

　피아노 건반 우에 열 손가락이 달닌다. 노래는 다시 게속된다

　인숙의 입술 ──
　가슴 압헤서 바르르 써는 그의 두 손 ──

　터엉 뷔인 듯한 장내 ──

　타오르는 서룡의 눈 ──

　인숙의 눈 ──

　　『신 삼어 드릴 것을
　　슬픈 사연의
　　올ㅅ이 아로삭인

륙날 메투리[39]

부질업슨 이 머리털

역거드릴걸⋯⋯』

『초롱에 불빗 지친 밤하늘

구비구비 은하ㅅ물

목이 저즌 새

참아 아니 솟는 가락

눈이 감겨서

제 피에 취한 새가

귀촉도(歸蜀途) 운다

그대 하늘 싯

호올로 가신 님아 ──』

(徐廷柱 作詩)

◇

드듸여 막이 나리엿다

그러고도 얼마 후에야 청중은 일어섯다

## 9

박게는 진눈개비가 칼ㅅ긋 갓튼 바람에 횟날니고 잇다

구름가티 터저 나오는 군중들은 벌의 집을 건드려 노흔 것처럼 왕왕거

---

**39** 메투리. '미투리'(삼이나 노 따위로 짚신처럼 삼은 신)의 방언(강원, 경상, 함경, 황해). 흔히
신날(짚신이나 미투리 바닥에 세로 놓은 날)을 여섯 개로 한다.

리며 홋터저 갓다

**10**

어느듯 장내는 뷔인 의자들만 남어 잇슬 쑨 텅 비여 버렷다

천정의 불빗치 사라지고 낭하[40]의 불빗도 무대의 불빗도 써젓다

그러나 한편 구석에 안저 잇는 서룡은 그째까지도 이러설 줄을 이즌 듯이 화석처럼 안저 잇다

샛파란 불쏫이 퉁겨 나올 것처럼 다라올은 두 눈은 오직 한 점 무대만 노리고 ── 거치러 가는 숨결에 싸라 두 억개는 억세게 들먹이고 잇다

休憩室 ──

『미쓰 인숙 오늘 밤 대단 성공하엿소 축복합니다』

인숙이 쏫다발을 한아름 안고 약간 홍조된 얼골을 숙이고 들어서자 M녀전(女專) 음악과 과장인 『카느로』 부인은 그의 억게에 두 손을 언젓다

『감사합니다 이처럼 성황[41]을 일우어 주시여서 주최자 측으로서도 만족이 녁입니다』

하고 ○○신문사 학예부장 몽파(夢波)도 나서며 반기엿다

『수고하섯습니다』

작곡가(作曲家) 김현월(金弦月)도 흥분된 어조로 찬사를 보내엿다

---

40 낭하(廊下). 복도.
41 문맥상 '황'의 오류로 추정.

그러고도 누구누구 十여 명의 공격은 잠시 긋칠 줄을 몰낫다

인숙은 찬사를 바들 째마다 수집은 미소조차 씌우고 가볍게 허리를 굽히곤 하엿다

『참 그 마주막 곡목은 누구 거든가요?』

하고 현월이 문득 생각난 듯이 주머니를 뒤저 푸로그람을 차젓다

『심서룡 씨의 작곡이예요 귀촉도라구요』

하고 오늘밤에 피아노 반주를 맛텃든 윤소히(尹素姬)가 대답하엿다

『심서룡 씨? 처음 듯는 이름인데…』

현월은 밧싹 여윈 턱을 한 손으로 잡고 갸웃둥거리며 기억을 짜고 잇슬 째— 바로 그째엿다

지금은 필연코 터엉 뷔엿서야 할 강당으로부터 피아노 소리가 요란스럽게 들녀오는 것이 아니냐?

그들은 입을 버린 채 서로들 돌아볼 쑨 말들을 이저버렷다

# 鄕　愁（六）

# 鼓動 (四)

언제 어써케 해서 무대 위로 쒸여오르고 이러케 피아노 압헤 안저 잇는지 그것은 서룡 자신으로서도 실로 쌔닷지 못할 노릇이엿다

지금 그의 열 손가락은 키— 우에서 완전히 밋처버리고 말엇다

아니 손만이 아니다 그의 눈 그의 머리 그의 입 그의 전신이 샛밝안 불덩어리가 되고 만 것이다

그는 자기의 등 뒤에 인숙을 비롯하야 여러 사람이 둘너서 잇는 것도 쌔다럿슬 까닭이 업다

황원을 밀녀나가는 도도한 홍수와도 가티 —— 사막을 □쓰□□ 폭풍과도 가티 웅장하고 요란한가 하면 쏘 버들강변에 나리는 실비와도 가티 고요하고 안타깝게 간지러운 것이엿다가도 다시 철야에 날쒸는 유령들의 피비릿내 나는 조소와도 가티 소름이 끼치는 전률이 습격한다

고민과, 헤방과, 비우슴과 파괴를 한테 얼거 폭발하듯이 열정에 타는 소나—타는 계속되엿다.

일동은 모다 창백한 얼골로 못박힌 채 등에서 찬쌈이 흘으는 것도 느씨

지 못하엿다.

이윽고 건반 우의 손이 멈추엇다.

다음 순간— 피를 토하고 쓰러지듯 서룡의 상반신이 건반 우로 쩌꾸러
저 버리고 말엇다.

일동은 그제야 악몽에서나 쌔여난 듯이 정신을 가다듬으며 황겁히 서
룡의 겻트로 닥어섯다

## 11

### ××病院 三號室

오전 열한 시를 치는 소리가 들녀온다.

날ㅅ세[42]는 씨슨 듯이 개엿는지 눈을 실은 무화나무 가지가 창에 어른
거리고 참새 쎄가 무던이[43]는 쌕ㅆ어린다.

고두럼 부러지는 소리며 낙수물 소리도 제법 은근하게 들여온다.

온실에서 갓 가저온 듯십흔 장미를 든 손이 화병 우에서 어른거리고
잇다

---

42  날세. '날씨'의 방언(평남, 함경).
43  무던이. 정도가 어지간하게.

그 곳 사이로 인숙의 맑은 얼골이 보인다

인숙은 꼿을 싀즈다 말고 뒤를 도라본다

거기에는 병상 우에 서룡이 죽은 듯이 누어잇다

인숙은 물쯔럼이 그를 바라보다가 가벼운 한숨을 내쉬며 다시 꼿가지를 손에 든다

그째 간호부가 드러와서 체온게를 노코 나간다

인숙은 몃 번이고 체온게를 들엇다 노핫다 하며 망서리다가 서룡의 팔을 처들고 가만히 끼워주고 말엇다

그 바람에 서룡은 비로소 힘업시 눈을 썻다

그리고 무슨 작난[44]을 하다가 들킨 어린애처럼 질겁을 하듯이 놀내여

---

**44** 작난. 장난.

전신[45]을 옴으라트리는 인숙을 보자 그는 벌ㅅ덕 자리에서 이러나려 하엿다

그러나 잇[46]숙은 한 거름 뒤로 물너서면서도
『안 돼요! 오늘 저녁 째써진 그대로 게서야 해요……』
하고 좀 날카로운 소리로 쑤짓듯이 타일는다.

서룡은 한 팔로 벼개를 집푼 채 인숙의 얼골을 처다보고만 잇다.

『의사헌태 걱정 들음 전 몰나요!』
인숙온[47] 쏘 하[48] 번 짜증을 하듯이 말하고 등돌아선다.

그제야 서룡은 착한 어린애처럼 인숙의 일느는 대로 은[49]순하게 드러누엇다.

---

45  전신(全身). 온몸.
46  '인'의 오류.
47  문맥상 '은'의 오류로 추정.
48  문맥상 '한'의 오류로 추정.
49  문맥상 '온'의 오류로 추정.

# 鄕　愁 (七)

# 鼓動 (五)

## 12

그날 밤 ——

병원을 나선 서룡과 인숙은 장충단(獎忠壇)[50] 숩길을 거닐고 잇섯다

한밤의 이 거리는 인적기[51]조차 드믈고 불빗도 적어 싯업시 싸인 눈 우에 나리는 달빗은 한층 더 처량한 것이엿다

『에그머니 —』

하고 인숙이 발을 헛듸더 미끄러지면서 서룡의 팔을 붓잡는다

그러고는 쏘 잠々이 거러가다가

『추우세요?』

하고 인숙이 서룡의 코압흘 처다본다

『.................』

입김이 달빗에 갈대꼿처럼 피엿다 사라지군 한다

『저두 춥지 안허요 퍽 푸군한 밤이군요』

다음은 쏘 두 사람의 가슴을 울니는 고동소리라도 들닐 것 갓튼 침묵이 온다

그러나 그러한 침묵[52]은 긴 것이 못 되고 이내 두 사람의 이야기는 계속

---

50  장충단(獎忠壇). 서울특별시 중구 장충동 장충단 공원 안에 있던 초혼단(招魂壇).
51  인적기(人跡氣). 인기척.
52  문맥상 '묵'의 오류로 추정.

된다

『근데 참 서룡 씬 언제 동경서 나오섯서요?』

『벌서 三년이나 된가보우』

『어쩌면…… 전 작년 봄에 나왓서요 옵바께서 지금『파리』에 가 게신데 저두 가려구 햇지만 어머님이 여영 고집을 하시여서 단념햇서요』

하고 인숙은 잠깐 말을 쓴헛다가

『서룡 씬 나오서서 뭣 하섯세요?』

『제 고향에 가서 야학을 좀 가르처 봣지요……』

『야학을요? 근데 왜 그만두시구?』

『내 리상과 현실이 넘어나 차가 잇서서요… 그래 결국 할 수 업시 고향을 등진 게지요… 아니 고향을 일허버린 셈이죠?』

서룡의 음성은 약간 썰니엿다

『그럼 고향엔?…』

『미들 곳이라군 외삼촌 한 분… 부모도 내가 어렷슬 째 도라가섯다드군요… 그 조상의 쌔가 고향엔 잇지요』

『근데 아까 서룡 씨께서 저더러 어써케 서룡 씬줄 알엇느냐구 그러섯죠? 그것도 몰으세요?』

인숙은 곳 말머리를 바쑤엇다

『……』

『아이 그러케 기억력이 업스세요?』

『글세 —』쌜 왠

『쌘 둔하서… 호々々…』

인숙은 소리까지 놉혀 재미나게 웃고는

『경성역에서 굴너 나온 감은 웬 거예요?』

하고 쏘 쌀ㅅ거린다

『아―』

그제야 서룡은 생각난다는 듯이 머리를 긔득엿다

『아이 서룡 씨두 참…… 서룡 씨의 작곡하신 걸 몰내 가지고 와서 그걸 쏘 제 하찬은 독창회의 푸로에다 다아 너쿠…… 용서하세요 네? 그 대신 제가 사죄하는 쯧으로 푸레센트[53] 하나 할쎄요』

하고 달빗을 바든 서룡의 돌 갓튼 코ㅅ날을 처다본다

그러나 서룡은 제대로

『올하 그 감… 그 감…』

하고 인숙에게는 헤아리지 못할 말을 중얼거리는 것이엿다

두 사람은 고개ㅅ마루[54]에 올나섯다

나란이 거러가든 그림자 중에 길다란 그림자가 문듯 거름을 멈추엇다

『전 여기서 그만 가겟소…』

그러자 남어지 적은 그림자도 마저 멈춘다

『아이 쏘 그러시네…… 인젠 다 왓서요 저기 뵈지 안허요?』

그러나 큰 그림자는 적은 그림자의 눈이라도 쏘아보는지 대답이 업다

『네? 어서요 우리 집 압헤써지만 데려다주세요 네?』

다시 두 사람의 그림자는 나란이 움직인다

쌔드득 쌔드득… 눈 밥는 소리만 들여오지 이번에는 말이 업다

---

53　프레젠트(present). 선물.
54　고갯마루. 고개에서 가장 높은 자리.

숩을 지내가는 바람이 우— 하고 사라지군 한다

머얼니 거리의 불빗이 맛치 바다의 어화(魚火)[55]처럼 무수히 쌀여 잇다

### 13

버드나무 벗나무 소나무…… 그러한 가지들이 한테 어울려 천정을 스ㅅ로 만든 돌층대를 서룡과 인숙이 올나간다. 힛긋힛긋 달빗이 그들의 등에서 어른거린다

돌층대를 다아 올나서ㅅ 인숙이 거름을 멈추엇다

『여기가 저이 집이예요』

하고 그는 흘깃 뒤를 돌아다본다

서룡은 잠시 눈을 들어 인숙의 등 뒤를 처다본다

쫙 드러찬 숩속에 괴물처럼 잠들어 잇는 양관[56] —

서룡의 시선은 다시 돌문으로 옴겨간다

中X院參議 徐 相 鎬

서룡은 인숙을 바라보며

『어서 들어가시지요』

하고 말하엿다

---

**55** 어화(魚火). 고기잡이하는 배에 켜는 등불이나 횃불.
**56** 양관(洋館). 양옥. 서양식으로 지은 집.

『…………』

인숙은 고개를 끄득이엿스나 이내 돌아설 생각은 안코 —— 서룽의 꽉 담은 입만 무턱대고 처다본다

그러나 아무래도 인숙이 먼저 참을성이 적엇다

『참 깜박 이것네… 서룽 씨 숙소가 어듸죠? 알으켜 주섯스면…』

『저 갓튼 사람의…』

『아이참 서룽 씨두… 저이기 째문에 뭇는 거 안예요?』

하고 인숙은 상그레[57] 우스며 서룽의 압흐로 좀 더 가까이 닥어섯다

『삼청정 ××번지』

『네? ××번지요?』

인숙은 다시 한 번 외여보며 눈을 깜박어릴 째

『인숙 씨 안령이 주무서요… 인숙 씨의 친절은 오늘 밤과 함께 영원이 안 이즐 테요』

하고 서룽은 잘 들리지도 안는 소리로 속살겨 노코는 홱 도라서서 층ㅅ 대를 내려가 버린다

인숙은 그대로 머엉하니 나무에 몸을 기댄 채— 서룽의 사라진 켠만 바라보는 것이다

---

57  상그레. 눈과 입을 귀엽게 움직이며 소리 없이 부드럽게 웃는 모양.

# 鄕　愁（八）

# 交叉 (一)

### 14

양관 뒤로 다시 한 채를 더 느려 순 조선식으로 지은 것이 그 웅장한 구조며 고아한 단청이며 고전적인 맛이 양관에 비길 바가 못 되엿다.

지금 풍경소리가 산허리를 넘어드는 바람에 댕그렁 댕그렁 울려오는 것을 장단 삼어서 참의의 랑々히 시를 을프는 소리가 맛치 절간의 독경인 양 흘너온다.

그것은 포은(圃隱)[58] 선생의 봉사일본(奉使日本)이엿다.

### 15

『……페진초구지미신(弊盡貂裘志未伸)허니 —— 수장촌설비소진(羞將寸舌比蘇秦)[59]으얼………』

참의는 근래에 와서 붓석 시열[60]이 강하여젓다. 그리고 틈만 잇스면 포은 선생의 문헌을 뒤적이는 것을 스々로 즐기엿다.

참의의 시조에 귀를 기우리며 장죽[61]을 쌜고 잇든 김 씨가 마악— 열

---

**58** 포은(圃隱). '정몽주(鄭夢周)'의 호. 고려 말기의 충신·유학자(1337~1392). 오부 학당과 향교를 세워 후진을 가르치고, 유학을 진흥하여 성리학의 기초를 닦았다. 명나라를 배척하고 원나라와 가깝게 지내자는 정책에 반대하고, 끝까지 고려를 받들었다.

**59** 페진초구지미신(弊盡貂裘志未伸) 수장촌설비소진(羞將寸舌比蘇秦). 담비 갖옷 다 헐도록 품은 뜻 펴지 못해 세 치 혀를 소진에게 견주기 부끄럽다.

**60** 시열(詩熱). 시에 대한 열정.

**61** 장죽(長竹). 긴 담뱃대.

시를 치는 소리에 쏘 생각난 듯이

『온, 이 애가 어데 가서 안 온담…』

하고 불안한 얼골노 참의를 돌아본다.

『그만 째는 동무와 노느라면 시간 가는 줄도 몰으는 법이야……』

하고 보료[62] 우에 비스틈이 누은 채 참의는 쏘 시조를 계속한다.

『법은 무슨 법이란 말요… 그저 영감은 쌸년 편역[63]만 들지…… 아 —

니 그래 낼모래 시집보낼 애를 밤중쩌지 내여놔두 조타는 말이구

려…… 제 오래비가 잇서 보우 쏨적이나 헌가……』

하고 김 씨는 슬그머니 화가 치미는 바람에 담배를 연겁퍼 네댓 목음이

나 쌜다가 그만 사례가 들녀

『킥… 킥… 킥……』

『허 — 요란스럽게…… 지금 세상이 마누라가 나헌테 시집올 쌘 줄 아

는구려 —… 안위감시 수루이(眼爲感時垂淚易)[64]요…』

『어이구 쏘 저 소리지… 키 — ㄱ 키 — ㄱ…』

혼자서 화가 나 어쩔 줄을 몰으고 홱 돌아 안즈며 다 타지도 안흔 담배

를 탕— 탕— 재ㅅ써리에 털고는 쏘 한 대……… 그리고 혼자ㅅ말처럼

『다아 큰 게집애를 내버려 둬보우 무슨 쏠이 되나…… 제 오래비가 파

린가 모기에선가 그눔우 곳에서 그만 어서 오래야지………』

『허 — 인숙이가 당신보다야 못헐나구 그 애가 언제 다른 째두 이러케

느젓나』

『그래두 이런 째 조심해야 허는 거라우 우선 영일이라두 아는 날이면

---

**62** 보료. 솜이나 짐승의 털로 속을 넣고, 천으로 겉을 싸서 선을 두르고 곱게 꾸며, 앉는 자리에
늘 깔아 두는 두툼하게 만든 요.
**63** 편(便)역. 옳고 그름에는 관계없이 무조건 한쪽 편을 들어 주는 일.
**64** 포은 정몽주가 지은 시의 한 구절로 '시절을 느끼는 눈에 눈물 쉬 흐른다'는 뜻.

어쩔 셈인구…』

『허— 되는 대로 하는 거지…』

이러케 참의의 소리가 갈스록 느리고 김 씨의 소리는 한충 날카로워갈

대 ——

◇

『엄마—』

하고 미다지가 열리며 인숙이 들어온다

『온 이 애야 이러케 손이 얼두룩 어데 가 잇섯니?』

김 씨는 아까와는 아조 □□<sup>65</sup>으로 딸의 두 손을 잡어 입에 대고 호—

호— 불어준다

『저…… 동무 집에 갓드랫다우………』

하고 인숙은 어름거리며<sup>66</sup> 대답한다.

『옵바한테선 편지 안 왓서요?』

『오늘도 오지 안헛다만은 영일이가 너를 보러구 왓다 갓다 시굴로 출

장을 간 사이라 네 독창회 쌔에두 보지 못햇다는 인사를 왓나부더

라……』

하고 아버지가 일너준다. 그리고 다시 인숙의 머리를 어루만지며

『어서 가 자거라 밤이 느젓는데…』

하고 말하는 것을

『아, 밥도 안 먹여 재워요? 여기서 더 놀다 가게 내버려 둬요』

하고 김 씨는 남편을 책망하는 한편 하로 종일 그리던 딸을 이내 내보

---

**65** 문맥상 '잔판'으로 추정.
**66** 어름거리다. 말이나 행동을 똑똑하게 분명히 하지 못하고 우물쭈물하다.

내려 하지 안헛다.

『엄마 난 밥 먹엇다우……』

『온 ㅅ니 째가 돼면 들어와서 먹지 안쿠…… 나는 아직두 저녁 전인
데……』

일순 인숙은 코ㅅ매가 쓰거워짐을 느끼엿다.

『원 마누라는, 어서 올녀 보내 재우구려……』

『영감이나 가 자구려』

『허허허…』

참의는 너틀우슴을 치며 일어서 나가버린다.

인숙도 일어서며

『엄마 나두 가 잘 테야…』

하고 나가려 하는 것을

『이 애야… 그 영일이 편에서는 퍽 답답해하는 모양 갓트니 시언스럽
게 대답해 버리렴으나…』

하고 어머니는 한마듸 조심스럽게 일너주엇다. 그러나 인숙은

『몰나, 몰나, 몰은대두…… 난 그런 건 아직 생각해본 일이 업대두 엄
만 자꾸만 그러시는 거유…』

하고 싸증을 부리며 나가버린다.

## 16

문을 열고 인숙이 들어선다

쑴 만은 처녀만이 차려놀 수 잇는 양실[67]이다.

창켠 피아노 우에 쎄파―트[68] 조히[69]로 쑤린 조고만 상자와 명함이 노

여 잇다.

보라[70] 천々히 피아노 압흐로 닥어선다.

◇

辯護士 吳英一

◇

인숙이 아래ㅅ입술을 지긋이 깨물며 한참이나 명함을 나려다보다가 왈
칵ㅅ 그것을 집어 들어 발기발기 찌저버린다. 또 상자도 펭게처버린다.

인숙은 그대로 그 자리에 업듸여 흙々 느껴버리지 안코는 견듸지 못하
엿다.

---

67  양실(洋室). 서양식으로 꾸민 방.
68  데파토(デパート). 백화점.
69  조히. 종이.
70  문맥상 '러'의 오류로 추정.

# 鄉　愁（九）

1939년 9월 28일

# 交叉 (二)

그째 서룡은 하숙집 대문 박<sup>71</sup> 서 잇섯다.

안으로부터 빗장을 벳기는 소리가 들니드니 이윽고 쌔 — 걱 하는 소리
와 함께 대문이 열닌다.

서룡이 안으로 사라진다.

속옷 바람으로 나와서 대문을 열어 준 주인마나님은

『어유! 이눕<sup>72</sup> 우 날이 쏘 추워지나배!』

하고 팔장을 끼고 옷싹~~ 썰며 안방 마루 우에 올나서드니

『그래 어듸 갓다 인저 오우?』

하고 문을 잠그고 들어오는 서룡에게 한마듸 건늬고야 만다.

『…………』

『저녁은 어쎗수?』

『…………』

『어유! 쏘 식은밥 됏군……』

마나님은 사실 저녁을 안 해둔 것이 썩 잘햇다고 생각하면서도 슬々 혀
까지 차가며 수다를 피우고는

『그래 취직이라두 됏수?』

『…………』

그래도 서룡은 아무런 대꾸도 하지 안코 잠々이 쓸아래ㅅ방<sup>73</sup> 압헤 일

---

71  문맥상 '박에'의 탈자 오류로 추정.
72  문맥상 '눔'의 오류로 추정.
73  뜰아랫방(房). 안뜰을 사이에 두고 몸채의 건너편에 있는 방.

으러 구두신을 풀으고 잇다

『웬 저이는 도무지 말을 해야지 밥갑이 석 달치나 밀넛서도 미안하다는 말 한마듸커녕은 언제쯤 돼겟느냐구 물어봐두 멍〃 취직이 어쎗냐구 해두 멍〃 그저 부처님[74]처럼 멍〃으로 막무가내하야 어유 ―』

주인마나님[75]은 정말이지 그 속아릿[76]병이 또다시 제발할 것이나처럼 속이 상해서 이러케 한바탕 느러노코는 안방 미다지[77]를 다아 들으라는 듯이 요란스럽게 닷고는 들어갓다

그러나 과부의 신세에다 슬하에 일점혈육[78]이 업다고 해서 그럼 너한테나 정을 붓처보자 하고 길우는지 다섯 해나 되는 늙은 암고양이가 아랫묵 이불 밋헤서 마음노코 쉬고 잇는 줄은 몰낫섯다. 그래 마나님의 속상한 발이 고양이의 궁둥이를 듸더버려 고양이는 그만 소스라치게 놀내여 일어낫다.

『야 ― 웅』

『에그머니 이게 뭐람……』

마나님도 펄적 쒸며 놀래엿스나 그것이 고양이란 것을 알고

『네 이눔우 괭이…… 방증마즌 괭이!』

하고 고양이를 쫏차다니는 소리가 아까 문닷는 소리만 못지 안케 다아 들니엿다


---

74  문맥상 '님'의 오류로 추정.
75  문맥상 '님'의 오류로 추정.
76  속앓이. 겉으로 드러내지 못하고 속으로 걱정하거나 괴로워하는 일.
77  미닫이. 문이나 창 따위를 옆으로 밀어서 열고 닫는 방식. 또는 그런 방식의 문이나 창을 통틀어 이르는 말.
78  일점혈육(一點血肉). 자기가 낳은 단 하나의 자녀.

## 18[79]

서룡은 방 안에 들어서자 스윗치를 더듬어 불을 켯다

폐방[80]햇든 방처럼 습기와 찬바람이 도는 방 안에 그를 기다렷다는 듯이 편지 한 통이 방바닥에 던저 잇섯다

서룡은 한참이나 그것을 나려다보다가 힘업시 집어 들엇다

그리고 책상 우에 털석 걸터 안저 봉을 쓰덧다

연필에다 몇 번이고 침을 뭇처가며 썻다가는 고무로 지우고 지우고는 다시 쓰고―

한 자 한 자에 왼갓 정성을 다아 드린 듯십흔 녀자의 솜씨엿다

『심 선생님 전상서

그동안 야학으로 자조 보내시든 선생님의 편지가 요새 와서는 통 막키엿슴으로 혹여나 객지에 게시는 몸이 편찬흐시지나 안사온지 궁금한 마음 한이 업슴니다 이 몸은 부모님 슬하에 잘 잇스오니 안심하시옵소서

야학에서 서울은 아직도 눈이 온다는 박 선생님의 말슴을 듯고 놀내엿슴니다 이곳 선녀강물은 벌서 나날이 풀녀가고 잇슴니다

언제나 선생님께서는 나려오실는지 주야로 기다리는 마음 간절합이다. 그럿치만 이 몸은 선생님의 쯧하신 일이 하로바쎄 일우어지기만 빌 쌘입니다. 그 박게는 이 몸에게 아무런 힘도 도리도 업습니다.

---

79  순서상 '17'이 와야 함. 숫자 순서의 오류인지, 본문 중간에 숫자 '17'이 누락된 것인지 분명하지 않음.

80  폐방(廢房). 방을 쓰지 아니하고 버려둠. 또는 그 방.

선생님은 언제든지 우리 마을을 쏘 한 번 더 차저주실 것을 밋고 잇습니다. 오실 것을 꼭 밋고 언제까지든지 기다리고 잇습니다‥』

편지를 읽다 말고 서룡은 한동안 우두머니[81] 안저잇다가 벌덕 몸을 일으켜 들창을 열어 재켯다.

달빗이 싸늘한 바람과 함께 와락ㅅ쏘다저 들어온다.

서룡은 왼 얼골에 달빗을 바든 채 머얼니 눈을 든다.

『명주… 명주…』

그는 이러케 시부렁거리며 눈을 감는다.

『명주……』

그는 쏘 한 번 신[82]음하는 소리처럼 외이며 들창 문턱 우에 머리를 쓰러트린다.

─────

81  우두머니. 우두커니.
82  원문에는 '신'의 글자 방향 오식.

# 鄕　愁 （十）

1939년 9월 29일

## 交叉 (三)

### 19

그것은 서룡이 시골을 써나오기 전 —— 팔월 한가윗날 밤이엿다

외 — ㄴ 마을이 뒤집피다십히 신이 나서 쒸고 마시고 법석이엿다

늙은이나 젊은이나 사람이라고는 하나도 집 안에 들여백여 잇지는 안헛다

그들은 오늘 하로만은 살어 잇는 것이 질거운 것만 갓터[83] 총각재 우으로 보름달이 올으기가 바쁘게 마을 사람들은 걸궁페[84]를 쑤며 가지고 이 집에서 저 집으로… 마을ㅅ 뒤집는다

쌩매갱 쌩ㅅ 쌩매갱쌩ㅅ…… 상쇄[85]가 상모를 쌋닥~~~ 내저으며 압장을 서면 징쇄, 장고쇄 소고, 피리, 조리광대, 라팔…… 이러한 것들이 화토불[86]을 가운데 하고 삼사십 명식이나 쇠리를 물고 돌아간다

걸궁이 한창 멋이 막우 날 제 가장 멋쟁이는 소고잽이[87]다 얼[88]댓 명이

---

83  문맥상 '티'의 오류로 추정.
84  걸궁패(牌). '걸립패(乞粒牌)'의 방언(전남, 제주). 동네의 경비를 마련하기 위하여 집집마다 다니면서 풍악을 울려 주고 돈이나 곡식을 얻기 위하여 조직한 무리.
85  상(上)쇠. 두레패나 농악대 따위에서, 꽹과리를 치면서 전체를 지휘하는 사람.
86  화톳불. 한데다가 장작 따위를 모으고 질러 놓은 불.
87  소고(小鼓)재비. 풍물놀이에서, 소고를 맡아 치는 사람.
88  문맥상 '열'의 오류로 추정.

나 되는 소고잽이고<sup>89</sup> 소고를 공처럼 공중에 던젓다 바덧다 팽그르々 돌
렷다 하며 쒸노는 것이다

화토불가로는 조리광대가 옷자락을 너훌거리며 익살을 불이고 ―

굿이 모듬 법고<sup>90</sup>로 들어가면 상쇠도 쒸고 장고도 쒸고 조리도 쒸고 ―

쫙 둘너선 구경꾼들도 웃줄거리고 ―

그중에 홀로 징쇠만 징 ― 징 점잔을 쎕으며 울니고 섯다

이러노라면 쌀이 나오고 술이 나오고 쏘 쩍도 나오고― 그럴사록 상쇠
의 상모는 멋드러지게 돌아가고 ―

『어― 조오타― 얼시구 절시구』

『훠잇 훠잇 지와자々 조흘시구』

그들은 모다들 환성을 지르며 밤을 새이는 것이엿다

## 20

그런가 하면 녀인네들은 쏘 녀인네들끼리 지지 안코 사오십 명의 처녀
며 안악네들이며 할 것 업시 한테 어울녀 손을 맛잡고 둥글게 둥글게 돌
아간다

처음에 그중의 한 처녀가

『가 ― ㅇ가!<sup>91</sup> ㅇ소위일래 ―』

---

89  문맥상 '가'의 오류로 추정.

90  법고(法鼓). 불교 의식에 사용되는 쇠가죽으로 만든 조그마한 북. 불교의 법고와 농악 북은
크기나 형태가 다르지만 불교 악기가 지닌 문화적 권위가 민간에 의미 있게 수용되어 용어
차용이 일어난 것으로 여겨진다. 농악 악기로 사용되는 법고는 지역에 따라 용례가 다양하
나 전국적으로 볼 때, 법고놀이는 소고놀이의 이칭으로 사용되는 경우가 많다.

하고 일자 하나를 더 너허서 길게 멕이면 일동은 이에 싸라서 소리소리
화답한다

『해는 지─고─

다─ㄹ 써─오─ㄴ다─』

『가─ㅇ가─ㅇ수워─일래─』

『하─늘에─다─

배─틀 거─ㄹ고─』

『가─ㅇ가─ㅇ수워─일래─』

◇

이려케 돌아가다가 점々 구조가 쌔르게 나가고 발길들이 척々 들어
마저가며

『구름 잡아

멍애 걸고!』

하고 숨갑븐 소리로 쌜리~~ 멕여 넘기면

『가─ㅇ가─ㅇ수월래─』

역시 모다들 숨이 턱에 다어서 허덕덴다

『별은 싸서 문의노코』

『강々수월래─』

『쌕각~~ 잘도 싼다』

『강々수월래─』

---

**91** ‘─’의 오류.
**92** ‘려’의 오류.

처녀들의 나붓기는 머리ㅅ채— 펄덕이는 옷자락— 일제히 쮜노는 발길
— 홍분에 타는 그들의 얼골~~…… 그것은 한 마당의 풍만한 왈츠엿다

이러케 쮜다가 숨이 갑브고 넘어도 갑버서 한 처녀가 붓잡은 손을 노아
버리면 일동은 쌀ㅅ거리며 그대로 나가둥그라진다

**21**

그날 밤— 매밀꼿이 눈처럼 허어여케 핀 질펀한 밧고랑을 서룡은 명주
(金明珠)와 함께 거닐고 잇섯다

◇

『오늘도 면소[93]엘 가섯대지유』

명주는 나즉한 소리로 조심스럽게 물엇다

『아무래도 주재소[94]에서 고지를 안 듯는다구……』

『그럼……?』

『그래 나도 단념하고 말엇서……』

『…………』

『이런 소리를 허면 명준 알어들을는지 몰나두…… 난 애초에 고향을
찾는 게 아니엿서…… 내가 배우는 음악이나 그대로 공부햇스면 될
걸……… 엉쑹한 수작이엿지……… 나두 이젠 내가 갈 길을 다시 차저

---

93 면소(面所). 면사무소.
94 주재소(駐在所). 일제 강점기에, 순사가 머무르면서 사무를 맡아보던 경찰의 말단 기관. 8·
15 광복 후에 지서(支署)로 고쳤다.

가겟서……』

서룡의 음성은 무겁게 떨니엿다

# 鄕　愁 (11[95])

---

95　원문에서 회차를 10회까지는 한자로 표기하고 11회부터는 아라비아 숫자로 표기함.

# 交叉 (四)

### 22

두 사람은 물내방아 압까지 나왓다 색깜안 동백나무 숩혜 안긴 방아깐은 밤이 깁퍼 물결만 달빗에 번득이며 흘으고 잇다

서룡과 명주는 동백나무를 뒤로 풀밧 우에 안젓다

여기서는 마을의 써드는 소리도 머얼고 강변을 건너가는 밤새[96] 우름만 들니엿다

서룡은 돌을 주서 물속에 퐁당~~ 던지며 입을 열엇다

『명주』

『녜?…』

『오늘 밤 명주헌테 할 말이 잇서…』

명주는 얼골을 벗적 처들엇다 그리고 서룡의 입을 처다보앗다

서룡은 소리를 낫추어

『명주 나허구 혼인헐 생각 업서?…』

서룡의 말이 썰어지기가 무섭게 명주는 깜작 놀낸 듯— 돌아안젓다 그리고 귀밋까지 달아올으는 수집음에 고개를 푸욱 숙이고는 풀닙만 쯧는 것이엿다

『서울 가서 취직이 되고… 쏘 내 쯧먹은 일만 일우어지면 나는 곳 내려
　와서 명주와 혼인할 생각이야… 명주 부모께도 말해둘 작정인데…』

그러나 명주는 어느새 흘적흘적 울고 잇섯다

---

**96**　밤새. 부엉이 따위와 같이 주로 밤에만 울거나 활동하는 새.

서룡은 가늘게 썰고 잇는 명주의 억개를 한참이나 바라보다가 불연듯 그의 손을 텁석 잡엇다. 그리고 쏘 한번

『명주 내 말을 미드라구…』

하고 그의 귀ㅅ가에 썰니는 소리로 속은거렷다

그러나 명주는 서룡의 손아귀에서 제 손을 쎄기가 무섭게 벌ㅅ덕 일어나 강ㅅ둑길을 횡하니 내쌔엇다 그 다라나는 명주의 동백기름 바른 기―ㄴ머리ㅅ채 쯧테서 갑사댕기[97]가 팔낙이는 것이 서룡의 눈에는 언제까지든지 남어 잇섯다

## 23

서룡이 쎠나는 날은 아침부터 가을비가 시름업시 나리고 잇섯나

마을에서는 모다[98]들 날이 개이면 쎠나라고 붓들엇스나 한번 마음에 작정해버리니 한시라도 속히 갈니고 마는 것이 시언한 것이여서 마을을 나왓고 신작로에서 이골 정거장으로 가는 자동차를 잡어 탓섯다

자동차가 숩길에 들어서자 쎠나올 쌔는 그러케도 만흔 사람들 가운데서 애를 태워도 눈에 씌이지 안튼 명주가 쒸우장[99]을 둘너쓰고 소나무 아래 가 기다리고 서 잇는 것이엿다

---

**97** 갑사(甲紗)댕기. 갑사로 만든 댕기. 갑사(甲紗)는 품질이 좋은 비단으로 얇고 성겨서 여름 옷
감으로 많이 쓴다.
**98** 모다. '모두(일정한 수효나 양을 빠짐없이 다)'의 옛말.
**99** 띠우장(雨裝). 띠(茅草)로 엮어 허리나 어깨에 걸쳐 두르는 비옷.

자동차가 가까워젓슬 째 명주는

『선생님 ─』

하고 내달앗다

자동차는 달은 손님이라고는 업섯기 째문에 잠깐 멈추어 주엇다

『선생님』

명주는 붉으레 상기된 얼골을 우장 속에서 내밀어 또 한 번 서룡을 처다보앗다

그리고는 품에서 배수건[100]에 쑤린 것을 쩌내여 차 안으로 듸려밀엇다

『명주……』

서룡은 명주의 눈물엔지 빗물엔지 저저 잇는 눈을 쏙々이 바라보앗다

지금 생각하여도 그 눈은 분명히 무엇을 애원하는 듯하는 눈이엿다

『선생님 안령히……』

명주는 말씃도 채 못 맷고 찻문을 다더버리고는 다라나 버렷다

자동차는 다시 움즉이엿다

서룡이 고개를 돌여 뒤를 돌아다보앗슬 째─ 명주는 아조 다라난 것이 아니라 상기[101]도 소나무 아래 우두머어니 서서 머러저가는 차를 빗속에 보내고 잇는 것이엿다

---

**100** 베수건(手巾). 삼베로 만든 수건.
**101** 상기. '아직'의 방언(강원, 함경).

그는 아까 명주가 내여민 배수건을 슬너보앗다 그것은 쯧박게도 새쌤
안 감이엿든 것이다

# 鄕　愁 (12)

# 봄비 (一)

## 24

(18로 다시 도라온다)

서룡이 주마등처럼 추억이 한바탕 지내가자 그는 화살을 마진 독수리처럼 부시ㅅ 머리를 들엇다

그리고 한참이나 달을 처다보다가 별안간 쾅— 하고 들창[102]을 다더버렷다

식컴은 손은 전등불마저 죽여 버렷다

이제 사방은 완전히 어둠과 정적에 싸엿다

그 속에서 서룡의 숨소리가 점ㄴ 놉하가고 잇다

그리고 또 그의 두 눈이 어둠 속에서도 차듸차게 번쩍이엿다

그는 책상 우에 털석 주저안저 상반신을 벽에 기덴다

그러나 그는 문듯 다시 몸을 일으키고 말엇다

지금 떨어진 들창 구멍으로 새여드는 달빗이 그의 눈을 쏘앗기 째문이엿다

『그래 어쌧단 말이냐? 응… 비겁하단 말이냐?』

그는 버럭ㅅ[103]이러한 소리를 질으며 달빗을 피하듯이 방바닥에 쓰러저 이불을 머리까지 뒤집어쓰고 만다

---

102 들창(窓). 들어서 여는 창.
103 문맥상 'ㅅ'은 오식으로 추정.

## 25

엿장사의 야단스러운 가윗소리가 멀어진 뒤로는 이내 쏘

『깅교[104] ― 깅교 ―』

하고 금붕어장사가 지내갓다

그러고는 쏘 다른 장사치의 소리가 날 째까지는 그저 한업시 조용하기만 하엿다

귀를 기우리면 각금 노고지리[105]의 우름도 들니는 것가티 그러케 싸쯧한 날시엿다

『그야 나두 대단한 자리라고는 생각지 안네만은 원 이러케 몃 달이고 놀고 잇슬 수도 업고 해서 그럼 우선 다른 자리가 날 째까지 그거라도 해보라는 걸세……』

하로(河蘆)는 양복주머니에서 담배를 써내여 피여 물고는 쏘 말을 계속한다

『머 아주 전연 리해가 업는 집두 아니구 더구나 내가 맛튼 반 애임으로 ―』

『……』

서룡은 몸을 비스틈이 벽에 기덴 채 들창 넘어로 곱게 틔인 봄 하늘을 바라보고만 잇다.

『그리구 싸다로운 부모가 잇는 것두 아니구… 다만 그의 어머니 한 분 허구, 쏘 아직 미혼인 옵바 한 분허구 쑌인데 옵바 되는 분은 변호사

---

104 깅교(きんぎょ, 金魚). 금붕어.
105 노고지리. '종다리'의 옛말. 종다리는 참새목 종다리과의 조류이다.

지[106]구… 그러니까 아조 그 집에서 들어안저서 해달나는 것이 아니라 일주일에 네 번식 오후에만 잠깐 와서 가르처 달나는 것임으로 가정교사란 것보다 개인교수나 다름 업는 셈이지…』

『……』

『처음엔 그 집에서도 이왕 가정교사로 잇슬 바에는 한 집에서 가티 잇는 것이 조치 안느냐구 그러데만은 그건 내가 반대햇지…』

하로는 담배 연기를 동그라케 맨들어 쑴으며 서룡의 턱을 처다본다

『그럼 그거라도 해보세…… 이 판에 무엇을 가릴 거 잇나…… 쏘 녀학교 이학년생이라니까 가르치기에도 과히 힘은 안 들겟군……』

서룡은 갑작이 새로운 희망이라도 발견한 듯이 말하엿다

『그러코말고… 그럼 내가 모다 말해둘 터이니 내일쯤 차저보게…… 그리구 인젠가 말한 아파ー트말일세 그섯두 서대분[107] 박게 부척 헐한 것이 한 칸 잇드군… 룩구조에 十三원인데 좀 집이 헐구 어둡데만은 그래두 이 방보다야 밝은 편이지…』

『十三원?』

『그럼 이 사람아 장안 천지에 十三원짜리 아파ー트가 어데 잇기나 헌 줄 아나? 여간 싼 게 아닐세…… 하여튼 그만한 거쯤은 해결해 나갈 수 잇슬 터이니 염려 말구 곳 옴기기루 하세… 아무래도 개인교수라두 해볼려면 이런 방에서야 어데 해 먹겠나 허허허ー』

『하하하…』

서룡도 소리 놉혀 우섯다.

『자 그럼 우리 나가 차나 한 잔 허세…』

---

106 문맥상 '시'의 오류로 추정.
107 문맥상 '문'의 오류로 추정.

하고 하로가 모자를 들고 일어섯다.

『취직 축한가?… 하하하…』

『취직 축하가 하필 차 한 잔이겟나?』

두 청년의 우슴소리는 한참 동안 싯치지 안헛다.

# 봄비 (二)

## 26

방금 짜라 노혼 차에서 더운 김이 피여올은다
굵다란 손이 와서 그 차ㅅ잔을 든다

『또… 자세한 것은 하로 선생쎄서 이미 들으섯슬 터이니까… 그럼…』
하고 오영일은 차를 한 목음 훌々 마시고는 쿳손[108]에서 그 날신한 몸
을 일으켜 쎄스크 위의 초인종을 두어 번 짜린다
그리고 다시
『영자에 대한 모든 것은 오늘부터 심 형께 일님[109]합니다 당초에 철이
라고는 업습니다만은… 음악에는 쐐 열심한 편이니까…』

그쌔 영자(吳英子)가 그 쑹쑹한 어머니를 이슬다십히 손을 잡고 들어온다
『아 이 애가 왜 이러케 귀찬케 구니?… 손이나 좀 놔다우』
그러나 영자는 기어이 어머니를 쿳손에까지 쎄밀어다 주저안치고 그
도 그 겻테 털석 기데엿다
『어머니 이분이 심서룡 씨라구 오늘부터 영자에게 음악을 가르처 주신
답니다』
하고 영일의 말이 슷나자 서룡은 일어서서 영일의 어머니에게 허리를

---

**108** 쿠션(cushion). 의자나 소파, 탈것의 좌석 따위에 편히 앉도록 솜, 스펀지, 용수철 따위를 넣
어 탄력이 생기게 한 부분.
**109** 일임(一任). 모두 다 맡김.

굽피엿다

◇

어머니는 서룡의 몸매를 쑤욱 홀터보드니

『오— 참 맛치 잘되엿소…… 인젠 내가 좀 살어나겟군………』

하고는 영자를 돌아보며

『오늘부턴 너두 정신 차려야 해… 항상 어린애가티만 굴지 말구……』

『아이 어무니두……』

『아이 어머니두라니? 그리구 참 성이 머라구?…… 응 심씨… 우린 박씬

데…… 밀양 박씨…』

『아이 어머니두…… 어머니 성이 박씨지요…… 옵바허구 나허구는 오

가라 해두……』

하고 영자가 어머니의 허리를 쑥 찌르며 핀잔을 준다

『그러튼가……』

『허허허……』

모다들 우섯다

그리고 영일이가

『영자야 가 과일 좀 내오라구 그래라!』

하고 일느니

『아! 온 그 애는 선생님 대접은 할 줄 몰으고 애미 숭만 보구 잇섯구나

ㅎㅎㅎ……』

하고 어머니는 일어서며

『나는 피아눈가 코아눈가는 몰나두…… 심청가나 춘향가는 듯기 조와

하닛깐 두루 들어가우…』

하고 영자와 함께 나간다

◇

『허허허………』

어머니 나간 뒤 영일과 서룡은 한바탕 크게 우섯다

**27**

금화산(金華山)<sup>110</sup>을 뒤로 하고 욱웃붉웃한 문화주택<sup>111</sup>들이 연두빗 아지랑이에 감겨 잇다

◇

서룡이가 얼마 전에 이사 온 금화산장(金華山莊)이라는 아파―트도 그 속에 잇섯다

**28**

『아이 참…… 글세 지금이 몃 신 줄 아서요?……』

하는 인숙의 싸증 석긴 소리에 서룡은 겨우 이불 속에서 눈을 썻다

『으ㅡ으ㅡ웅……』

『어서 일어나서요 열한 시가 넘엇는데……』

서룡은 그제야 보기 조케 기지게를 켜고는 벌ㅅ덕 일어나 안젓다

『오신지 오래서요?』

『아까― 아까― 왓는 걸요? 머… 알고 보니까 시<sup>112</sup>룡 씬 잠ㅅ구럭이시군요… 호々々……』

---

**110** 금화산(金華山). 서대문구 충정로2가에 있는 산으로서, 등그재・원교라고도 하였다. 무악(안산)의 한 봉우리 이름.
**111** 문화주택(文化住宅). 일제강점기에 서양주택의 공간구조와 외관을 따라 지어졌던 주택.
**112** '서'의 오류.

서룽도 우스며 얼크려진 머리를 두 손으로 쓰려 올니고

『왜 요짐은 오지<sup>113</sup>지 안헛서요?』

『괘 — 니요…』

인숙은 흘깃 서룽을 처다보고는

『기다리섯서요?』

『아니요』

그리고 두 사람은 서로 한참이나 마주 바라보다가

『후々々……』

하고 참을 수 업다는 듯이 우서 버리고 만다

『어서 나가 세수하서요』

인숙은 수건과 비누를 차저 들고 와서 서룽의 압헤 놋는다

서룽은 이불 속에서 양복 입은 채로 툭 튀여나온다

『아이참 서룽 씨두… 글세 어찌자구 그대루 주무섯서요?』

『뭐를요』

『양복말예요 주무실 째 가라입으시지두 안흐시구…』

『이불 겸 침의 겨<sup>114</sup> 쏘 나드리옷 겸이죠』

『호호호…… 웬 겸이 그러케도 만허요?』

서룽도 짜라 웃으며 세수를 하러 박그로 나간다.

인숙은 연상 방글거리며 이불니를 들추어 보기도 하고 벽에 걸닌 와이

---

113 문맥상 '시'의 오류로 추정.
114 문맥상 '겹'의 오류로 추정.

샤쓰를 만지기도 하다가 창가로 가서 커 — 텐을 것고 창을 미러 올닌다

서룡이 세수를 맛치고 들어온다.

『서룡 씨 오늘 저녁에 구경가요 네?』

『어데서 뭐 하는데요?』

『명치좌[115]에서『로미오와 겸[116]리엣』을 한데요 갓티 가요 네?』

---

**115** 명치좌(明治座, めいじざ). 일제강점기 조선의 영화관이자 극장이다. 1936년 10월 7일 일본
   이 통치하는 조선 경성부 메이지마치 잇초메(현재 대한민국 서울특별시 중구 명동1가)에
   준공하여 개관한다.
**116** 문맥상 '쥬'의 오류로 추정.

# 鄕　愁 (14)

1939년 10월 4일

# 봄비 (三)

## 29

『로미오』는 침대에서 벌ㅅ덕 이러낫다

『왜 벌서 일어나서요? 로미오…』

『쮸리엣』은 쌈짝 놀내여『로미오』의 옷소매를 붓잡으려 한다

『벌서 밤이 새엿구려… 한만혼 밤이…』

『로미오』의 음성은 쩔니엿다

『아니예요 거짓말이예요 날이 밝으려면 아직도 멀엇섯요……』

『쮸리엣』은 침대에 얼골을 무덧다

『로미오』는 훌쩍 침대로부터 쮜여내려『커 — 텐』을 것고는

『보시요 이러케 화 — ㄴ이 밝엇구려 쮸리엣…』

『아니예요! 그건 간밤의 달이 아직도 사라지지 안혼 게지요… 로미오
와 쮸리엣에게는 태양 잇는 날이 업다오 언제나 싯업는 밤이 잇슬 쭌…
아— 로미오』

『쮸리엣』의 음성은 우름이 반이엿다

『로미오』는 창가를 써나 다시『쮸리엣』의 겻트로 와서

『쥬리엣 간밤의 달은 이미 사라젓소 그대는 저 닭 우는 소리가 들니지
안소…… 나는 가야하오…… 오늘밤 다시 오리다………』

『로미오』는『쥬리엣』의 억개에 두 손을 언젓다.

『아니예요! 닭 우름이 아니예요! 그건 부헝이가 아직도 우는 게지요! 우
리의 밤은 아직도 멀엇서요…… 로미오 로미오!……』

『로미오』는『쮸리엣』의 허리를 안어 일으켜 소낙비 갓튼 키쓰를 보내

엿다. 그리고 눈물에 저진 그의 쌤을 두방망이질하는[117] 제 가슴에 쓰러 안엇다. 『오늘 밤 쪽 오리다 기다려주오』 하고 『로미오』는 속살겻다.

(영화 『로미오』와 『쥬리엣』의 한 장면)

초만원[118]을 일운 장내는 물을 쌕린 듯이 조용하다.

서룡과 인숙이 나란이 안저 잇다.

그리고 두 사람의 눈은 각금 마주첫다가 헤여지군 한다.

### 30

영화관이 파하자 관중들 구름가티 흣터저 나온다

거리에는 언제부터 시작하엿는지 배암[119]눈가티 가느다란 실비[120]가 나리고 잇섯다

서룡과 인숙은 우비도 업시 나란이 골목을 거려가고 잇다

아스팔트 우에는 네온싸인이 곳실[121]을 풀어노혼 듯 빗취여 아름답다

실비는 나려 두 사람의 억개를 축인다

『옷 젓지 안허요? 차를 한 대 주을까요?』

인숙은 서룡을 처다본다

---

117 두방망이질하다. (비유적으로) 가슴이 매우 크게 두근거리다.
118 초만원(超滿員). 사람이 정원을 넘어 더할 수 없이 꽉 찬 상태.
119 배암. '뱀'의 방언(전라).
120 실비. 실같이 가늘게 내리는 비.
121 꽃실. 수술의 꽃밥을 떠받치고 있는 가느다란 줄기.

『저즈면 어썻소? 봄비 아니요?』

두 사람의 눈이 잠깐 마주친다

『서롱 씨!』

『………』

『발표회를 여실 생각은 업스세요?』

『발표회?』

『네 여려 가지 수속은 다아 해드릴 테니요……』

『어림두 업는 말슴[122]입니다 무슨 작곡을 한 거 잇다구……』

『왜? 저— 제 독창회ㅅ날 밤에 작곡하신 『향수』라는 쏘나—타[123] 말

슴예요… 그쌔 모엿든 여러 선생들도 크게 감격하엿서요… 그리구 몃

분의 말슴은 기회를 봐서 발표회를 갓두룩 후원하자구들 말슴까지 잇

섯답니다』

『실습니다』

『왜요? 쇄는 고집이셔…』

『실혀요 아직은…』

『그러지 마시구 모든 걸 저에게 일님하세요 네?』

인숙은 고개를 돌녓다 그리고 날카롭게 번쩍이고 잇는 서롱[124]의 두 눈

---

**122** 문맥상 '슴'의 오류로 추정.

**123** 소나타(sonata). 16세기 중기 바로크 초기 이후에 발달한 악곡의 형식. 기악을 위한 독주곡
　또는 실내악으로 순수 예술적 감상 내지는 오락을 목적으로 하며, 비교적 대규모 구성인 몇
　개의 악장으로 이루어진다.

**124** '롱'의 오류.

을 보앗다

### 31

××신문사 응접실 —

『네— 잘 알엇습니다 그럼 부민관[125]으로 련락을 취하여 가지구 다시 알려드리겟습니다』

『그럼 전 밋고 가겟서요』

인숙은 헨드쌕을 들고 일어서서 학예부장 몽파에게 허리를 굽피엿다

몽파도 일어서며

『네— 념려 마십시요… 련습이나 충분히 하두록 전해 주십시요』

『그럽[126] 바쌘신데 실례햇습니다』

『천만에요…… 날짜가 정해지는 대로 푸로그람도 싸투룩 하지요…… 아무래도 오월에나 될 겜니다……』

### 32

신문사 현관 층々대[127]를 나려오는 인숙의 얼골에는 초조스러운 미소가 잇섯다.

---

125 부민관(府民館). 일제 강점기에, 경성 부민의 공회당으로 사용한 건물.
126 문맥상 '럼'의 오류로 추정.
127 층층대(層層臺). 돌이나 나무 따위로 여러 층이 지게 단을 만들어서 높은 곳을 오르내릴 수 있게 만든 설비.

# 鄉　愁 (15)

1939년 10월 5일

# 봄비 (五)

## 33

××그릴 ——

하아얀 식탁을 가운데 하고 정[128] 참의를 비롯하야 그의 안해 김 씨, 오영일, 또 그의 어머니 —— 이러케 네 사람이 식사를 하며 무슨 이야기 긋인지 우슴긋이 한창이다.

『호호호…… 아암 그러쿠말구요 시채[129] 애들은 것튼[130] 로는 뭐니 뭐니 해두 속으론 다아들 싼 배포[131]가 잇나 봐요』

하고 영일의 어머니가 호덜지게 우스며 말하니 김 씨가 마악 수저를 노흐며

『아마 그런가 봐요…… 글세 오월이 되면 무슨 수나 생기는지 오월달이 돼야만 대답을 하겟다는군요』

『그야 그러치…… 우리가 다아 이러케 일을 꾸미듯이 저도 꾸미는 일이 잇겟지』

하고 이번에는 참의가 느린 소리로 한마듸 너차

『원 영감두…… 꾸미는 일이라니 그 애가 무슨 일을 꾸민다구…』

하고 김 씨에게 즉시 효과가 난다.

『허… 마누라가 내게루 시집올 쌘 줄 아우? 지금 세상이…』

---

128 '서'의 오류.
129 시체(時體). 그 시대의 풍습·유행을 따르거나 지식 따위를 받음. 또는 그런 풍습이나 유행.
130 문맥상 '트'의 오류로 추정.
131 배포(排布/排鋪). 머리를 써서 일을 조리 있게 계획함. 또는 그런 속마음.

『아 — 니 쏘……』

김 씨는 은근이 쏘 치미러 올으는 부화ㅅ덩이를 장소가 장소이라 눈을 한번 흘기는 정도로 쑥 참는다.

◇

『하하하……』

영일도 우스며

『그러케들 과히 서두르지 마세요 인숙 씨두 짜로 생각이 잇슬 테니까요』

『그러치만…… 아무튼 우선 약혼만이라도 음력 칠월 안으로는 해야겟서요』

하고 영일의 어머니는 차를 훌々 불고 잇다.

『하여튼 우리 인숙이는 노래가 어머니보다두 싀집가는 것보다두 더 조흔가 보드군』

참의는 요 — 지[132]로 이ㅅ속을 쑤시며

『그럼 나가보지』

하고 이러선다

김 씨도 짜라 일어서며 기가 막히다는 듯이

『참 영감두……』

『어유— 말두 마우 글세 우리 집 영자두 그 피아눈가 코가눈가만 붓들면 정신을 못 차린다니까요 아 오직해서 개인교수를 다 뒷게요……』

### 34

『자 오늘은 이만하자구…』

132 요지(ようじ, 楊枝). 이쑤시개.

서룡이 피아노를 치고 잇는 영자의 등을 가벼히 두들긴다

『네 ─』

영자는 이내 손을 멈추고 이러서며 모자를 집는 서룡에게

『선생님 요새는 막우 멋쟁이가 되여 가시네』

하고 놀닌다

『쏘 괜헌 소리…』

서룡도 우스며

『영잔 늘 모던이든데…』

『제가요? 아이참 선생님두 괜이 놀니서… 근데 참 선생님 발표회를 여

신다지요?』

『누가 그래?』

『하(㖙) 선생님이 그러시넌데요 머…』

『글세 아직 모르겟서…』

『머가 몰나요 전 학교에서 막우 자랑햇는걸요…』

『아직 신문에도 발표하지 안혼걸 그래 쓰나…』

『그샌 초대권 만히 주세요 네? 우리 동무들 좀 다들 데리구 가게요』

『허허허…』

서룡은 우스며

『그래 그래…』

하고 문을 연다


### 35

문을 열고 마악 들어선 서룡은 깜짝 놀내여 그 자리에 선 채 머엉하니

창가에 노여 잇는 소형(小型) 피아노를 바라보고 잇다

서룡은 피아노 압호로 닥어서서 그 우에 노혀 잇는 편지를 집어 든다.

『서룡 씨 용서하세요 네 제가 저금해 두엇든 돈으로 산 것이 되여서 이러케 적은 것박게는 힘이 밋치지 못하엿서요… 그러치만 이번 발표회가 성공하여지이다[133] 하고 비는 마음으로 밧치는 것이오니 웃고 바더 주시옵소서……

서 인 숙』

서룡이 피아노 쑤겅을 열고 키 ― 를 두어 번 싸려 본다.
봄바람이 창으로 기여들어 서룡의 머리칼을 가벼히 날닌다

---

**133** 성공하여지이다. '성공하길 기원합니다'라는 의미임. '-여지이다'는 (예스러운 표현으로) 공손히 기원하는 뜻을 나타내는 종결어미.

# 鄕　愁 (16)

# 봄비 (六)

### 36

구름이 흘은다.
구름 박게서 지저귀는 새소리 —

구름인양 만발한 벗꼿숩 —
꼿숩 속에서 들니는 새소리 —

바람이 꼿숩을 스친다.
바람이 지날 째마다 꼿닙피 하늘~~ 수업시 날려 강물 우에 진다.

꼿닙플 씌우고 고요히 흘으는 강물 —
어데서인지 방치[134] 소리 노곤하게 들려온다.
봄은 바야흐로 무르익엇다.

서룡과 인숙 — 꼿그늘 아래 서 잇는 것 — 멀니 보인다.

『서룡 씨 인젠 보름박게 남지 안헛군요 오월 칠일 밤 일곱 시 반 —』
인숙은 생글거리며 다시 발길을 옴겨 놋는다.

---

**134** 방치. '다듬잇방망이'의 방언(평안).

『나는 도무지 무엇이 무엇인지 몰으겠소』

『괜히 그러시지 마시구 굿게 자신을 가즈서요…… 그날 밤은 ××오케

스트라까지 특별히 나오는데…… 굉장한 호화판이 될 써예요……』

『나는 내 작품의 발표보다도 그날 밤 인숙 씨가 불으실 제이부의 가

극[135]『아이 — 다 중에서』를 크게 기대합니다 스테 — 지[136]에 서신 인

숙 씨의 그 청초한 맵시를 쏘 한번 볼 수 잇는 것이 무한히 기쁨니다』

쏫닙피 수업시 날녀 그들의 발샅리에 싸인다

### 37

서룽과 인숙을 태운 쏜 — 트 — 강기슭을 써난다

수입시 홋터저 잇는 쏜 — 트들 ——

서룽과 인숙의 탄 쏜—트도 미ᄼ러지듯 그들 사이로 나아간다

『그날 밤 컨덕터[137] —를 하실 서룽 씨의 모습을 생각하면 지금부터 가

슴이 두근거려요……』

인숙은 서룽이 로를 당길 째마다 불ᄹ불ᄹ 소사올으는 두 팔의 근육을

바라보며 말하였다

『그러치만…… 성공할는지…』

---

135 가극(歌劇). 노래를 중심으로 한 음악극.
136 스테이지(stage). 무대.
137 컨덕터(conductor). 오케스트라나 여러 명의 연주자를 통한 합주, 또는 합창의 지휘자.

## 38

茶房○○ ──

『성공해야 하네 자네에게는 이번 긔회가 성공의 제일보인 것을 알어야
하네』

하고 하로는 차ㅅ잔에다 각사탕을 너흐며 말하엿다

『············』

서룡은 차가 식어가는 줄도 몰으고 짠생각에 잠기여 머엉하니 안저 잇다

『자네의 발표회가 신문에 한 번 예고되자 인끼는 굉장한 것일세 더욱
이 그 인숙 양의 제이부와 함께 금상첨화의 격으로 일반의 기대가 여간
한 게 아닐세…[138]』

『······』

『저 포스터 ─를 보게나…』

하로는 차를 한 목음 마시고 나서 벽에 붓친 포스터 ─를 눈으로 가르
첫다

그러나 서룡은 아무런 대쑤도 업시 두 팔로 머리를 싸고 뒤로 벌ㅅ덕 기
데엿다

『자 이러나게 련습을 하러 갈 시간이 되엿는데…』

하로가 팔을 잡어 이끌 째에야 서룡은 벌ㅅ덕 몸을 일으켯다

## 39

서룡이 문을 열고 막 드러서자

---

138 원문에는 '…'의 부호 방향 오식.

『쏘 어데 가섯뎃서요?』

하고 인숙이 야속하다는 듯이 샐쭉한 표정으로 마저준다

『잠깐 볼일이 잇서ㅅ…』

서룡은 모자를 버서ㅅ 아무러케나 던저두고는 책상 압흐로 가까이 오며

『오늘은 쏘 무엇을 가저오섯소?』

하고 책상 우에 노여 잇는 납작한 보를 바라본다

『그거 아러맛처 보세요』

『글세— 쏘 전당포에 가저가기 쉬운 것이겟지요』

『호호호…… 서룡 씨두……』

하고 우스며 인숙은 그제야 보를 싈은다

『이건요 카우쓰보단[139]이구요 쏘 칼라— 그리구 이건 와이샷쓰예요…… 제 솜씨시만 두섯다가 발표회ㅅ날 밤에 입어주세요 네?』

하고 인숙은 부쓰러운 듯이 상그레 우스며 낫을 붉힌다

『그건 전당포에서 안 잡어줄 것들쑌이군요』

서룡도 우스며 피아노 압흔[140]로 와서 안는다

---

139 커프스 버튼(cuffs button). 소매 단추. 와이셔츠의 소맷부리를 여미는 장식 단추.
140 문맥상 '흐'의 오류로 추정.

# 鄕　愁（17）

1939년 10월 7일

# 驟雨[141] (一)

서룡의 손은 이내 피아노 우에서 움직이기 시작하엿다

그러나 인숙은 다른 째와 가티 그에 짜라서 입을 열려 하지 안코 무엇을 망서리는 듯하드니 이윽고

『서룡 씨』

하고 불은다

그러나 서룡은 들엇는지 말엇는지 피아노 소리는 더 한층 요란스럽게 울녀 나온다

『서룡 씨에게 꼭 한 가지 드러주서야 할 말이 잇서요 네? 드러주시겟서요?』

『……………』

그래도 서룡의 손은 아무 말도 듯기 실타는 듯이 키— 우에서 더욱 쌜리만 달린다

『저의 일신상에 중대한 문제예요 네?』

하고 인숙은 좀 더 가까이 서룡의 귀에다 애원하듯 속삭인다

그러자 서룡은 별안간

---

141 취우(驟雨). 소나기.

『어서 불느시요! 크게 불느시요!』

하고 명령하듯 웨치고는 눈을 찔끈 감는다.

『……』

인숙은 시름업시[142] 고개를 들엇다. 그리고 창박글 하염업시 바라본다.

어느 틈에 시작하엿는지 좌악좌악 비ㅅ소리가 들닌다

인숙은 고요이 입을 열엇다

그것은 포로(捕虜)가 되여 온 『에치오피야[143]』의 공주(公主)인 『아이 ─ 다[144]』와 『애급[145]』(埃及)의 젊은 기사(騎士) 『라다메쓰』와의 비련(悲戀)을 역근 오페라 『아이 ─ 다』엿다

어느 날 밤 공주 『아이 ─ 다』와 『라다메쓰』는 야자수가 욱어진 라일강 가에서 달빗을 바드며 서로의 슬픈 운명을 하소하엿다[146].

『하늘도 타버리고

사랑도 식은

황막한 『에집트』

성을 버서나

그대여 새 하늘로

───────

142 시름없이. 근심과 걱정으로 맥이 없이.
143 에티오피아(Ethiopia). 아프리카 북동부에 있는 나라.
144 아이다(Aida). 이탈리아의 작곡가 베르디가 1871년에 작곡한 가극. 에티오피아 왕녀 아이다
　 와 이집트 장군 라다메스의 비극적 사랑을 노래한 것으로, 수에즈 운하 개통을 기념하여 작
　 곡한 것이다.
145 애급(埃及). '이집트'의 한자음 표기.
146 하소하다. 하소연하다.

눈을 들어요

풀은 숨 욱어지고
지즐데는 새
숫향기 무르녹는
나라를 차저
쓴세상 괴로움을
이즈사이다…』

인숙은 이러케『아이 ― 다』공주의 노래 속에 제 마음을 하소연하듯 불넛다

그것은『라다메쓰』에게 포로가 된 제 몸을 다리고 고국으로 함께 도망하여 달나는 것이엿다

　　　　◇

이에 대답하야 서룡이 기사『라다메쓰』의 노래를 불은다
　　『구름 박 아득한
　　나라를 차저
　　공주를 압세우고
　　가시자 하니
　　어이나 버리오리
　　내 고향 하늘
　　피 흘녀 직혀 온
　　조상(祖上)의 나라
　　공주쎄 처음으로

뵙옵든 쌍을』

인숙은 노래를 불느는 서룡의 귀 가까이 다시 쏘 속은덴다

『전 결혼하게 되엿답니다 서룡 씨… 부모님이 정해주신 곳으로… 서룡

씨의 발표회가 긋나면 곳 약혼을 하게 되엿서요』

인숙의 말이 긋나자 서룡은 눈을 들어 인숙을 쏘아본다

서룡의 노래가 긋나자 인숙은 다음 노래를 바더 불은다.

『비겁한 자여

물너가거라

『아무네리쓰』가

기다리려니…』

『아무네리쓰』는 『애급147』의 공주엿다. 그는 오래 전부터 『라다메

쓰』에게 열렬한 연정을 가저오든 터이엿다.

그러나 『라다메쓰』는 고개를 흔든다

『아이―다 그러치만

어이하리짜

이처럼 사랑으로

---

147 이집트(Egypt). 아프리카 대륙 북동부에 있는 나라.

타는 가슴에
그 무슨 거짓이야
잇스런만은
어찌나 고향 산천
버리오리까…』

인숙은 다시 또 노래를 불느는 서룡의 귀싸에 말한다
『서룡 씨… 그러치만… 내 희망과 내 장내의 행복…… 그리구 내 자유를 아무에게도 양보하지는 안흘 테야요… 나는 이미 철업는 소녀는 아닌데요 머…』
하고 서룡의 다음 노래를 곳 밧는다

# 鄕　愁 (18)

1939년 10월 8일

# 驟雨 (二)

『아이—다』의 소리는 노여움에 썰니엇다
　『라다메쓰 그러타면
　칼을 쌔어
　나와 아비의
　목을 베여 주오[148]

서룡의 눈은 좀 더 타는 듯이 인숙의 얼골에서 움직이지 안는다.
　『오— 그러면 공주여
　함께 가리다
　지구의 씃까지도
　함께 가리다』

인숙의 두 눈도 점々 타올으는 것 갓텃다.
박게서는 비ㅅ소리가 좀 더 세차게 들닌다. 각금 뢰성 번개도 일어낫다.

서룡은 노래를 계속한다
　『아득한 저 하늘가
　구름 아래는

---

**148** '』' 누락.

그대와 이 몸만의

사랑의 집이

적은 창을 열어

마지하려니

싯업는 사막에

달이 올으면

공주의 아담한

침대를 쌀고

별 밝은 하늘을

천정 삼어서

신혼(新婚)의 방(房)으로

드리오리다』

다음은 갓튼 멜로듸―로 인숙이가 밧는다

『정드른 고국으로

도라가면은

하늘은 장미색

미풍이 불고

풀언덕 피리 소리

흘너올 제에

욱어진 풀은 숩 속

맑은 시내ㅅ가

님의 침대를

거기에 펴고
별밝은 하늘을
천정 삼어서
마음의 집으로
드리오리다』

노래가 잠시 끈첫다.

서룡의 두 손도 멈추엇다 그의 두 눈은 눈물이 글성~~한 인숙의 눈을
쏘아본 채 양 억개는 격렬하게 들먹인다

박게서는 빗소리가 더욱 요란하다

그러나 얼마 우[149] 서룡의 손은 건반을 울니엿고 두 사람의 타는 듯한
입술은 다시 함쎄 소리를 맞추엇다

『함쎄 가사이다
끗업시 가사이다
거치른 비바람이
설네는 밤이라도
사랑을 등불삼어
힘잇게 가사이다
마음의 동산으로
두 몸의 나라로 ―[150]

<hr>

149 문맥상 '후'의 오류로 추정.
150 '』' 누락.

노래는 여기에서 또 긋첫다

서룡의 반주도 멈추어젓다

두 사람은 서로 마주 바라보는 채 눈섭 하나 깟닥 안는다 다만 숫불처럼 왼 몸이 달아오를 샌이다

그리고 박게서 들니는 비바람 소리보다도 서룡의 숨소리가 더 거치러 간다

이대로 — 쾅! 하고 터질 것 갓튼 위태로운 침묵이 얼마를 흘은 다음 ——

불연듯 서룡이 벌ㅅ덧 일어서며

『인숙 씨』

하고 두 손으로 왈칵 인숙의 두 억개를 움켜 잡는다

『[151].....[152]

인숙은 별로 놀래지도 안코 어린 비들기처럼 서룡의 품에 안긴다.

『인숙 씨 나허구 갓치 조선을 써납시다…』

하고 서룡은 으스러저라 하고 인숙을 써안으며 명령하듯 말하엿스나 넘어도 썰니기 쌔문에 발음이 분명치 못하엿다

(어데루?)

---

151 원문에는 '『'의 부호 방향 오식.
152 원문에는 '』'의 부호 방향 오식.

인숙은 그제야 눈물 어린 눈을 들어 애처럽게 서룡의 눈에게 뭇는다.

『어데루든지 두 사람이 갈 수 잇는 곳이라면 조화…… 인숙 씨 지금 곳 나허구 가주시지요… 응?』

『…………』

인숙은 대답 대신 고개를 쯔덕이엿다

『자 그럼 어서 가서 행장을 쑤려요! 그저 간단하게…… 응 어서……』

하고 서룡은 두 팔에 더 힘을 주며 부르지젓다

인숙은 흑 흑 막키는 숨을 모아서

『서룡 씨…… 전 참말 바보엿서요 제 가슴속에서 사는 것이 무엇인지 두 몰으구…… 그러치만……』

하고 서룡의 가슴에 낫을 뭇는다.

『나도 이제야 쌔달엇소 이러케 해버리면 싼 천지를 가즐 수 잇는 것을…… 발표회 갓튼 것이야 장차 열면 어셧소! 실상은 그다지 자랑하고 십은 것두 못 되니까…… 자 어서 가서 행장을 쑤려가지구 오시요』

하고 서룡은 그제야 인숙을 노아주엇다.

인숙은 더 무슨 말이라도 할 필요를 느끼지 못한 사람처럼 쒸여나간다

# 鄉　愁 (19)

# 驟雨 (三)

서룡은 문을 열고 나가는 인숙의 뒤ㅅ모양을 한참이나 바래주고 서 잇다가 문듯 생각난 듯이 그도 돌아서서 추렁크[153]를 써내노코 급히 행장[154]을 꾸리기 시작한다.

와이샤쓰, 수건, 담요…… 그는 필요 여부를 헤아릴 새도 업시 손에 닷는 대로 실신한 사람처럼 방 안을 휘젓고 돌아다닌다.

그는 쏘 책상 설합을 열어제킨다.

그의 갈팡질팡하는 손은 오선지며 원고지며 엽서 편지봉투며 할 것 업시 움켜쥔다.……

방 안에는 부우여케 몬지가 일어 서룡의 밋친 듯이 헤메는 모양이 유령처럼 보엿다.

그째엿다.

방바닥에 툭! 하고 써러지는 봉투 하나!

순간― 서룡은 주춤하고 한거름 물너선다 그리고 감전(咸[155]電)된 사

---
**153** 트렁크(trunk). 여행할 때 쓰는 큰 가방.
**154** 행장(行裝). 여행할 때 쓰는 물건과 차림.

람처럼 전신의 동작을 정지하고 머엉하니 그 봉투를 나려다보고 잇다

한참 동안이나 지내서야 서룡은 그 썰니는 손으로 봉투를 집어 든다
그것은 시골에 두고 온 명주의 편지엿든 것이다

『명주 나허구 혼인할 생각 업서?……』
그 말에 명주는 깜짝 놀내여 가슴을 두근거렷고 쏘
『서울 가서 취직이 되고 내 쯧 먹은 일이 일우어지면 나는 곳 내려와서
명주와 혼인할 생각이야… 명주 부모께도 말해둘 작정인데……』
하는 말에 명주는 애매한 풀닙을 쥐여쓰며 홀적홀적 울엇섯고 ──
그래서 나는 참다못하야 명주의 손을 덥석 잡으며
『명주 내 말을 미드라구…』
하고 썰니는 소리로 그의 귀까에 속은대지 안헛섯나…… 스々로 입을
열어 긔약하든 그 말들 ── 하나식~~~~ 살어서 귀를 싸리고 다라난다
그러기에 명수[156]는
『……언제나 선생님께서는 나려오실는지 주야로 기다리는 마음 간절
합니다 그러치만 이 몸은 선생님의 쯧하신 일이 하로바쎄 일우어지기
만 빌 쑌입니다 그 박게는 이 몸에게 아무런 힘도 도리도 업습니다 선
생님은 언제든지 우리 마을 쏘 한 번 더 차저오실 것을 밋고 잇습니
다 오실 것을 쏙 밋고 언제까지든지 긔다리고 잇습니다……』
하고 나의 도라옴을 언제까지나 언제까지나 긔다리고 잇슬 것이 아니냐?

---

155 문맥상 '感'의 오류로 추정.
156 '주'의 오류.

그날 밤—— 갑사[157]댕기를 팔낭거리며 달빗 속으로 살아지든 명주의 뒤ㅅ모습——

그리고 서룡이 써나오든 날 우장[158] 속에서 무엇을 애원하듯 그를 바라보든 명주의 눈——

(가엽슨 명주……)

그 명주를 버리고 인숙에게 마음을 허락하고 또 그와 함께 도피를 한다는 것은 잠깐 생각만 하여볼 뿐으로도 엄청난 부끄러움이요 죄악이요 또 비극이 아닐 수 업다

(나는 대체 명주를 버림으로써 거기에서 얼마나한 향낙과 행복을 요구하자는 것이냐?……)

서룡은 그 자리에 피도 슨치고 숨도 막힌 듯—— 머엉하니 선 채 줄기차게 나리는 창박의 빗발을 한업시 바라보고 잇다

쌔닷지 못한 사이에 눈물은 두 쌤을 소리 업시 흘은다

『명주……』

그는 이러케 불너본다 그러나 그것은 목 속에서만 돌앗지 입박그로 새

---

**157** 갑사(甲紗). 품질이 좋은 비단. 얇고 성겨서 여름 옷감으로 많이 쓴다.
**158** 우장(雨裝). 비를 맞지 아니하기 위해서 차려 입음. 또는 그런 복장. 우산, 도롱이, 갈삿갓 따위를 이른다.

여나오지는 못하엿다 혀까지 구더버린 것이다

『명주 ─ ……』

그는 쏘 한 번 목창이 터지도록 불너본다 그러나 그것도 밧삭 말은 입 속에서만 돌앗다

불덩이가티 달아올으든 몸이 왼통 식어 등에서는 찬쌈이 흘은다

전신에 싸늘한 오한을 느낀다

맥시 풀여 쓰러지려는 다리에 전신의 힘을 준다

비ㅅ소리는 갈스록 놉하간다 하늘이 째개지는 듯한 우뢰ㅅ소리가 일어난다

엄청난 암흑이 몰여오는 것 갓다

# 驟雨 (四)

### 40

밤의 벌판 ——

기차는 남(南)으로 남으로 줄기차게 쏘다지는 밤비ㅅ속을 내닷는다

차ㅅ창이 필림[159]처럼 꾸불거린다

### 41

**三等室** ——

마치 화물처럼 나그네들은 이미 비좁은 자리 우에 쓰러저 어지러운 쑴길을 기차 박퀴에 맛기고 잇다

차ㅅ속의 밤은 엄청난 비밀이라도 실은 듯이 호젓하다[160]

창가에 기데여 쇄! 쇄! 빗발치는 캉캄한 창박글 넉노코 바라보고 안젓는 서룡이

낫빗은 중병을 알코 난 사람처럼 햇숙해지고[161] 입솔은 밧삭 말너 보기에 처참도 하다

캉캄한 창 우에 써올으는 환상(幻想) ——

### 42

아파 —— 트 **金華莊** ——

---

**159** 필름(film). 영화를 찍을 때 영상이나 소리 등을 담는 것.
**160** 호젓하다. 후미져서 무서움을 느낄 만큼 고요하다.
**161** 해쓱하다. 얼굴에 핏기나 생기가 없어 파리하다.

행장을 쑤려가지고 달녀온 인숙— 서룡의 방문을 연다

방 안은 텅 뷔엿다
인숙이— 쌈작 놀내여 안으로 들어선다

그의 눈에 씌이는 피아노 위의 조이[162]쪽—

『인숙 씨— 나는 사실 당신을 사랑하엿소 그러나 그것은 그릇된 사랑이엿소 나는 지금 이러케 당신과 갈님으로써 내가 더 크게 지으려든 죄를 막을 수가 잇는 것이요 사랑한다는 것이나 잇는다는 것이 얼마나 사람에게 잇서 어려웁고 쏘 괴로운 것인가를 이제 좀 더 마음 깁히 느끼면서……… 그러기에 잠시 이젓든 내 갈 길을 차저가는 것이니 거기에 인숙 씨의 슬픔이 생긴다면은 그 죄갑슨 오직 경망하엿든 내 열정과 홍분에 밀우고 나는 글로 한업시 뉘우칠 쑨이요………』

**43**

비 오는 거리를 휘적… 휘적… 맥업시 헤메이는 인숙—

**44**

밤의 벌판—
캉캄한 철로 우로 지처서 거러오는 인숙—

---

162 조이. '종이'의 방언(강원, 경북, 전북, 충청).

◇

달녀가는 기차 —

◇

철노를 거러오는 인숙 —

드듸여 그는 그 철로 우에 푹 쓰러저 버린다.

◇

비ㅅ속을 내닷는 기차 —

인숙과의 거리는 각々으로 주러든다.

◇

철노 우의 인숙 —

◇

그리로 번개가티 달니는 기차 —

**45**

(41로 다시 도라온다)

三等室 —

『앗 인숙!』

쌔다를 새 업시 두 팔을 허공에 벌니고 비명을 지르며 그만 넘어저 버리는 서룡 —

◇

잠들엇든 손님들 —— 서룡의 소리에 눈을 부비며 의아한 듯이 두리번

거린다

## 46

<u>싀싀</u> ——

새벽별이 아직도 다아 사라지지 안흔 포도빗 하늘로 닭 우름이 힘차게
들녀온다

이 논… 저 논… 부 — 여케 밝어오는 하늘이 잠긴 벼ㅅ논에서는 싀힘업
시 개고리[163] 소리가 일어난다

짤낭 짤낭 짤낭……

사람은 보이지 안코 새벽장을 대여가는 장돌뱅이[164]의 바쌘 말방울 소
리와 선잠 쌘 이야기 소리가 산모롱[165]을 돌아간다

이러케 점ㅅ 하늘이 보라빗으로 물들어감에 싸라 별빗도 하나식 둘
식… 쩌저가고 —— 다시 한 번 닭 우름소리가 우렁차게 울녀올 쌔는 아침
은 조수ㅅ[166]물처럼 골작과 숩과 들로— 밀여드는 것이다

선녀강물 구비가 잠을 쌔치고 번득이며 명주네 동네인 동백골 마을도

---

**163** 개구리. 양서강 개구리목의 동물을 통틀어 이르는 말.
**164** 장돌뱅이. '장돌림(여러 장으로 돌아다니며 장사하는 사람)'을 낮잡아 이르는 말.
**165** 산모롱이. 산모퉁이의 휘어 들어간 곳.
**166** 조수(潮水). 아침에 밀려들었다가 나가는 바닷물.

차々 아침 연기를 피우며 윤곽을 들어낸다

### 47

몃 거[167]루의 동백나무가 둘너선 언덕 아래 이슬을 마저 고개도 무겁게
욱어진 풀숩 가운데 마을의 새암[168]이 잇섯다

속々드리 맑은 새암 속에 바가지가 풍덩 별빗을 헤치고 들어선다

풍덩 풍덩……
물을 동이에 퍼담는 소리가 향그럽게 퍼진다

이째 —— 머얼니서 쑤— 하고 긔적소리가 달녀온다

그러자 물을 쓰는 손을 멈추고 부시시 일어나 안개 속에 잠긴 산모롱을
바라보는 처녀 —— 흰 저고리에 쌈정 치마를 입엇고 기 — ㄴ 머리채에
붉엉[169] 댕기를 들인 그의 뒷맵시가 맛치 정물(靜物)인 양 고요하다

---

167 문맥상 '그'의 오류로 추정.
168 새암. 샘.
169 불경. 붉은 빛깔이나 물감.

# 驟雨 (五)

이윽고 산모롱에 나타난 기차 ── 푹〃 힌 연기를 날리며 와락ㅅ 커젓다가── 다시 기─르게 머러저 버린다

처녀 우두머어니 서서 옷고름을 입에 문 채 남겨진 연기만 하염업시 바라본다

우물 속에 그의 처연한 그림자가 고요히 혼들닌다

그 그림자 뒤로 분홍저고리에 남색치마를 입은 쏘 한 처녀의 그림자가 나타나 살금살금 닥어선다

『명주야 깍!』

하고 질으는 소리에 정신업시 서 잇든 명주 ── 깜작 놀내여 몸을 돌니며

『오매! 가시네두……』

하고 명주는 고소한 듯이 킥〃거리는 음전(方音全)이를 흘겨준다

『그놈우 기차가 우리 명주 애간장을 다 녹인다닝쎄…』

마을에서도 수다스럽고 간즈럽 잘타기로 이름난 음전이는 샘돌에 쭈구리고 안저서 시─ 시─ 거리며 물을 깃는다.

『듯기 실혀야 쟌… 쏘…』

하고 명주는 톡 쏘며 샛침해진다

『누가 지 속 몰운 줄 아능가비…… 그라지 말고 에징간이 속 태워라야…… 이름도 약도 사정도 업는 병에 걸닐나고 시— 시—…』

『듯기 실탕쎄 쟌… 가시네도』
명주는 쑤루々 동백나무 아래로 가서 돌아선다

음전이는 물동이를 이고 명주의 등 뒤로 오며
『앙 갈네?…… 그라지 말고 맘 탁 노코 기다려봐라야…… 암츠켓들 그 선생님이 죄 업는 너를 쇡일나드냐…』
우슴을 거둔 음전이는 타일느듯 위로하듯 이러케 말하고는
『나코 잇다 올네?… 혼자 간다…』
하고 총々히 목회[170] 밧둑길로 사라진다.
뒤ㅅ산에서는 쌕궁새가 운다.

## 48

언덕 —
『튜렁크[171]』를 든 서룡이 언덕 우에 일으러 잠시 마을을 건너다본다.

층々대처럼 쫘악 내려쌀닌 논과 — 버드나무 사이로 기르게 구비처 흘으는 시내와 — 그리고 왼통 몃 백 년식 묵엇다는 동백나무 배나무 감나무에 파뭇친 칠십 호 남짓한 마을 — 그 뒤와 좌우로는 줄곳 조, 수수, 콩, 목

---

170 문맥상 '화'의 오류로 추정.
171 트렁크(trunk). 여행할 때 쓰는 큰 가방.

화, 보리밧들이 펼처 잇고 — 숩과 산들이 얼마든지 쌧처 잇다.

지금 산골작이에서 피워 논 안개는 강을 타고 기여내려 배꼿이 허 — 연 마을과 쏘 들을 나즉이 휘감고 —

쓤북이가 우는 푸른 들에는 물고를 대는지 벌서 보릿대 삿갓이 너뎃 꼿처럼 피여 잇다

이러케 전설(傳說) 갓튼 오월의 풀은 행복은 동백골 마을에서만 사는 것 갓다

서룡의 얼골에도 오월과 갓튼 미소가 써돈다

그는 기 — ㄹ게 마음껏 숨을 들이킨다

쏘 가슴을 마음껏 버틔면서 숨을 내쉰다

그는 다시 언덕을 나려간다

### 49

샘돌에 쑤구리고 안저 물을 쓰려고 몸을 돌닌 명주 —— 멈칫! 손에 들엇든 바가지를 써러트린다

언제 왓는지 새암 속에 그려저 잇는 서룡의 그림자 ——

명주는 잠깐 고개를 들어 샘둑을 처다보고는 —— 그것이 정말로 틀님

업는 서룡이라는 것을 알자 조용이 일어서서 몸을 돌닌다

　얼골이 확근거린다 가슴이 두근거린다 다리가 것잠[172]을 수 업시 썰닌다

　　　　◇

　그는 옷고름을 쌔물면서 참어도 참어도 복밧처올으는 감격에 엇절 수 업시 흙々 느씨기만 한다

　　　　◇

　새암 속의 그림자— 명주의 등 뒤로 닥어선다

　그리고 가만히 썰니는 소리로 들녀준다

　『명주 나는 약속대로 차저왓소… 명주와 혼인하려고…』

## 50

　벽공[173]에 솟은 예배당 종각에서 종소리도 평화스럽게 퍼진다

　그 우로 비들기쎄 나른다

## 51

**結婚式場 —**

　오늘 시골 예배당 안은 마을 사람들로 빈틈이 업다

　그들은 모처럼 쎄내 입고 온 옷이 풀[174]이 신지라[175] 와삭~~~소리를 내며 수군덕거리기도 하고 목사의 점잔은 목청에 눈을 팔기도 한다

---

172 문맥상 '잡'의 오류로 추정.
173 벽공(碧空). 푸른 하늘.
174 풀. 쌀이나 밀가루 따위의 전분질에서 빼낸 끈끈한 물질. 무엇을 붙이거나 피륙 따위를 빳빳하게 만드는 데 쓴다.
175 시다. '세다'의 방언(전라).

서룡은 서울서 입고 왓든 옷 그대로 ─ 명주는 인조견 노랑저고리에 다
홍치마를 입고 ─ 두 사람은 두르마기를 입은 쑹〃한 장로의 압헤 나란이
서 잇다.

　장로는 엄숙한 표정으로 말을 계속한다.
『남편 되는 자! 그대는 □□176서 우리를 사랑하고 아끼듯이 그대 안해
를 영원히 사랑하고 아끼겟소?』

　서룡은 장로의 말을 못 드른 듯이 짠생각에 잠겨 잇다가
『네』
하고 한참만에야 이러케 대답한다

『안해 되는 자─ 그대는 우리들 신자가 주를 의지하고 존경하듯이 그
대 남편을 영원히 위하고 밋겟소?』

　명주 약간 허리를 굽혀 맹세한다.

---

**176** 문맥상 '주께'로 추정.

# 望鄕 (一)

마을의 로인네들은 연상[177] 머리들을 맞대고 쓰덕이면서

『저러케 하는 것 보고 신식이라고 하능구만…』

『그래도 구식이 낫제… 신식이라고 어듸 혼인하는 맛이 나것다고?…』[178]

『아이고 그래도 젤로[179] 돈 쪼깐 들어 영판 조컷구만…』

그런가 하면 또 한편 구석에서는 마을 처녀들도 저이들끼리

『명주는 팔자도 조탕께…』

『누가 아니라제… 우리들은 가까운 골 구경도 못 하는듸 명주는 서울 싸징……』

『그년 생김~~이 복성스러뇌서 시집도 잘 앙 가능가비……』

『저년 서울 가서 살믄 우리 가튼 것들은 생각도 안 할 쓰시다야……』

『서울은 언제 간다듸?』

『혼인 싯나고 쉬 간다고 그라드만…』

이러한 말들을 주고밧는다.

## 52

흘으는 구름 구름……

---

177 연상. '연방(連方)'과 같은 말로, 연속해서 자꾸.
178 원문에는 '』'의 부호 방향 오식.
179 원문에는 '로'의 글자 방향 오식.

◇

록음이 지튼 숩——

◇

숭얼숭얼 느러진 포도숭어리—

◇

한업시 새파란 하늘을 잠그고 흘으는 맑은 강물——
오월도 가고 여름을 지내 쏘 가을이 왓다.

### 53

인숙이 창문을 열어 노코 거기에 긔대여 머언 하늘가를 하염업시 바라
보고 잇다

◇

그의 얼골은 무척 여위여젓고 그러케도 명랑하고 천진스럽든 표정에
는『우수』(憂愁)라는 회색 구름이 씨인 듯하엿다
눈에는 무엇을 바라본다는 의식조차 일흔 듯— 눈물이 고여 잇다

◇

엄청나게 한업시 크고 놉고 넓은 하늘을—이러케 하로에도 몃 번식 창
턱에 우두커어니 긔대여서 바라보고 잇노라면—그 넓고—크고 놉흔 하
늘가에 써도는 한 쪽의 구름에도 제 마음은 업고—그저 씌끌보다도 더
적은 몸이 어데로든지 날녀 가는 것만 갓다

그려케 생각하여 가면 가슴은 괜히 설네는 것만 갓고 두 발은 구름을 드듸고 잇는 것처럼 허천[180]하니 서운하고 — 외로히 싯업는 우름이라도 울고 십허진다

그래서 아랫입술을 지긋이가 아니라 쫙 깨문다

그리고 제 가슴에 가만이 무러본다

『나는 언제부터 슬픔을 알엇다지? 외로움을 알엇다지?…』

그러나 대답도 못 엇고 찌저지는 듯하는 가슴에 서름이 복밧처 올은다

『누가 나에게 슬픔을 외로움을 알으켜 주엇지? 누가?』

그는 바람에 혼들니는 커 — 텐으로 얼골을 푹 가린다.

머리칼이 가벼히 날닌다.

그는 견듸다 못하야 창가를 써나 피아노 압흐로 와서 틸석 걸터안즌다.

그의 파리한 손가락이 하아얀 건반을 서너 번 스친다.

그러나 그의 가슴속에는 이미 노래도 업서진 듯— 그대로 키 — 우에 업듸여 느끼여 버린다

---

**180** 문맥상 '전'의 오류로 추정.

얼마 후— 녹크 소리와 함께 하녀가 들어와서

『아가씨 자동차가 와서 기다립니다』

그제야 부시시 일어나 얼골의 눈물 흔적을 안 보이려고 다시 창가로 거러가며

『그래 곳 나간다구 그래라!』

## 54

京城驛 ─

들고나는 수만흔 자동차를[181] 가운데 ─ 갈매기처럼 하아얀 한 대의 자동차가 소리 업시 닷는다

그 속으로부터 쑬푸복에 캅[182]을 쓴 영일과 쏘 인숙이 려려선다 그들은 지금 가을을 즐기려 인천(仁川)의 바닷가를 차저가는 것이다

## 55

改札口 ──

수만흔 손님들 가운데에 씨여 영일과 인숙이 ─ 나란이 나온다.

두 사람은 풀렛폼으로 내려가는 층ㅅ대에 일으럿다

---

181 문맥상 '들'의 오류로 추정.
182 캅(cap). 머리 모양에 따라 꼭 맞게 된 납작한 모자.

층々대를 쏘다지듯 나려오는 수만흔 군중들의 발길 가운데 영일과 인숙의 다리도 보인다.

그새 ── 인숙의 발이 문듯 멈춘다

그는 한참 동안 무엇을 이저버린 사람 모양으로 움지기지 안는다
그의 시선은 수만히 쏘다저 나려오는 군중들 가운데서 초점을 일코 잇다

그 만흔 가운데서 서룡의 얼골 하나 못 차저낼 것 갓지는 안헛다
촌쌕기처럼 어리둥절하니 나타나서 그 날근 가방을 또 써러트리고 ─
염체업시 굴너 나오는 새쌀안 감을 당황하게 주서 담을 것만 갓다.

언[183]천 가는 승객들은 거지반 내려갓다. 그러나 인숙은 넉을 노코 우두머어니 서 잇다.

『인숙 씨 무엇을 그러케 생각하시요? 시간이 다 되엿는데…』
영일은 내려가다 말고 다시 쮜여 올나왓다
『…………』

───────

183 문맥상 '인'의 오류로 추정.

『무엇 노코 오신 것이 잇습니까?』

하고 제차 뭇는 말에 그제야 인숙은

『네?… 네… 저 깜박 이저버린 것이 잇서서요… 그럼 전 미안하지만 다
시 들어가야겟서요… 인천은 다음 기회로 밀우기로 하구요… 네?』

하고 인숙은 당황하게 말을 맛치자마자 휑하니 출구로 달여간다

# 鄉　愁 (23)

1939년 10월 14일

# 望鄉 (二)

### 56

瑞龍의 집 ——

손바닥만한 사랑뜰에서 장작을 페고 잇는 서룡이 ——

독기날이 공중에 솟앗다 쾅! 하고 나려질 쌔마다 통장작은 두 쪽으로 싹々 쌔개진다

어데서 나러드는지 마른 나무닙피 서너 닙 그의 머리와 발쌕리에 진다

하늘은 천 길이나 머러젓고 곳々에 비늘구름도 쌀여 잇다

『선생님 국이 식어 간대두요』

하는 소리에 서룡은 그제야 독기를 나려노코 쏭문이에서 수건을 쌔어 쌈을 씨스며

『말은 곳잘 서울말을 하면서 그 선생님이란 소리는 왜 못 곳치누?』

하고 —— 마루 긋테 서 잇는 명주를 처다보고 웃는다

명주는 행주치마로 낫을 가리며

『그래두……』

『머가 그래두야 바보처럼 허々々……』

하고 너털우슴조차 우스며 니놀[184]는 바람에 명주는 연상 부끄럽기만

---

[184] '놀니'의 글자 배열 오류.

하여 고개를 숙이고 방 안으로 쒸여 들어간다

## 57

방 안——

서룡과 명주 밥상을 가운데 하고 마주 안즌다

서룡이 밥 한 그릇을 거의 먹어가두룩 명주는 수저를 든 채— 서룡의 먹는 양만 자미나는 듯 바라보고 잇다

서룡이 한참 먹다가 수저를 멈추고 명주를 처다본다

명주 마주 바라보다 상그레 우스며 고개를 숙인다

『아주 인젠 가정부인 태가 나는걸…… 하기야 벌서 여섯 달이나 되엿스니까!』

명주는 더욱 고개를 숙인다

『그런데 왜 입맛이 또 업소?』

『……………』

명주는 고개를 내젓는다

서룡은 다시 밥을 쓰며

『우리 내일은 산보나 가자구…… 임신한 여자는 자주 운동을 해야 한다니까』

## 58

百貨店 玩具部 ―

웅성웅성 번잡한 속에 서룡과 명주 작난감을 사고 잇다

서룡이 라팔을 어린애처럼 쑤— 하고 불어본다

명주 우스며 자미나게 바리[185]본다

◇

小兒衣服部 —

여점원이 『쎄비쯔레쓰[186]』를 너혼 상자꾸렘이를 서룡에게 준다

◇

서룡과 명주 사람들의 물결 틈을 쌔저나가며

『이런 건 벌서 사서 멀 해요?[187]

명주는 작난감꾸레미를 들고 부끄러운 듯이 짜증을 낸다

『또 괘 — ㄴ헌 소리…… 다아 미리 사두는 법이래두……』

## 59

景福宮 안——

경회루 난간을 거니는 서룡과 명주 — 그들의 그림자가 호수 속에 고요이 움직인다

◇

오리ㅅ쎼가 비단결 가튼 물결을 갈느며 미끄러진다

## 60

넷 城터 —

굽어진 소나무 아래 서룡과 명주 나란이 서서 머얼니 남쪽 하늘을 바라

---

185 문맥상 '라'의 오류로 추정.
186 베이비드레스(baby dress). 유아용 드레스.
187 '』' 누락.

보고 잇다

　선들바람이 명주의 긴 치마자락을 날여준다

　그들의 발쌕리에는 잡초 사이에 끼여 산국화가 외로히 피여 잇다

　『어머니 보구 십지?』

하고 서룡은 눈은 여전이 머언 하늘가를 직히면서 가만히 말하엿다

　『……』

명주는 대답 대신 고개를 내젓는다

　『애기 나커든 나허구 한번 다녀오자구……』

　『참 올 농사는 어찌 됫슬까?…… 지금쯤 마을은 왼통 집집마다 쌁앙 감

이 주렁~~ 열넛슬 거예요……』

　『그리구 그날 밤 두리서 거닐든 그 밀밧테는 매밀꼿이 허어케 피엿슬

껄 —— 쏘 물네방아깐에도 갈대꼿이 욱어젓슬 것이고 ——』

잠시 말이 쯴허진다

　풀벌네 소리가 들녀온다.

　얼마 후 서룡은 다시 말한다.

　『겨울에는 세ㅅ집이라도 한 채 어더야지… 그 안으루 취직이 되엿스면

조흐렷만…』

　『지금은 어쎄서요? 시골 음전이나 갓난이나 분이나… 그런 애들은 모

두 저를 불어워들만 한다는데…』

『흥 세ㅅ방사리를? 조금만 더 고생하라구… 그 안으로 완전한 취직이 되구… 그러면…』[188]

『전 이것두 분에 넘치는 것만 갓터요』

쏘 말이 슨허젓다.

두 사람은 머언 하늘가에서 눈을 돌닐 줄 몰은다.

어느듯 문허진 성터에 황혼이 벗겻다.

대장깐처럼 어지럽고 야단스러운 시가는 지금 안개가 자욱하고— 머얼니 한강의 물구비가 번득인다.

---

188 원문에는 '』'의 부호 방향 오식.

# 鄉　愁 (24)

1939년 10월 15일

〈원문에 삽화 없음〉

## 望鄕 (三)

### 61

仁川行

삼등실 —— 영일과 인숙 나란이 안저 잇다.

『전 이번에두 쏘 되돌아 서실까바 걱정했습니다』

하고 영일은 담배연기를 내쑴으며 웃는다.

『그러니깐 일진의 사죄로 이번에는 제가 먼저 자청하지 안혓서요?』

인숙은 담배 연기를 피하듯 약간 미간을 흐리며 창박그로 시선을 돌닌다.

『그러나… 인천은 아무래두 여름이 제철인데…』

『그래두 전 산보담 바다가 그리워요… 영일 씬 실흐세요?』

인숙은 여전히 창박글 바라보며 말힌[189]다.

『아, 아니요… 저두 바다가 조치요』

하고 영일은 당황히 자기의 말을 뉘우치면서 이번에는

『전 수평선만 바라보아두 소년과 갓튼 향수를 느끼는걸요…… 그리고
비단가티 푸른 물결 우에 수를 놋는 듯한 힌 갈매기… 그리고 뱃고동
소리… 돗 그림자… 하아얀 등대… 그리고 쏘 바위에 부드치는 파도…』

하고 영일은 재주껏 바다를 례찬한다

『시인이시군요 호호호…』

---

[189] 문맥상 '한'의 오류로 추정.

인숙은 창박게 달니는 가을의 황금빗 들녁과 산과 구름을 내다보면서 이러케 비소듯이 우섯다

## 62

**海邊 ——**

물결이 찰삭어리는 바다ㅅ가를 영일과 인숙이 머얼니 거러간다

두 사람이 지내간 뒤에는 발자욱이 길게 남겨지는 것이나 밀여드는 물결이 할트듯이 지워버린다

바람은 그들의 젊은 머리칼과 옷자락을 함부로 날니고 — 바닷가는 인영[190]조차 드물어 — 퍽도 호젓하다

두 사람은 제각금 쉽사리 건늬지 못하는 무거운 침묵에 짓눌니여 말이 업다

바위 우에 안저 잇는 두 사람 — 멀니 보인다
갈매기가 두세 마리 그들의 머리 우에서 재롱을 핀다

---

**190** 인영(人影). 사람의 그림자나 자취.

◇

쏴— 콰르々……

하고 발샥리에 부듸처 쌔지는 파도— 쌔 —르[191]처럼 쓸어올은다

◇

『인숙 씨…』

영일은 이윽고 인숙을 돌아보며 긴장한 음성으로 불넛다

『…………』

인숙은 머언 수평선을 바라보는 채 대답이 업다.

『인숙 씨… 왜 인숙 씨의 태도는 그러케 선명하지 못하십니까?』

『이 우에 어써케 선명하라는 말씀예요?……』

『그러타면…… 그러타면 저와 결혼하여 주시겟다는 말씀이지요?』

『결혼요?… 호호호…… 영일 씬 그러케두 결혼이 중허세요?』

『인숙 씨 참으로 저는 이 이상 더 참을 수는 업습니다… 인숙 씨의 사랑

을 차지하기 전에는 저는 아무런 존재도 업는 몸입니다……』

◇

『…………』

『인숙 씨 오늘 이 자리에서 선명한 말씀을 들녀주세요』

『……』

『저와 결혼해 주시겟지요 네?…』

영일은 목이 타는 듯— 애원한다.

---

191 쎄르. '창자'의 방언(함경).

『인숙 씨… 제 마음을 바더주세요 네?……』

『참 영일 씨두…… 저의 태도는 벌서 선명하다는대두 그러세요?』

인숙은 벌덕 이러섯다.

그리고 가만한 한숨을 바닷바람에 날여버린다.

항구에서는 뱃고동 소리가 유달니도 슬프게만 들녀온다.

◇

영일도 일어서며 감격에 벅차서

『나는 우주를 정복한 듯한 기쁨을 지금 절실히 느낍니다』

하고 부르지젓다.

# 鄕　愁 (25)

## 望鄉 (四)

### 63

英子의 방—

서룡이 영자를 피아노 압헤 안치고 그 겻테 서서

『다시 한 번 그 미뉴엣트를 처 보라구』

하고 악보를 뒷겨 준다.

『도, 장ㅅ조 말슴이지요?』

하고 영자는 다시 피아노를 친다

그째 심부름하는 아애가 들어와서

『심 선생님 서방님이 잠짠 오시라구요』

하고 나간다

### 64

英一의 事務室

영일이 커다란 책상 압헤 안저서 펜을 놀니고 잇다

녹크 소리에 뒷니어 쏘아[192]를 열고 서룡이 들어선다

『오 심 형!』

영일은 펜을 노흐며 반가히

『자 이리로 안즈시죠』

---

192 도어(door). 문.

하고 자리를 권한다.

『얼마나 바쓰세요?』

서룡은 영일이 권하는 대로 쏘파에 안즈며 말한다.

『저야 항상 바쌔서 돌아다니는 몸이라 심 형쎄 자주 맛날 긔회도 업섯습니다만은…… 자 담배 피우세요…』

하고 영일은 담배갑을 서룡의 압흐로 미러 놋는다.

『전 피우지 못합니다…』

『아— 그러시든가요!… 그래 얼마나 괴로우십니까? 원악 『와가마마<sup>193</sup>』로 키워 놔서 퍽 힘드실썰요』

영일은 담배를 한 개 피어 물며 뒤로 비스듬이 몸을 기댄다.

『아니요 머리가 매우 영리하드군요』

『그럼 이마도 그건 심 형의 지도 방법이 명철하신 세죠 하하하…… 그건 그러쿠…… 저…… 오늘은 심 형쎄 한 가지 청이 잇서서……』

『네?』

『다른 게 아니라 이번에 내가 약혼을 하게 되엿서요…… 그래서!』

『네— 참으로 반가운 소식입니다』

『그래서 심 형쎄 약혼 피로연날 밤 무엇이든지 한 곡을 수고하여 주섯스면 해서요……』

『머… 그야 별 재주는 업습니다만은 심 형<sup>194</sup>의 약혼식이라는대야……』

『더욱이 상대편이 아주 쟁々한 음악가이기 쌔문에 일부러 청하는 것입니다』

---

193 와가마마(わがまま, 我が儘). 제멋대로 굶. 버릇없음. 이기적임.
194 문맥상 '심 형'이라는 호칭은 '오 형'의 오류로 추정. 약혼하는 것은 '영일'이고, '영일'의 성은 '오'임.

『네— 그러십니까— 』

『그럼 모래 저녁 조선 호텔에서…』

### 65

호텔 포 — 치[195] —

가을 달은 넘어도 창백하엿다 이 밤 조선 호텔 현관에는 수십 대의 자동차가 들며 나며 번잡을 일우고 잇다

### 66

스페스알룸[196] —

황홀한 산데리아[197] —

기 — 르게 느러진 커 — 텐 —

한참 바쓰게 식탁을 쑤미는 쏜이들 —

### 67

玄關 —

쏘 자동차 한 대가 미쓰러저 들자 상큼한 쏜이들이 우루루 내다라 차스 문을 연다

차 안으로부터 날신한 모 — 닝[198]의 영일이 나타난다

그 뒤를 니어 영자와 그들의 어머니 —

---

**195** 포치(porch). 건물의 입구나 현관에 지붕을 갖추어 잠시 차를 대거나 사람들이 비바람을 피하도록 만든 곳.

**196** 스페셜룸(special room). 호텔 객실 등급 표기의 일종.

**197** 샹들리에(chandelier). 천장에 매달아 드리우게 된, 여러 개의 가지가 달린 방사형 모양의 등(燈). 가지 끝마다 불을 켜는데 예전에는 촛불이나 가스등을 켰으나 지금은 주로 전등을 켠다.

**198** 모닝(morning). 여기서는 '서양식 남자 예복'을 지칭하는 '모닝코트(morning coat)'의 줄임말로 사용한 것으로 추정.

## 68

베란다—

긴 이브닝쓰레쓰[199]의 옷자락을 밤바람에 날리며 달빗을 함쏙 밧고 서 잇는 인숙—그의 얼골에는 달빗과 갓튼 슬픔이 서리여 잇는 것 갓다.

안에서는 각금 우슴 소리가 일어난다

거리는 달빗에 싸여 바다가티 그[200] 요하고 네온싸인은 등대처럼 썸벅이는 것이 맛치 지향 업시 헤메는 제 마음을 좀 더 안타깝게 하는 것만 갓다.

『애 인숙아 이젠 그만 들어가잣구나… 다아들 모엿나 본데…』

등 뒤에서 부드러운 어머니의 소리가 나서야 인숙은

『조금만 더 잇다가요』

하고 싸증 비슷한 한숨을 쏘 쉰다. 어머니는 그래두

『애야 그래두 넘어 기다리게 하면 되니?…』

하고 다시 타일늘 째— 쏫이가 와서

『들어오십사구요』

---

**199** 이브닝드레스(evening dress). 여자의 야회복.
**200** 문맥상 '고'의 오류로 추정.

# 望鄉 (五)

스페시알룸 ——

삼십여 명의 래빈들이 쭉 둘너안저 식사를 하고 잇다

정면에 영일과 서 참의를 비롯하야 영자 그리고 그의 어머니와 인숙의
어머니도 보인다

그러나 김 씨의 겻테 안저 잇는 인숙은 고개를 숙인 채 들지 안는다
방 안은 이야기 소리 우슴 소리로 꼿을 피엇다

식사를 하다 말고 영일의 친우 윤경수(尹敬秀)가 일어서서
『먼저 오 군과 서 양 두 분의 약혼을 축하합니다 에 ─쏘 서 양이나 오
군은 이미 다아들 아시는 바와 가티 두 분이 모다 혜성적 지반을 닥그
신 분들임에 에 ─쏘 이 밤을 기하야 그 결실 전야의 약혼을 맷는다는
것은 에 ─쏘 참으로 금상첨화의 느낌을 갓는 바입니다 에 ─쏘…』

이째 쏀이가 들어와서 영일에게 명함을 내민다.
영일이 명함을 보드니
『응 드러오시라구…』
쏀이 나간다.

샌이에게 안내되여 성큼 드러서는 서룡이 — 일동에게 목례를 하고는

『심서룡입니다. 느저서 대단이 죄송합니다』

하고 비인 자리로 가서 안즈려 할 째 —

그제야 소스라치게 놀내여 쌘썩 고개를 든 인숙의 눈과 마주[201]첫다.

일 초 이 초…… 서룡은 엉거주줌[202]하니 선 채 낫빗이 창백하여 간다.

인숙의 얼골빗도 어느새 새파라케 질넛다.

윤경수의 축사가 긋나고

『심 형 안즈시죠』

하는 영일의 목소리가 들니자 그제야 서룡은 자리에 안젓다.

『자 심 형 드시죠…』

쏘 영일은 다정한 소리로 식사를 권하엿다.

『네…… 그럼……』

하고 서룡은 자리에서 일어나

『오영일 씨의 약혼을 진심으로 축하하는 의미에서 저는 피아노를 한 곡 치게 하여 주십시요……』

하고 말하자 일동의 박수 소리가 요란하게 일어난다

---

201 원문에는 '주'의 글자 방향 오식.
202 문맥상 '춤'의 오류로 추정.

서룡은 피아노 압흐로 닥어가 안젓다 여러 사람은 식사하든 손을 노코 숨을 죽인다

방 안은 물을 쌕린 듯 조용하여젓다

이윽고 요란스러운 선율이 일어낫다

고개를 숙이고 잇는 인숙이

악보를 쏘아보는 서룡의 눈 ─

고요한 장내 ─

인숙은 백지장가티 피ㅅ기를 일흔 입술을 깨물면서 가만이 일어니[203] 박그로 나간다.

**70**

방문을 나서자 맛치 다라나듯이 그는 현관에까지 일으러 거기에 잇는 자동차 문을 연다

---

203 문맥상 '나'의 오류로 추정.

## 71

瑞龍의 집 ―

벽에 걸린 시게는 벌서 열 시를 가르치고 잇다

조으는 전등불 ― 그 아래서 명주 홀노 머지안허 차저을[204] 귀여운 손님의 처내[205]를 작만하고 잇다

싹々이 소리가 머언 골곡을 지내간다 우수수 낙엽 지는 소리에 싸여 쉬쓰람이가 우는가 하[206]면 닭[207] 밝은 하늘을 날으는 기럭이 소리도 들니는 것 갓다

박게서 사랑 대문을 흔드는 소리가 난다

명주는 바느질하든 손을 멈추고 귀를 기우린다

쏘 문 흔드는 소리가 들닌다

『누구세요?』

명주는 부시시 일어서며 들창을 연다

『나야…』

대문 박게서 국다란 그러나 힘업는 서룡의 목소리가 들녀오자 명주는 문을 열고 나간다

## 72

명주 대문 고리를 벳기니 서룡이 풀이 죽어 잠々이 들어선다.

다른 째 갓트면 어쎄서 느젓느니… 얼마나 기다렷느냐는 등… 하렷만 웬일인지 이 밤은 통 그런 말은커녕 눈도 한 번 것 안 쩌본다.

---

204 문맥상 '올'의 오류로 추정.
205 처네. 어린애를 업을 때 두르는 끈이 달린 작은 포대기.
206 원문에는 '하'의 글자 방향 오식.
207 문맥상 '달'의 오류로 추정.

『어데가 편찬흐시우?』

명주는 남편의 등 뒤에서 이러케 조심이 물을 수박게 업다.

『……』

그러나 서룡은 못 드른 척한다

『웨 주인의 약혼식이 잇대면서 벌서 오섯서요?』

『……』

### 73

　서룡은 방 안에 드러와서도 옷 버슬 것조차 이즌 듯이 그대로 털석 주저안저 벽에 몸을 기데고 얼빠진 사람 모양으로 천정만 노리고 잇다.

# 새 길 (一)

『거북하시면 일즉 누우세요 네?』

명주는 불안한 마음을 것잡지 못하고 남편에게로 가까이 닥어안즈며 양복 윗저고리를 벳기려 한다

그래도 서룡은 영 감각이 업는 듯 머엉한 채 안저 잇드니 별안간 소리를 버럭ㅅ지른다.

『그만두어!』

명주는 멈칫 손을 옴으라트리고 놀냄에 찬 눈으로 남편을 처다본다.

그러나 곳 명주는 일즉이 남편에게서 이러한 언동을 보지 못하엿다는 것도 느씰 새 업시 쏘 한 번

『왜 무슨 근심이라도 잇수?』

하고 썰니는 소리로 위로할 바를 몰은다.

『아 듯기 실태두⋯⋯』

하고 서룡은 이러케 소리를 지르자마자 벌덕 몸을 일으켜 박고[208]로 쒸여나간다

명주도 그 뒤를 좃차 나간다

---

**208** 문맥상 '그'의 오류로 추정.

◇

그러나 남편의 갈팡질팡한 어지러운 발자욱 소리는 먼 골목으로 사라저 버렷다

## 74

河蘆의 집 ──

자다가 이러난 듯한 하로와 서룡이 마주 안저 잇다

『아니 그러치만 나에게 그 리유야 말 못 할 게 머 잇나?』

하로는 몹시 흥분한 듯한 서룡의 낫빗을 쏘 한 번 살피면서 담배를 피워 문다

『리유래야 별 게 업네…… 장차 못[209]게 되겟지……』

『그래도 이러케 갑작이 차저와서 그런 말을 할 쌔는 그만한 리유가 잇슬 것 갓는데…… 군이 다른 곳에 취직이 된 것두 아니구…… 쏘 오 씨의 집에 대해선 무슨 불만도 업다면서……』

『애써 소개하여 준 보람이 업네만은 별안간 생각한 바가 잇서서……』

『토옹 자네 말은 무슨 말인지 아[210]러러 듯겟네……』

『리유는 지금 말할 것이 못 됨으로 피하네만은 하여간 영일 씨에게 그러케만 전갈하여 주게…… 수고스러우나……』

『그야 머 어려울 게 잇나… 내 걱정은 쏘 심 군의 생게가 막히니까 말이지』

『어써케든지 되겟지…… 자, 그럼』

하고 서룡은 일어섯다

---

209 문맥상 '알'의 오류로 추정.
210 문맥상 '못'의 오류로 추정.

## 75[211]

**英—의 집**

싸르릉 싸르릉…… 영일은 침대 우에서 아까부터 우는 전화ㅅ소리를 으슴프레히 들으면서도 자못 귀챦키만 하여 길게 하픔을 치고는 입맛을 썩々 다시며 이불 속으로부터 손을 쌧처 수화기를 든다

『네? 그럿습니다 아 인숙 씨 안령히 주무섯서요?… ××다방으로…… 네…… 그러케 하지요 그럼 열한 시까지 그리로 가지요……』

## 76

**××茶房 ──**

힌 대리석 식탁을 찌고 영일과 인숙이 안저 잇다

머리를 써러트리고 잇는 영일에게 인숙은 말을 계속한다

『그래서…… 여러 가지로 생각한 결과 직접 영일 씨를 뵈온 것이예요…』

인숙은 잠깐 말을 쓴트니 핸드쌕에서 반지를 너혼 케 ― 쓰를 쩌내여 영일의 압헤 노코 다시

『지금까지의 영일 씨쎄서 저에게 가저오신 왼갓 호의는 영구히 잇처지々 안흘 것이라고 저두 생각해요 그…러치만…… 저를 그처럼 사랑해 주시기 쌔문에 이러케 무리한 청을 드리는 제 마음도 헤아려 주시리라고 밋고……』

『아니 대체 무슨 사연인지 자세한 이야기나 들려 주십시요』

『당연하신 말슴입니다만은 이런 쌔에는 길게 말슴드리지 안는 편이 서

---

**211** 원문에는 '15'로 되어 있음. '75'의 오류.

로의 마음을 위해서 다행하리라고 생각해요……』

인숙이도 고개를 숙인다 그의 소리는 목맷처 잇다

다방 안은 아직 오전이라 손님도 업다

『레코─드』가 시작되엿다

두 사람의 압헤 노힌 차ㅅ잔에서는 명주실 가튼 김이 가만히 피여올은다

『인숙 씨… 그러치만 저는 어써케 하면 조타는 말슴입니까?』

영일은 고개를 벗적 들엇다

『이미 막다른 절정에서 어쩌케 사랑이 량립할 수 잇서요?』

인숙은 눈물을 안 보이려는 것처럼 벌덕 일어낫다

『인숙 씨!』

영일도 따라 일어서며 밋칠 듯이 웨친다

인숙은 다라나듯이 문을 열고 나간다

『인숙 씨 인숙 씨!』

그러나 영일은 함께 쮜여 나갈 용기는 업섯다 다만 이러케 부르지즐 쓴으로 그는 그대로 의자에 쓰러지듯 주저안저 버린다

레코 — 드는 한층 요란스럽게 울녀 나온다

# 鄕　愁 (28)

1939년 10월 22일

〈원문에 삽화 없음〉

# 새 길 (二)

### 77

公園 ——

바늘 긋을 품은 듯한 쌀々한 바람이 전신주를 울니고 쌔만 남어가는 앙상한 나무가지를 울니고 —— 긴 공원 담을 등지고 팔장을 낀 채 안저 잇는 사주쟁이 관상쟁이들을 울니고 ——

첫 겨을의 추위는 조수물처럼 달녀들엇다

◇

어느새 화단은 이미 겨을 단속을 맛치엿고 누우런 싸에는 나무닙이 소복 쌀려 바람이 기여들 쌔마다 ㄱ것들은 맛치 겨을을 알니는 『새라』처럼 횟날닌다.

그러기에 찻는 사람들도 날로 주러들어 텅 비인 듯한 공원에는 시스러운 참새 소리나 나무닙 지는 소리만 쓸々하다.

◇

서룡은 오늘도 거리를 헤메다가 솜가티 지친 몸을 잠시 이곳 쎈취에 쉬우고 그저 호수 가튼 저 하늘을 바라보고 잇다

공원 담 넘어에서는 배추 무 장사들을 에워싸고 김장 홍정을 하는 소리가 써들석하니 들녀온다.

그러나 그의 눈에 빗추는 것은 푸른 하늘도 아니엿고 그의 귀에 지내가는 음향도 그러한 소리들은 아니엿다.

지금까지 거처온 모 회사 중역, 모 실업가, 모 지사……… 그러한 사람들의 쑹ㅅ하고 혹은 기름진 모습들이 벅큼²¹²처럼 써올낫다는 사라지고
──

『빈자리가 잇서야지……』

『우리 회사에선 음악간 소용업서…』

『사정이 그러타니 천ㅅ이 기다려 보오…』

『조금만 일즉 왓서도 자리가 잇섯는걸』

이러한 국다란 소리들이 하나식 하나식 그의 귀ㅅ가를 스처간다.

모다 갓튼 표정들이요 모다 어름판갓치 싸늘한 소리들이엿다.

그의 환상은 좀 더 침울하여저 신당정(新堂町) 천변가로 옴겨 간다.

만삭이 가까워 씨근덕거리며 헤여진 보신작²¹³이나 혹은 남편의 샤쓰 갓튼 것이라도 쉬메며 오늘이나 반가운 소식을 가저오려는가?…… 오직 남편의 발자욱 소리를 기다리고 안젓슬 명주 ── 그러자

◇

『노형 석냥²¹⁴ 가지신 거 업소?』

하는 소리에 서룡은 겨우 고개를 돌니엿다

『업는데요』

로동복을 입은 젊은 사나이는 입맛을 다시며

---

**212** 버큼. '거품'의 방언(경상, 전라, 충남).
**213** 보신작. 버선짝.
**214** 석냥. 성냥.

『허— 이거 석냥이 잇서야 담배를 피지…』

하고 길바닥에서 주슨 듯한 담배 꽁추를 입에 물고 서룡의 겻테 걸터안는다

그리고 사나이는 다시 말을 건넨다

『노형은 어데 게시우?』

『신당정 삽니다』

『아니 어데서 일 보시는가 말요?』

『네… 저… 아직 놀고 잇는 중이요』

『네— 』

사나이는 고개를 끄덕이며 알어들엇다는 듯이 서룡의 위아래를 훌터본다.

『노형은 무슨 일을 하시요?』

이번에는 서룡이가 물엇다.

『나요? 그저 머 집 짓는 대루… 길 닥는 대루 날품사리[215]지요』

하고는 생각난 듯이

『우리 참 쉰사[216]나 하구 지냅시다 나는 권영팔(權永八)이라고 부릅니다』

『네— 전 심서룡이라고 합니다』

이러케 인사가 긋난 후 사나이는 다시

『나도 시굴서 올나온 지가 한 일 년 남짓하지요…… 그러치 작년 이만째니까……』

『네……』

『작년 갓튼 풍년에도 내둥 추수를 하여서 소작료를 제하고 나니 먹을 것이 잇서야죠?… 그래 어린 처자를 압세우고 그까짓 눕우 고향을 써나왓

---

215 날품살이. 날품팔이.
216 쉰사. '수인사(修人事)'의 이북 방언.

지요 밤낮 가야 한평생 그 쏠일 테니 이왕 굴머 죽을 바에는 대처에서나 죽어보자고 올나왓지만 막상 와 노코 보니 역시 매애일반[217]이드군요 차라리 고생을 하여도 시굴서 하는 것이 낫지요… 아예 고향을 써날 것은 아닙듸다 이제 새삼스럽게 고향으로 도라가자 해도 맨주먹으로는……』

하고 권영찰[218]은 장황하게 느러노튼 제 말끗을 한숨 비슷하게 지워 버린다

『그래 하로 품파리 노동을 하면 어쩟습듸까?』

서룡은 사나이의 시선이 머언 하늘가에서 배회하고 잇는 것을 짐짓 느끼면서 이러케 물엇다

『그야 막일이니까 대중[219] 잇나요? 그러치만 새벽 다섯 시쯤 나가서 밤 여들 시나 일곱 시쯤 도라오게 되는데 처음에는 팔구십 전 정도지요… 그러치만 그것이라도 어데 흔해야죠… 요새갓치 업스면 굼고 또 붓들면 조죽이라도 쑤어 먹구…!』

하고 그는 공이[220]가 백인[221] 손을 마조 부비면서 픽 웃는 것을

『그럼 우리 갓튼 체질로도 해낼 수 잇슬까요?』

하고 서룡은 좀 더 쪽々이 사나이의 눈을 바라본다

『글세요… 머… 그까짓 것 막다른 판에 체질 여부가 잇서요… 만사가 맘먹기에 달엿죠… 정 맘에 잇다면 한 닷세 후에 황금정에서 건축 공사가 시작된다니 함께 가 봅시다』

---

217 매일반(一般). 매한가지.
218 '팔'의 오류.
219 대중. 어떠한 표준이나 기준.
220 공이. '옹이'('굳은살'을 비유적으로 이르는 말)의 방언(강원).
221 백이다. '박히다'의 방언(경기).

# 새 길 (三)

## 78

**建築 工事場 ——**

『에 — 쇼 — 라샤 — 』

『에 — 쇼 — 라샤 — 』

우렁찬 군호에 맞추어 무수한 곡갱이가 허공에 반원을 그리며 나려질 닐 째마다 흙이 문허지고 돌이 부서지고 ——

쏘 그들의 철동색 팔과 이마와 등에서는 설넝탕 마룩[222] 가튼 쌈이 흐르고 ——

한편에서는 눈이 핑〻 돌도록 모 — 타가 돌아가고 ——

쏘 한편에서는 콩크리 — 트 · 미키사[223] — 가 맹렬한 기세로 허덕이고 ——

그런가 하면 어러붓튼 듯한 하늘을 찌르고 서 잇는 철근 승강탑 저 우에서 쏘다지는 콩크리 — 트.

---

**222** 마룩. 물과 건더기가 있는 음식물에서 건더기를 제외한 물.
**223** 미키사(ミキサ, mixer). 콘크리트를 만들기 위해 모래·자갈·시멘트를 섞는 기계.

다시 아래서는 그것을 스쿠프[224]로 바드며 헤치며 ——

도록고[225]에 실코 물너가고 드러오고 ——

돌을 다듬는 석공의 맛치[226] 소리— 멋드러진 목도쑨[227]들의 군호—

재목 세멘트 푸대를 메고 아시바[228]의 다리를 오르내리는 인부들 ——

석재 세멘트 철근 갓흔 것을 실코 빈번히 왕래하는 마차 ——

듯기만 해도 신경질이 치밀어 오르리만치 요란스러운 것이엿다

그째 또 자갈을 실코 온 트럭 한 대가 쏭문이를 내밀고 드러닥친다.

『오 — 이 도락구[229]가 왓다 —』

『쌜낭 쌜낭 해라…』

하는 십장[230]의 웨치는 소리가 나자마자 서너 명의 인부가 트럭 우에 나타나 샤벨로 자갈을 퍼 내리면 또 그 아래서는 여러 인부들이 그것을 미키 — 사로 운반한다.

『에잇샤 —』

『에잇샤 —』

---

224 스쿠프(scoop). 석탄 등을 퍼넣는 부삽. 또는 흙을 운반하는 데 쓰이는 말이 끄는 수레.

225 도롯코(トロッコ). 광산·토목 공사용의 소형 무개화차(無蓋貨車).

226 마치. 못을 박거나 무엇을 두드리는 데 쓰는 연장.

227 목도꾼. 무거운 물건을 목도하여 나르는 것을 직업으로 하는 사람.

228 아시바(あしば, 足場). 발 디딜 곳, 발판.

229 도랏쿠(トラック). '트럭(truck)'의 일본 발음.

230 십장(什長). 일꾼들을 감독·지시하는 우두머리.

트럭 우에서 자갈을 퍼 내리는 인부들 중에는 로동복에 캡을 쓴 서룡이
도 보인다.

권영팔이도 보인다.

아래서 손도록고[231]로 그것을 실어 나르는 한 친구

『심산에 보배는

　머루나 다래구요 —』

하고 써내 노니 여기서도 저기서도

『인간에 보배는

　큰애기 궁등이지 —』

하고 바더넘긴다.

그째 십장의 호각 소리가 들려온다.

[232]

점심시간이다.

화ㅅ토불이 활활 타오르는 불가로 모다들 벤쏘[233]를 들고 모여든다

서룡과 영팔이도 마조 안저서 벤쏘보를 쓰른다

『어썬가? 좀 익숙해젓나?…』

---

**231** 손도롯코(トロッコ). 손수레.
**232** 다른 부분에서는 이 기호가 사용되지 않음.
**233** 벤토(べんとう, 弁当, 辨当). 도시락.

하고 영팔이가 싱긋 우스며 서룡을 본다

『처음에는 금시에 졸도할 것만 갓더니 여보소 지금은…』

하고 서룡은 공이가 쇠ㅅ덩이처럼 백인 손바닥을 영팔의 압헤 내보인다

『하하하…… 어지간허이…… 사람 사는 법이 그런 거네…』

『그래두 서룡이는 한 달 동안에 그만큼이나 익숙해젓스니까…… 우리들 처음 나설 쌔보다는 수월허게 배운 셈이지』

그 겻테 안젓든 손덕근(孫德根)이도 누우런 조밥덩이를 퍼 너흐며 한마디 웅얼거린다

『그러치만 서룡이 얼골은 처음 볼 쌔보다 말 아닌데』

그런가 하면 쏘 한편에서는

『막걸니나 한잔 햇스면 주우켓다』

『말은 됫다 하게…… 나 듯는 데서는 제 ― 발……』

『누구 담배 업나?』

『여기 먹든 토막이 잇네! 엣다 ―』

『어데 거 냄새나 좀 마터 보세』

그들은 담배 쏭추를 돌려가며 한 목음식 쌘다

『피여 문 김에 잠이나 한숨 잣스면……』

『피여 물엇스니 개성집을 가야지……』

『저 자식은 밤낮 개성집이야 아마 추월이라나 그년 냄새를 맛튼 개여……』

『압다 자식두 눈요기 좀 햇기로니……』

『하々々……』

그들은 배를 잡고 우섯다

『그러지들 말구 오늘 밤은 한바탕 쌔세』

『나는 안 쌔겟네…… 그놈의 투전 째메 지난 번 간죠[234] 봉투는 골코 말엇서…』

『압다 제一기럴 그깐 눔우 것 우리 팔자에 잇스나 업스나 맛찬가지 지…』

그들븐[235] 식사 시간을 타서 이러한 잡담들을 주고밧는 것이 그들에게는 더할 나위 업는 마음의 위안도 되엿다.

그러나 그것도 순식간인 것이여서 어느새 쏘 십장의 호각 소리는 울녀왓다.

---

**234** 간죠(かんじょう, 勘定). 계산, 셈, 지불. 여기서는 품삯을 이름.
**235** '은'의 오류.

# 鄕　愁 (30)

1939년 10월 25일

# 새 길 (四)

### 79

어두운 골목길 ——

서룡과 영팔이 벤쏘를 씨고 전등불이 씌염씌염한 골목을 거러온다

『자네 집두 산달[236]이 가까윗슬걸?…』

영팔은 걱정스러운 듯이 말하엿다

『인제 한 달만 잇스면…』

『그럼 그 안으로 뭘 좀 작만해 둬야쟌켓나?…』

『방세조차 석 달치나 밀녀서 날마다 성환[237]데 뭘 작만허겟나?』

『제 — 기럴……』

두리는 쏘 잠々하다가

『자넨 이 일은 그만두고 싼 자리를 차저 보소… 우리들과는 길이 다르지 안는가?』

하고 영팔이가 싹하다는 듯이 쏘 입을 연다

『자넨 늘 무슨 길이 다르다구 그런가? 난 다른 일보다 자네들과 이러케 일하는 것이 무슨 큰 히망이나 발견한 것처럼 도리어 가슴이 쒸노네… 내가 갈 길은 정말 이런 길이엿슬는지도 모르네…… 나는 지금까지 실상 하늘의 구름을 잡으려고 허덕이엿네 그러나 구름은커녕 내 몸 속에서 사는 마음 하나도 익이지 못하엿네… 나는 내 몸에 로동복을 걸치고 나섯슬 째 비로소 음악보다도 문학보다도 『쌈』을 배워야 하겟다는 것

---

**236** 산(産)달. 아이를 낳을 달.

**237** 성화(成火). 일 따위가 뜻대로 되지 아니하여 답답하고 애가 탐. 또는 그런 증세. 몹시 귀찮게 구는 일.

을 깨달엇네… 압흐로도 나는 자네들을 써나지 안홀 생각일세……』

서룡의 음성은 나즉하나마 쓰겁게 울니엿다

무거운 저녁 안개는 굵다란 두 사나이의 발자욱 소리를 길게 이슬고 멀니 지워 버린다

## 80

瑞龍의 집 ——

서룡은 사랑 대문을 흔들고 서 잇다

『누구세요?』

방 안에서 들려오는 명주의 음성 ——

『나야!』

그러자 미다지 여는 소리가 나고 신발 쓰는 소리가 나고 또 문쇠고리 베씨는 소리가 나드니

『아이 얼마나 시장하섯서요?』

하고 명주는 남편에게서 벤쏘를 바더 든다

『저녁 먹엇소?』

『아—니』

이것은 언제나 져녁이면 그들의 주고밧는 말이엿다.

## 81

방 안 ——

서룡은 방 안에 드러서자마자 낮일에 솜가티 지친 몸을 가누지 못하고 쓰러지듯 주저안젓다

『오늘은 더 힘드섯서요?』

명주는 눈을 감고 기대고 안젓는 서룡의 압헤 닥어안즈며 모자를 베끼

고 웃옷을 베끼고 각반[238]을 풀으는 등……

『대야에 물 좀 드릴까요?』

『아 — 니』

명주는 요지음 몰나보리만치 수척해진 남편의 얼골을 어이는[239] 듯한 마음으로 처다보고는

『이러시다가 병이라도 나면 어쩌케 해요? 한 몃칠 쉬시는 것이…』

『아 — 니 그런 건 걱정 말나구…』

하고 서룡은 우스며 다시 무엇을 생각하엿슴인지

『명주!』

하고 정색을 하고는 나즉이 부른다.

『응?』

『어머니 보곱프지?』

『으응 —』

명주는 고개를 내젓는다.

『거짓말! 내 다 명주 속을 알고 잇는데 머 — 그러지 말구 시골루 내려 가라구… 가서 어린애나 나가지구 명년 봄에 올나오지…』

하고 타일느듯 말한다

그러나 명주는 금시에 쌜루퉁해지드니 홱 도라안저 버린다

새 —

서룡은 그것을 짐짓 바라보면서

---

**238** 각반(脚絆). 걸음을 걸을 때 발목 부분을 가뜬하게 하기 위하여 발목에서부터 무릎 아래까지 돌려 감거나 싸는 띠.

**239** 어이다. 마음을 몹시 아프게 하다.

『점々 날은 추워 가는데 고생만 되구— 그 우에다 산삭[240] 조차 가까윗구… 응? 명준 내 말 알어듯지?…』

하고 명주의 등에 손을 언지며 말하엿다 그러나 명주는 그만 그 자리에 업드러저 아주 설게 느껴 버린다

『아 —니 울긴 왜? 그럼 실타는 말야?』

서룡은 눈물에 저진 안해의 쌤을 두 손으로 밧처 들며 말한다 그제야 명주도

『실혀 실혀 난 죽어두 안 갈걸…』

하고 몸까지 도리~~ 흔들엇다

『아니 누가 머 아주 가랫나? 여기선 고생되니깐 겨을만 나구 오랫지…』

『그래두 실혀 죽어두 실혀……』

명주는 나시 서룡의 무릅 우에 쓰러저 어린애처럼 좀 더 설게 느끼면서 서[241]여엉[242] 고집을 부린다

서룡도 눈시울이 쓰거워 오는 것을 깨닷자 얼핏 손등으로 눈을 씻고는

『이건 머 어린애나? 실흐면 그만두는 거지…… 쌜니 밥이나 가저오라구』

하고 버럭 소리를 질넛다.

---

240 산삭(産朔). 아이를 낳을 달.
241 문맥상 '서'는 오식으로 추정.
242 영. 아주 또는 대단히.

# 鄉　愁 (31)

1939년 10월 26일

# 狂風 (一)

## 82

建築工事場 ──

　겨울은 제 맘대로 집허만 갓다 양력 정월을 지내 노코는 추위는 더욱 멩위를 쌉내여 한란계[243]는 령하 십사오 도에서 인부들의 손톱까지 쌔아스러 드럿다

　오늘도 칼날 갓튼 바람은 진눈개비조차 몰아다 그들을 쓰더먹을 듯이나 못살게 굴엇다

　그러나 공사는 준공에까지 진행되여 그처럼이나 수라장이든 것이 이제는 대체로 정돈된 듯이 정신이 난다

　석공이나 목공의 연장 소리며 미키사 ─ 의 회전하는 소리 승강탑에서 콩크리 ─ 트가 쏘다지는 소리 갓튼 것도 좀 한가스러운 맛을 준다

　점심시간의 호각이 울니자 그들은 이미 어름덩이가티 식엇슬 벤또들을 들고 모닥불 가로 모여드럿다.

　모다들 두 달 전에 본 그 얼골들이며 좀 더 궁상스런 모습들이나 ── 웬일인지 서룡의 그림자는 보이지 안는다.

　『서룡이는 좀 어쩌튼가?』

──────────
**243** 한난계(寒暖計). ‘온도계’의 이북 방언.

덕근이가 영팔이를 도라본다

『그저 몸살 기운이라 제 말노는 쉬이 의[244]러나겟다구 하데만은…』

『그 사람이 쏙 고집이 시여서 그런 욕을 보지 먼가?…… 우리가 쉬라고 할 째 쉬엿드면 조왓슬걸…… 그래 뭐라두 먹기나 하든가?』

『말 마소 먹을 것이나 어데 잇다든가? 그 사람이 몸살이 아니라 배고른 병이세 배고른 병이야…… 쏘 설상가상으로 산고[245]까지 치럿지』

『쏠 조─타 그래 뭣이든가?』

『쌀이드군』

『쌀? 첫달[246]은 살님 밋천이란데… 산모는 무사허나?』

『머… 순산이엿든가부데만은 산후의 관[247]을 못 해서 그런지 왼몸이 통ㅅ 부어서 말이 아니데… 그래두 하다못해 미역국이라도 제대루 쓰려먹어야쟌는가?』

『제─기럴눔우 팔자…』

『글세 어적게도 가보앗지만 안 갓것만 못허대두… 서룽이는 식컴은 얼골에 쌔만 남어가지구 웃묵에 가 누어 잇고 산모는 걸네짝 갓튼 누더기를 그래두 이불이랍시구 덥구는 아랫묵에 쓰러저 잇구 갓난것은 불이 나케 봇채구…』

『허─ 제기럴…』

『글세 뭐를 먹어야 젓이라두 나지 안켓나? 거기에다 쏘 방바닥은 어름장 갓구… 창구멍이나 안 써러젓서두 조켓데……』

『아─ 니─ 그 쥔인가 막걸닌가는 좀 나와보지두 안나?』

---

244 문맥상 '이'의 오류로 추정.
245 산고(産故). 아이를 낳는 일.
246 문맥상 '쌀'의 오류로 추정.
247 관(管). '사람의 몸이나 동식물 따위를 보살펴 돌봄'의 뜻을 지닌 '관리(管理)'의 의미로 사용.

『홍! 쥔? 아, 방세가 넉 달치나 밀녓다구 제발 좀 나가달나고만 성화란데……』

『제 ─ 기럴눔우 세상』

『그러니 말이세 저번 날 내가 말한 대루 이번 간조[248]에는 다면 얼마식이라두 거둬 보세…』

『암, 그야 여부가 잇나만은…』

### 83

瑞龍의 집

쏘 사나운 눈보라가 발악을 지르며 창을 갈기고 다라나면 내둥 트러막엇든 창구멍에서는 치마뭉치, 보선짝이 굴너써러진다.

서룡은 그럴 째마다 다시 그것들을 주서서 바람구멍을 트러막곤 한다

지금 그의 압헤는 산후의 바람으로 퉁〻 부어오른 명주가 눈만 머엉하니 쓴 채 숨을 할닥이며 누어 잇고 ─

아모리 쌔러야 나올 턱이 업는 젓곡지를 물어쯧는 갓난것이 쏨틀거리고 잇다

내 기운을 쏘인 지가 벌서 잇틀 ─ 목구멍에 조쌀죽이라도 넘어간 지가 그것도 열 시간을 넘엇슬 것이다.

저러케 할닥~~하고 잇는 것들이 무슨 기적처럼박게 보이지 안는다.

---

248 간조. '품삯'을 속되게 이르는 말.

서룡은 아무런 생각도 업는 듯이 십촉 전등불만 바라보고 잇다.

　서룡은 제 몸이 점々 쌍 속으로 써저 드러가는 것만 갓다. 전등 불빗이
열 개로 수무 개로 쏘 설혼 개로 빙빙— 다시 펭펭— 도라간다.

　명주는 이미 빗을 일흔 눈을 갓난 것에게로 돌닌다.

　그리고 가까수로 손을 썻처 어름이 백여서 터진 서룡의 손을 잡는다.

　『여봐요……』

　그러나 서룡은 아무 소리도 안 들닌다.

　『여… 여봐요…… 이리 좀… 오서요… 네?… 가 가까이… 네?』

　이미 체온을 일흔 명주의 손이란 것도 쏘 자유를 일허가는 그의 음성이
라는 것도 서룡에게는 감촉이 업섯다.

　『애기 입부우?』

　『응……』

　서룡은 그제야 무쑥々한 소리로 대답할 쑨이엇다.

# 鄕　愁 (32)

1939년 10월 27일

# 狂風 (二)

『게집애라두 퍽 잘생겻지? 코석건[249] 귀석건 입석건은 나 달멋구 눈 하
나는 당신 달무지 안헛수? 우는 소리도 여간 어진 것이 아니예요……』

명주는 피ㅅ기를 일혼 입가에 우슴 갓튼 것조차 씌우며 곳잘 말한다.

『늘 게집애 게쟵애 하시드니…… 이…… 이름은 뭐라구 부를까?』

명주는 쌧속에서부서[250] 스러다니는 듯한 혓슷을 축이며

『언젠가…… 게…… 게집애면… 련히(蓮姬)라고 부 부르시겟다구……
그러섯죠?』

『응……』

『나 나두…… 이젠…… 려 련히 압바라구…… 히 ——』

명주는 그래도 부스러운 듯이 잡엇든 남편의 손을 가저다 제 낫을 가린다.

그러나 서룡은 한 개의 전구(電球)를 노려본 채 눈을 돌니지 안는다

오직 전등불이 백 개로 천 개로 다시 몃만 개로 펭ㄆ 도라갈 쑨이다

『모 몸이 쏘…… 괴 괴로우세요?……』

『…………』

『근데…… 왜 그러케 무 무서운 눈을 하고 게서요?』

명주의 소리는 점ㄆ 기여드러가는 듯 바삭~~~ 타는 소리가 낫다

---

**249** 서건. '…이랑'의 뜻을 나타내는 조사.
**250** 문맥상 '터'의 오류로 추정.

『…………』

『난…… 난 걱정 마세요 아 아무러치도 안흐니요……』

『…………』

『그… 그러케 실심한[251] 얼골은… 전 전 실혀요……』

조급하고 갑븐 명주의 말이 긋나자마자 서룡은 별안간 고개를 홱ㅅ 돌니드니

『실심하다니 누가 실심해?』

하고 버럭 소리를 지른다.

그 바람에 지금까지 젓곡지에 매여달넛든 갓난것이 샛파라케 다라서 울기 시작한다.

서룡은 어린애의 우름 소리를 듯자마자 겻테 잇는 벼개를 드러 어린애를 향하고 사정업시 내던진다.

『뒤저라 뒤저!』

그러나 벼개는 다행이 벽을 치고 써러진다.

눈보라가 쏘 지내간다.

천변의 전신주가 사나웁게도 운다

천지는 아무것도 업고 미처 날쒸는 눈보라섚인 것 갓다.

창구멍을 트러막엇든 치마뭉치가 써러지며 날카로운 바람이 쏘다저

---

251 실심(失心)하다. 근심 걱정으로 맥이 빠지고 마음이 산란하여진다.

드러와 벽에 걸닌 옷자락들을 함부로 날닌다.

서룡은 그 바람에 정신이 난 듯 벌덕 이러섯다.

명주는 차々로 자유를 일허오는 전신의 힘을 팔로 보내며 남편의 다리를 붓드럿다.

『련… 련히 압바…… 애기가 애기가 무슨 죄가 잇서요?…』

그러나 서룡의 귀에는 벌서 아무런 소리도 들니지 안헛다. 굼주린 표범의 눈가티 그의 눈에는 아무것도 보이지 안헛다.

정신이 몽롱하여저 모든 중심을 일허버린 것이다.

서룡의 숨소리는 갈스록 거치러진다.

『차… 참으세요… 차… 차… 참으세요… 네?』

이러케 조라드는 소리로 애원하며 그의 다리에 메여달니는 것이엿만 서룡은 세상에도 무서운 눈으로 천정을 노리고 서 잇드니 바드득 니를 간 순간 —

그는 문을 박차고 박그로 쒸여나간다

**84**

서룡은 마루를 내려서자마자 잠시 전신의 동작을 멈춘다.

캉캄한 어둠 속에서 이상히도 번쩍이는 독기 —— 장작을 폐고 마루 밋
구석에 세워둔 것이엿다.

서룡의 두 눈은 눈섭 하나 움지기지 안코 독기를 쏘아본다

그의 입으로부터는 거치른 숨길에 퍼지는 입김이 맛치 그 무슨 독(毒)처
럼 히미하니 사라진다

일 초…… 이 초…… 독기의 시퍼런 날은 그를 유혹하는 듯 그 어쩐 매
력을 쌔닷지 모르는 사이에 느낀다.

순간 —— 서룡은 독수리가 병아리를 채듯이 왈칵 독기를 움켜잡엇다.

# 狂風 (三)

**85**

서룡은 설마진 산돼지처럼 맹렬한 눈보라 속을 그저 달닌다.

소나무 숩을 달닌다.

언덕을 치다른다.

그러나 그 자신 어데가 어덴지도 모르고 ― 쏘 무슨 일로 이처럼 달니는지 그것조차 해아리지 못하는 것 갓텃다.

쌤을 갈기는 진눈개비 아우성치는 바람 ― 그런 것들도 그에게는 아무런 감촉을 주는 것은 못 되엿다.

그저 허둥지둥 밋친 듯이 달닐 쑨이다.

**86**

서룡은 어느 커다란 돌문 압헤 일으러 웃둑 거름을 멈춘다.

**87**

쏘아 우에 거미발 갓튼 열 손가락의 그림자가 점々 가까워진다 그리고 그것은 진정을 못 하고 썰고 잇슴을 알 수 잇다

것잡을 수 업시 허청~~~ 하는 발길이 쏘아를 밀고 안으로 드러선다

## 88

텅 뷔인 방 안에는 주인을 기다리는 듯 하얀 침대와 그 겻테 전등 스텐드―― 그리고 화병에 쏫처 잇는 카 네숀 한 송이는 유달니 방 안의 고요함을 직히는 것 갓다

서룡의 공포와 흥분에 뒤집핀 듯한 눈방울은 방 안을 헤메다가 맛침내 벽에 걸닌 파자마에 머므른다

서룡의 손이 부들~~ 파자마의 포켓을 붓잡는다
무엇인지 뭉침한 것이 스치는 것을 느낀다
서룡은 와락 포켓[252] 속에 손을 너헛다

바로 그쌔엿다
부―ㅇ 부―ㅇ…
현관 켠으로부터 자동차 소리가 들닌다 어느 연회에서 이 집 주인은 술이 얼큰이 취해가지고 이제야 도라오는 것이겟지 ―― 하고 쌔다른 순간!

서룡은 손에 잡엇든 지전 뭉치를 그대로 움켜다 제 양복 주머니 속에 집어너코는 침실을 쒸여나간다

---

**252** 문맥상 '켓'의 오류로 추정.

## 89

그러나 낭하[253]에 나선 그는 우[254]선 피할 길을 찾기 전에 그대로 그 자리에 못 박힌 듯 움직일 줄을 이저버렷다

그것은 —— 어데서 언제부터인지 구슬을 굴니는 듯하는 노래 소리가 피아노의 반주에 맞추어 들려오는 것이 아니냐?

서룡은 귀를 기우렷다

그러타 저것은 틀님업시 서룡의 작곡인 『귀촉도』다 오 『귀촉도』——

서룡의 운명에 한 개의 커다란 운명을 비저논 저 『귀촉도』!

서룡은 망연히 선 채 ——

시드러가든 제 혼에 다시금 불이 붓터 활々 타오르기 시작하듯 ——

그가 지금 서 잇는 이곳이 어데인 줄도 —— 쏘 무엇 째문에 여기까지 왓는지도 ——

그리고 신당정 그의 집에서는 어쩌한 일이 일어낫스리라는 것도 통 모르는 것이엿다.

오히려 그의 창백한 입가에는 피아노의 선률을 짜라 가느스럼한 미소

---

253 낭하(廊下). 복도(複道).
254 원문에는 '우'의 글자 방향 오식.

조차 써올으는 것이엿고 —— 고달픈 로동에 거치러진 그의 두 손길은 끗업는 환상을 더듬어 바르르 경련을 일으킨다.

◇

그의 양 억개의 고동이 놉하갈스록 두 눈에서는 불꼿이 나르는 듯 ——

그의 머리에는 이미 명주도 갓난것도 두려움도 선악도 싸라서 죄와 벌도 업는 것이다.

◇

그러기에 잘— 잘— 스립퍼를 쓰는 소리가 가까워 오는 것도 쌔다를 턱이 업섯다.

◇

그러나 서룡의 그것은 넘어도 허겁픈 순간이엿다

『에그머니 이게 누구야? 웅? 누구야?』

하는 여자의 날카로운 소리가 그의 뒤통수를 나려치자 쑴처럼 몽롱한 환각은 유리 조각처럼 쌔여저 버리고 ——

◇

다음 순간 —— 서룡은 쌔닷지 못하는 사이에 품속으로부터 날이 시퍼런 독기를 쓰내자마자 그것을 뒤를 향하야 나려첫다 그리고

『어익쿠!』

하는 처참한 비명을 귀에 담[255] 새도 업시 낭하를 달니엿다

———————

**255** 문맥상 '담을'의 탈자 오류로 추정.

# 鄕　愁 (34)

1939년 10월 29일

## 狂風 (四)

그의 갈팡질팡하든 발길은 마침내 —— 닥치는 대로 어느 방의 쏘아를 열고 쒸여드럿다.

그러자마자 지금까지 이러나든 피아노 소리가 뚝 끈치고 —— 그와 동시에 록색 커텐이 드리운 창가에 안저 잇든 파자마 바람의 여인이 휙 몸을 돌녀 이러선다

순간 —— 눈과 눈이 마조첫다

(앗 인숙 씨……)

서룡의 얼골 근육이 보기 숭업게 경련을 일으킨다.

박게서는 사람들의 어지러운 발자욱 소리며 경찰서로 전화를 거는 소리며 왁자지껄하니 법석이다.

일 초… 이 초… 오 초… 일 분… 얼마 동안이 흐른 다음 —— 인숙은 한 거름~~~~ 서룡의 압흐로 가까이 온다

그는 서룡의 등 뒤로 도라서드니 쏘아의 잠을쇄를 안으로 쌀깍 잠거버린다

그러고는 다시 두리 서로 마주 바라보는 채 침통한 침묵이 흐른다

박근 더욱 소란하여 갓다

얼마 후 인숙은 창켠으로 닥어서〻 커—텐을 들추고 방그시 창을 연다

매서운 눈보라가 홍수처럼 쏘다저 드러와 왼갓 것을 물어뜻듯이 휘날
닌다

인숙은 다시 도라시〻 잠시 서룡을 치다보고는 ── 침대 우로 가서 쓰
러저 억세게 느썼다

◇

그제야 서룡은 눈을 찔ㅅ근 감고 인숙이 여러 준 창을 쒸여넘어 어둠 속
으로 사라젓다

## 91

瑞龍의 집 ──

『련…… 련히 압바……』

명주는 힘 자라는 데까지 소리를 질너 서룡을 찻는다

그러나 이제는 조라드는 등잔불처럼 전신이 일 초 이 초 초를 다토아
식어가고 ──부르지즘은 목 속에서만 도랏지 입 박글 새여나지는 못하
엿다

◇

그는 앙상한 열 손가락을 세워서 방바닥을 허우적이며 남편을 차젓다

그러나 그는 다시 몸을 가누지 못하고 그 자리에 영〻 쓰러저 버리고 말엇다

◇

갓난것도 이제는 죽엇는지 사럿는지 울지도 안헛다.

눈보라의 아우성은 갈스록 기세를 올닌다.

◇

서룡은 허둥지둥 방 안으로 쒸여들자마자 우선

『명주!』

하고 안해의 등 우에 쓰러젓다

『명주— 자 여 여기에 돈이 잇소… 인젠 의사도 부릅시다 나무두 사구 쌀두 사구… 미역두 삽시다… 명주… 응? 명주…』

하고 밋친 듯이 웨치며 안해를 흔들엇다.

그러나… 아— 그러나 안해의 몸은 이미 쌧〻이 구더저 버린 것이 아니냐?

◇

서룡은 비로소 앗질하니 놀내며 두 손으로 안해의 얼골을 벗석 밧처들엇다.

◇

그째엿다.

박게서는

『문 열어라!』

하는 거치러운 소리가 총알가티 튀여왔다.

그러나 서룡은

『여보 명주… 나요… 나를 몰나보겟소? 고생만… 고생만 식혀온 남편을… 응? 명주!』

하고 소리~~ 웨치며 안해의 시체를 흔드는 것이엿다.

그러자 경관들은 어느 틈엔지 문을 박차고 안으로 드러섯다.

서룡은 힘업시 몸을 일으켯다.

그리고 포켓 속에 손을 너허 훔처가지고 온 지전 뭉치를 써내여서 가엽슨 모녀의 머리 우에 던지엿다

아, 그러나 그것은 지전 뭉치가 아니라 하 — 얀 지리가미256엿든 것을 —

그것을 이윽히 나려다 보고 섯는 서룡의 입가에 쓸々한 조소가 스처간다

여윈 두 볼로는 굵다란 눈물이 소리 업시 흘은다

---

**256** 지리가미(ちりがみ, 塵紙). 휴지.

그는 몸을 돌이켜 이미 등 뒤에서 기다리고 서 잇는 사복 압헤 두 손을 내밀엇다

◇

　그째— 어미의 젓곡지를 찻느라고 꼼틀거리든 갓난것은 또 불에 단 듯이 울엇섯다

# 鄉　愁 (35)

# 傷痕의 微笑 (一)

### 92

그 다음 날 新聞 朝刊——

> 徐參議[257]邸에 强盜 出現
>
> 독기로 食母를 찍고 潛影[258]
>
> 犯人은 ○○署에 逮捕

### 93

英一의 집 應接室——

영일은 안락의자에 비스틈이 파뭇치여 스스로 쏨어올니는 담배 연기 사이로 인숙의 얼골을 비우슴 가득이 바라보고 잇다

인숙의 엽 얼골이 몹시도 수척해 보인다

그는 고개를 숙인 체 말을 계속한다

『그럼 영 할 수 업스시다는 말슴이죠?』

『여러 번 말슴하신다는 것이 나라는 사람을 멸시하는 것이 아닙니까?』

『멸시라구요?』

『그러치요 멸시 이상의 것이지요…… 인숙 씨 도대체 누구 째문에 나라는 인생이 이다지도 어두어지고 쓸쓸해젓습니까? 내 젊음을 내 리상을…… 산산히 부서버리고 짓밟은 자가 누굽니까?………… 그래 인숙

---

257 참의(參議). 일제 강점기에, 중추원에 속한 벼슬.
258 잠영(潛影). 그림자를 감춘다는 뜻으로, 얼씬도 하지 않음을 이르는 말.

씨는 그 사람을 위해서 나더러 법정에 나아가 변호를 하여달나구요?』

영일은 기데엿든 몸을 벌덕 일으켜 밋처 타지도 안흔 담배를 재써리에 던지고는 다시

『그것이 멸시하는 것이 아니구 멉니까?… 홍— 그만치 나를 놀니섯스면 족하지 안허요? 또 무엇이 부족하다는 말슴인가요… 가슴의 상처마저 씨저버리겟다는 것입니까?』

영일의 음성은 놉하갓다. 그리고 그의 낫빗은 분노에 쌜거케 탓다.

『아니예요 그건 오해예요.』

그러나 인숙의 말이 미처 씃나기도 전에 영일은

『듯기 실습니다. 인숙 씨야말로 오영일이라는 사람을 오해하신 거나 아닐까요… 나는 원수를 사랑으로 갑는 크리스도가 아니라 씃까지 변호사라는 것을 몰으십니다그려…』

창자까지 씨르는 듯한 영일의 놉흔 음성이 잠깐 쉬는 사이를 타서 인숙은 벌덕 이러섯다.

『잘 알엇습니다 그럼 이만 실례…』

인숙은 핸드쌕을 집어 든다.

커—텐 사이로 내여다보이는 박근 어느듯 봄이엿다

## 94

거리 ——

지금 마악 안국정(安國町) 가는 전차가 의전병원(醫專病院) 입구에서 머무

르고 승객들을 토해 놋는다

　그 속에 인숙이도 보인다

　인숙이 홀노 긴 녯 궁의 담을 씨고 거러간다 궁 안에도 벌서 또 봄은 도라와 복사꼿 벗꼿이 구름가티 타고 잇다

**95**

　徐仁淑

　이라고 문표가 부튼 나지막한 대문을 열고 인숙이 드러간다

**96**

　수통 겻테서 어린애의 기저귀를 쌜고 잇든 유모인 듯한 젊은 여인이 벌덕 이러서며

　『벌서 오서유?』

　하고 충청도 사투리로 근심적게 말한다

　인숙은 그 말에는 대답도 하지 안코

　『애기는 자우?』

　하고 구두를 벗고는 안방으로 드러간다

　『지금 막 잠들엇서유 —』

　젊은 유모는 다시 쭈구리고 안저서 바케쓰에 수통을 트러 놋는다.

◇

『젓은 잘 먹엇수?』

안에서 들니는 인숙의 소리 ──

『이째썻 두 통이나 다아 파먹구 잔대유…… 아이참 애두 으쎄면 잘 우

서유……』

하고 유모가 기저귀를 싸며 말하니

『아이 이것 좀 봐 자면서도 방긋~~ 웃는구려…… 잘 웃는 것이 건강

하다는 증쪼란데…』

하는 인숙의 소리 ──

『생긴 것두 그러케 복성스럽게 생긴 것은 첨 봣서유…… 눈이랑 이마

랑 코랑…』

『지 아버지 달머서 그런가 보지…』

하고 불숙 내놋는 인숙의 소리 ──

『애 아버지가 그러케 잘생겻댓서유?』

『그럼… 참말이지 부리~~한 눈이랑 쏘…』

하고 인숙의 말은 잠깐 슨허지드니 별안간

『아이 몰나 몰나!』

하고 히스테리칼한 소리를 버럭 지른다

『아이참 아씨두……』

유모는 싱긋 웃고는

『근데 참 재판 날이 언제랫지유?』

『재판 날? 재판 날… 저…… 인제 한 열흘도 채 못 남엇다나봐…』

인숙의 말씃이 흐리여진다

◇

골목을 지내가는 『긴교[259]—』 장사의 외이는 소리가 노곤하게 넘어
온다

『긴교 — 긴교 —[260]』

---

**259** 킨교(きんぎょ, 金魚). 금붕어. 예전에 금붕어를 파는 사람이 통을 멜대로 메고 마을을 외치
며 돌아다녔다.
**260** 원문에는 '—'의 부호 방향 오식.

# 鄕 愁 (36)

1939년 11월 1일

〈원문에 삽화 없음〉

# 傷痕의 微笑 (二)

### 97

公判定[261] ──

방청석에는 학생들의 단체와 또 신문기사로만 흥미를 느껴 오든 사람들의 방청인으로 그야말로 립추의 여지조차 업시[262] 쌕〃하엿다

물론 그 가운데는 아무것도 안 드르리라 아무것도 보지 안흐리라 입술을 쌔물면서도 그래도 가슴속에서 바삭～～ 타오르는 초조와 안타까움에 이슬려 온 인숙이도 고개를 푹 숙인 채 맨 뒤 구석에 안저 잇는 것이 보인다

실로 숨막힐 듯한 엄〃한 공기에 짓눌니여 긴장된 그들의 시선은 일제히 지금 준렬한[263] 론고를 계속하는 검사에게로 쏠녀 잇다

『……독기로 식모를 찍어 삼 주일 이상의 치료를 바더야 할 중상을 입히고 도망간 이 범행은 처음부터 의식적으로 즉 어써한 계획 아래 비저낸 것이라고 본직[264]은 단정하는 바입니다 적어도 내지[265]에까지 건너가 고등교육을 밧고 또 그만한 교양쯤은 가젓슬 지식인으로서 이러한 씀직스러운 죄를 저질넛다는 것은 법적으로는 고사하고라도[266] 도덕

---

261 문맥상 '廷'의 오류로 추정. 공판정(公判廷). 공판을 행하는 법정.
262 입추의 여지가 없다. 송곳의 끝을 세울 만한 빈 데도 없다는 뜻으로, 많은 사람들이 꽉 들어찼다는 말.
263 준열(峻烈)하다. 매우 엄하고 매섭다.
264 본직(本職). 어떤 직위나 직책을 맡고 있는 사람이 공식적인 자리에서 자기를 이르는 일인칭 대명사.
265 내지(內地). 외국이나 식민지에서 본국을 이르는 말.
266 고사(姑捨)하다. 어떤 일이나 그에 대한 능력, 경험, 지불 따위를 배제하다.

적으로도 사회에 끼치는 그 영향이 적지 안타고 생각합니다 여기에 본
직은 형법 제일백삼십조 및 제이백사십조에 의하야 가택침입[267] 강도
상인죄로 칠 년의 증역[268]에 처하는 것이 상당하리라고 생각하는 바입
니다……』
하고 검사가 구형[269]을 맛치고 자리에 안자

지금까지 숙이고만 잇든 고개를 벗적 든 인숙―그의 낫빗이 확 변해지
며 입술이 파라케 썰닌다

아무런 소리도 못 드른 듯이 미결수의[270]를 입고 서 잇는 서룡―

『그럼 변호인……』
하고 재판장은 변호인을 나려다본다

방청인들의 시선은 다시 변호인석으로 집중하엿다
인숙의 눈도 그리로 옴겨 간다―순간―
『오!』
그의 낫빗은 미소인지 서름인지 도무지 어써케 표현해야 조흘는지 몰

---

267 가택침입(家宅侵入). '주거 침입'의 전 용어.
268 증역. 징역(懲役).
269 구형(求刑). 형사 재판에서, 피고인에게 어떤 형벌을 줄 것을 검사가 판사에게 요구하는 일.
270 미결수의(未決囚衣). 법적 판결이 나지 않은 상태로 구금되어 있는 피의자 또는 형사 피고인
이 입는 옷.

으는 복잡한 감정이 교류된다

그것은 영일의 늠々한 몸집을 변호인석에서 본 것이엿다

그러나 인숙은 제 시력을 의심치 안헛다

말소리까지 분명한 변호사 오영일이가 아니냐!

『검사쎄서의 론고대로 피고의 범행은 당연히 법적 엄벌을 나려 세상에
밋치는 바 그 영향을 적게 하는 동시에 사회의 질서를 유린한 피고로
하여금 사회에 대해서 사과하고 쪼 크게 참회하도록 하여야 하리라고
변호인 역시 동의를 갓는 바입니다…』

영일의 굵다란 목소리가 천々히 울려나온다

『그러나 변호인은 여기에서 한 개의 의심을 가젓다는 것을 말하지 안
흘 수 업습니다 물론 피고는 상당한 교육을 바덧고 쪼 교양도 잇슬 법
한데도 불구하고 남의 집에 가택침입을 하엿고 쪼 강도의 행위를 하엿
습니다 그러나 나는 이 범행을 의식적으로 어쩌한 계획 아래 저질는 것
이라고 보기에는 넘어도 증거가 불충분하다는 것입니다 왜냐하면 피
고가 얼마나 평소에 선량하고 단정한 청년이엿든가를 생각하여 볼 쌔
독기를 품고 드러갓다는 것을 내세우기 전에 먼저 이 범행까지 일으게
된 동기 하나만으로도 넉々이 추찰할[271] 수 잇는 것입니다 경관이 가택
수색[272]을 하엿슬 쌔 쎄비—쭈레쓰가 나오고 어린애의 작난감이 나오
고 쪼 명일의 히망을 기록한 일기책 갓튼 것 나왓[273]습도니다[274] 그것

---

271 추찰(推察)하다. 미루어 생각하여 살피다.
272 가택수색(家宅搜索). 형사적·행정적 목적으로 다른 사람의 집이나 사무실, 기타 건물에 들
    어가 일정한 사실, 물건 따위의 상태나 유무 등을 검색하고 조사하는 일.
273 원문에는 '왓'의 글자 방향 오식.
274 문맥상 '것도 나왓습니다'의 글자 배열 오류.

만을 가지고도 얼마나 이 젊은 부처[275]는 순진하고 미래에 차저올 어린 것을 간절히 기다렷스며 또 명일에 갓는 꿈이 컷든가를 알 수 잇습니다 그러튼 꿈이 순간적으로 싯이 나고 깨여지는 날— 닥처온 것은 현실이 엿습니다 그래도 이 현실을 극복하려고 그는 용감하게도 일터에 나아가 힘에 붓치는 막일까지 붓들엇든 것입니다 그러나 그도 역시 오래 가지 못하고 고역으로 말미암아 병마에 걸려 쓰러질 째— 안해는 처참하게도 막다른 생활 속에서 어린애를 나코 말엇습니다 안해도 남편도 갓난것도 주림과 치움에 사로잡혀 싸우는 것입니다 남편으로서 처자 권속[276]을 행복되게 하는 것은 남편된 자의 본분입니다 자기 한 사람이 폐북을 당한 탓으로 무심한 처자에게까지 비참한 경지에 쌔지게 할 째— 여기에 피고는 정신적 발작을 일으킨 것입니다 그가 서 참의의 집에 드러갈 째도 또 돈인 줄 밋고 지리가미를 훔칠 째도 그의 머리에는 범행이라는 의식은 조금도 업섯든 것이며 오로지 풍전등화 가튼 안해와 어린것의 모습만이 사러 잇섯다는 것입니다 그럼으로 이 범행은 인간이 인간 이상의 환경에 막다를 째만이 돌발할 수 잇는 순간적 발작이라고 볼 수박게 업스며 짜라서 그러케도 생에 굿세고 또 광명과 새로운 히망으로써 충실하게 살려고 발버둥 치는 자를 버렷다는 죄갑슬 사회도 한목 저야 하리라고 밋는 바입니다 피고는 지금까지 모든 것을 수긍하여 왓습니다 단 한마듸도 부인이나 변명을 하러 들지 안헛습니다 그것으로 미루어 보아도 얼마나 피고가 현실에서 허무를 느섯스며 저주를 바덧다는 것을 짐작할 수 잇스며 짜라서 깁히 자기의 행동을 뉘우치고 잇는가를 짐작할 수 잇습니다 이 허무와 저주와 참회는 그가 훔처온

---

275 부처(夫妻). 부부(夫婦).
276 권속(眷屬). 한집에 거느리고 사는 식구.

것이 돈이 아니라 지리가미엿다는 것을 알엇슬 째부터가 아니라 그가 허둥지둥 방으로 쒸여드러 안해를 흔들엇슬 째 —— 이미 최후의 마즈막 순간까지 오로지 남편을 그리며 숨을 거둔 안해의 반만 감은 눈을 보앗슬 째부터엿슬 것입니다 피고에게는 이제는 그의 몸을 밧처 행복되게 해줄 사람도 업습니다 히망도 광영도 업습니다 그는 쌔긋이 남편으로서 희생을 하엿고 나아가서는 사회의 희생이 된 것입니다 그리고 안해는 안해로서의 순직을 하엿습니다 법률은 쯧까지 어둠을 밝음으로 이스러가는 데에 그 참쯧이 잇는 것이라고 밋습니다 여기에 피고와 가티 암담하고 처참한 인간을 밝읍[277]과 히망으로 이스러 새 길을 열어준다면… 그것도 법률의 사명이 아니겟습니까? 재판장쎄서는 여기에 특히 관대한 후의와 짜뜻한 동정을 베푸시여 집행유예[278]의 은해를 나려주시기만 변호인은 바라는 바입니다』

---

**277** 문맥상 '음'의 오류로 추정.
**278** 집행유예(執行猶豫). 3년 이하의 징역 또는 금고의 형이 선고된 범죄자에게 정상을 참작하여 일정한 기간 동안 형의 집행을 유예하는 일. 그 기간을 사고 없이 넘기면 형의 선고 효력이 없어진다.

# 鄕　愁 (37)

# 傷痕의 微笑 (三)

### 公判廷

◇

영일의 변론은 무엇이 콱 치밧치는지 여기에서 잠깐 중단되엿다

◇

방청석의 구석구석에서는 훌적이는 소리가 들니엇다

◇

인숙은 참으려도 아무리 참으려도 복밧치는 감격과 흥분에 발서부터 흙흙 느끼고 잇다

◇

이 사이 정내는 한층 물을 쌕린 듯 조용한 가운데 느끼는 소리들만이 모래알을 씻는 파도소리처럼 가느다란 파문을 그린다

◇

영일은 숙엿든 고개를 가만이 들엇다
그리고 씌염씌염 그의 목매인 듯한 소리는 나즉이 게속된다

◇

『……그리고 마주막으로 쏘 한 가지… 변호인은 피고를 잘 알고 잇습니다. 그의 인간성을 숭배하는 사람 중의 한 사람임을 변호인은 숨길 도리가 업습니다 싸라서 그의 예술적 정렬 ── 그의 열렬한 『혼』을 아끼지 안홀 수 업습니다. 그것은 오로지 변호인 한 사람만이 아닙니다

그의 천재를, 그의 예술을 아끼고 기대하는 사람은 얼마든지 잇습니다. 한째 변호인은 어써한 사정으로 피고를 저주하고 미워한 일조차 잇슴을 이 자리에서 고백합니다. 그러나 변호인은 그의 정렬을 도저히 이길 수는 업다는 것을 쌔다럿슬 째 역시 변호인은 피고를 위하야 일하지 안흐면 아니 되겟다고 결심하엿습니다. 피고가… 피고가… 그러케도 비참한 생활을 하지 안흐면 안 되엿든 것도 그의 안해가 죽지 안흐면 안 되엿든 것도… 쏘… 쏘… 그러케 씀직스러운 죄를 저질느게 된 것도 생각하면 가장 큰 원인은 변호인으로 말미암은 것이 아닌가 생각합니다. 그러케도 선량한 품격과 불타는 희망과 젊음을 짓발븐 자는 변호인 자신이 아닌가를 이 자리에서 고백합니다…… 고백합니다……』
그는 말씃도 채 못 맷고 안저버렷다

정내는 구석~~~에 흐늑이는 소리만 한동안 게속된다

인숙은 것잡지 못하는 감정에 눈물은 샘솟듯하여 영 고개를 들지 못하엿다

『지금 피고가 들은 바와 갓치 피고를 위하여 변호사에서 여러 가지로 유리한 말슴을 해주섯다…… 그럼 피고에게 하고 십흔 말은 업느냐?』
하고 재판장이 서룡을 나려다본다

서룡은 그째까지도 아무런 감각이 업는 표정으로 머엉하니 서 잇슬 쑨

이엿다

『할 말이 업느냐 말이다?』

재판장의 소리는 약간 놉핫다.

『…………』

서룡은 여전히 무감각인 표정이다.

『무슨 할 말이 업서?』

이번에는 좀 더 크게 소리첫다

그제야 서룡은

『업습니다』

할 싸름이엿다

『그럼 언도는 오는 십오일에……』

하고 재판장은 자리를 일어섯다

## 98

十五日 新聞 夕刊 ──

> 徐參議邸의 强盜에
> 　懲役 四年을 言渡
> 　　今日 京城 地方法院에서

신문을 펴 들엇든 인숙 —— 저도 모르는 사이에 손으로부터 신문을 써
러트렷다

『사 년…… 사 년!279…』

그는 들닐낙 말낙한 소리로 입속에서 외여본다

그의 두 쌤을 눈물은 하염업시 적신다

◇

그리고 수의에 싸인 서룡의 환영이 쏘 아슴프레히 써올은다

---

**279** 원문에는 '!'의 부호 방향 오식.

# 鄕　愁 (完)

1939년 11월 3일

# 傷痕의 微笑 (四)

## 99

刑務所 面會室 ──

서룡이 서 잇는 창구 박게 영일의 얼골이 보인다

『심 형 제발 다시 한 번만 생각을 곳처주십시요 내 힘 자라는 데까지는 공소할 모든 수속과 준비를 해 드릴 테니…』

『감사합니다 영일 씨…… 그러나 나는 사 년이라는 언도를 바든 데에 아무런 불만도 업습니다 이대로 사 년 동안 공부나 해 보렵니다……』

서룡은 빙그러 우섯다

『아니 그러치만……』

하고 다시 영일이 말을 쓰내려는 것을

『더 말슴 마러 주십시요… 여기나 세상이나 담 한 겹 사이가 나에게 잇서서 무엇이 다르다 하겟습니까? 허허…』

서룡은 그 창백한 얼골에 쓸々한 우슴을 띄우고는 고개를 숙이엿다

『그러나 심 형…… 세상에는 오[280] 형을 기다리는 사람이 잇습니다…』

『나를요?』

서룡은 고개를 들어 영일의 두 눈을 쪽바로 쏘아보앗다.

『그럿습니다 하로바쎄 나오시기를 기다리고 잇습니다…』

───────────────

[280] 문맥상 '심'의 오류로 추정.

『누굽니싸? 나를 기다리는 사람이……』

『……세상에는 심 형의 운명과 갓치 기구한 운명도 잇는가 하면 또 상상도 할 수 업는 기적도 잇는가 봅니다……』

『기적이라니요?』

『그럿습니다…… 기적과 갓치 심 형의 싸님이 살어서 지금 아버지의 도라오시기를 기다리고 잇습니다……』

『그럼…… 련히가?……』

서룡의 눈은 순간— 이상한 광채를 발하엿다.

『네— 지금 씩씩하게 자라고 잇습니다…… 그러니 공소[281]할 수속을 취하시지요……』

하고 영일은 애원하듯 서룡의 낫빗을 살피엿다.

그러나 서룡은 잠잠이 고개를 내저으며.

『그대로 도라가십시요……』

하고 서룡은 도라섯다.

그리고 혼잣말처럼 중얼거리는 것이엿다.

『련히가… 살엇서?… 죄수의 쌀이…』

### 100

어데서인지 슈 — 벨트의 자장가 소리가 구슬프게 흘너온다.

흐르는 구름 구름…

---

281 공소(控訴). 항소(抗訴)의 전 용어.

핼금 핼금 다라나는 쪼각달

구름 속을 버서나 흘너가는 둥근 달 —

식컴은 연기를 토해놋는 놉다란 형무소 굴쑥 —

이러케 해와 달은 박귀여 어느듯

四年 後　　(字幕)

刑務所 門前 —

그날은 하늘도 흐리여 간지러운 실비조차 나리고 잇섯다.

쌔 — ㄱ소리를 지르며 철문이 열닌다.

조고만 보퉁이 하나를 억게에 메고 나타난 서룡 — 사 년 전의 서룡이보다는 좀 더 건장하고 씩々해 보이는 서룡이엿다.

서룡은 눈을 드러 놉다란 굴둑과 긴 벽돌담을 도라본다

저 담 하나가 꾸며 내놋는 세상이라는 것이 새삼스럽게 그의 가슴을 찌르는 것이엿다.

향수(鄕愁)　493

그는 다시 철문을 도라본다.

이제 저 문을 버서난 그는 도대체 어데로 가야 한단 말인가? 망연한 생각에 가슴은 무겁고 쏘 허천[282]하엿다.

그는 몸을 돌려 압흘 바라보앗다 —— 그째 거기에 누구를 기다리는지 한 대의 자동차가 그의 압흘 막고 잇는 것을 보앗다. 그리고

『서룡 씨!』

하고 부로는 소리가 나서야 그는 자기의 등 뒤에 서 잇는 한 녀인의 존재를 알엇고 고개를 돌닌 순간 그는 쌈짝 놀내지 안흘 수 업섯다.

서로다 머엉하니 마주 바라보는 채 한참 동안은 말이 업다가 녀인은 데리고 온 네 살 가량 된 소녀의 손을 이끌고 자동차 압흐로 닥어서서 문을 열엇다.

『엄마 이것 타우?…』

하고 소녀는 곳 조화라 하며 찻속으로 쮜여 들어갓다

녀인은 다시 도라서서 상그레 우슴조차 씌우며 서룡을 처다본다

『이…… 인숙 씨……』

서룡은 가까수로 이러케 불느고는 타오르는 입술을 축이며 무슨 말을 더 할려 하엿스나

『…………』

---

282 문맥상 '전'의 오류로 추정.

잠ㅅ이 서룡을 처다보다가 시선을 차 안으로 가저가는 그 인숙의 표정에 찬바람이 도는 것을 느끼자 서룡도 잠ㅅ이 차 안으로 드러가 안젓다

그러나 인숙은 가티 탈 생각은 하지 안코 철커[283] — 찻문을 다더주고는 운전수에게 목례를 하자——

차는 그대로 소녀와 서룡만을 태운 채 미끄러진다

차 안의 소녀는 찻문을 두들기며
『엄마… 엄마… 엄만 안 타우?……』
하고 소리~~ 인숙을 불은다

이 소리 이 모양을 안 보고 안 들으려고 도라서서 손수건으로 눈을 가린 채 우두머어니 서 잇는 인숙의 처량한 모습이 점점 쌕리는 둥 마는 둥 하는 봄비 속으로 차창에 흔들니여 머러저 간다

서룡은 머엉하니 눈을 쓴 채 흔들니며 넉을 노코 안젓슬 쌘——
『엄마 가티 가요… 응? 엄마……』
가엽슨 소녀는 더욱 울며 봇챈다

---

**283** 문맥상 '컥'의 오류로 추정.

『너도 그 고향을 이저 버려라…… 우리는 인제부터 새 고향을 작만해야 할 사람들이다…』

그제야 비로소 서룡은 이러케 한마듸 중얼거리며 소녀의 머리를 어루만저 주엇다

인숙이 그래도 한 번… 마주막으로 눈을 들엇슬 째는 — 아버지와 딸을 태운 자동차는 봄비 속에 싸여 머얼니 점만이나 적게 보일 쑌이엿다.

◇

그 점이 점々 가까워지며 쭈렷이 나타나는

── 終 ──